Friedrich Torberg:
Kaffeehaus war überall
Briefwechsel mit Käuzen und Originalen

Herausgegeben von
David Axmann und Marietta Torberg

Deutscher
Taschenbuch
Verlag

dtv

Von Friedrich Torberg
sind im Deutschen Taschenbuch Verlag erschienen:
Der Schüler Gerber (884)
Die Tante Jolesch (1266)
Wo der Barthel die Milch holt (1622)
Die Erben der Tante Jolesch (1644)
... und glauben, es wäre die Liebe (1790)

Ungekürzte Ausgabe
August 1984
Deutscher Taschenbuch Verlag GmbH & Co. KG,
München
 · ISBN 3-7844-1948-8
Umschlaggestaltung: Celestino Piatti
Gesamtherstellung: C. H. Beck'sche Buchdruckerei,
Nördlingen
Printed in Germany · ISBN 3-423-10300-0

Inhalt

Jugend im »Herrenhof«

Unsere gemeinsame Vergangenheit reicht bis 1927 zurück. Damals wurde Friedrich Torberg zum erstenmal im Café »Herrenhof« nicht bloß gesichtet, sondern deutlich wahrgenommen, und damit hatte er bereits die erste Stufe zum Olymp erklommen. Denn, um richtig wahrgenommen zu werden, bedurfte es einer längeren demütigenden Prozedur. Nach einer zeremoniellen Periode täglicher Anwesenheit folgte das Stadium des behutsam geduldigen Dabeisitzendürfens, zunächst nur am äußersten Rande bestimmter Tischrunden, in denen namhafte Schriftsteller oder bloß als besonders gescheit geltende Literaturhabitués das Wort führten. Im Schnöselalter von neunzehn Jahren hatte Torberg es hier zunächst nicht leicht. Seine betont sportliche Erscheinung wirkte in dieser Umgebung geradezu stillos. Ein durchgefallener Maturant und renommiertes Mitglied einer kampferprobten Wasserballmannschaft, was hatte der in der sauerstoffarmen Atmosphäre eines Literaturcafés zu suchen?

...Es wäre falsch, die Welt des »Herrenhof« nur aus der Perspektive amüsierter Habitués zu sehen, die an dem zwanglosen Treiben des »leichtsinnigen Künstlervölkchens«, der skurrilen Einzelgänger und Sprüche produzierender Originale ihren Spaß hatten. Es war, wollte man es soziologisch definieren, ein Milieu der fließenden Übergänge, existentieller Mischformen, das auch debattierfreudige Persönlichkeiten des literarischen Establishments mit einbezog. Es gab da vor allem viele junge Menschen beiderlei Geschlechts, die, ohne die heute so demonstrativ zur Schau gestellte revolutionäre Attitüde, das Gespräch, die Auseinandersetzung mit Gleichaltrigen oder bereits anerkannten Schriftstellern, Künstlern, Journalisten suchten.

Auch wir waren damals »jugendbewegt«, wir stellten uns der Gegenwart keineswegs kritiklos, nahmen aber auch Anteil an ihrem schöpferischen Impetus, an dem neu Hervorsprühenden auf dem Gebiet der Künste, der Literatur, der Wissenschaften, an den neuen Ideen, von denen die Menschen damals bewegt waren. Aber wir sahen auch den dunklen Hintergrund, wir erlebten die gewaltigen Zuckungen und Erschütterungen, die den Untergang einer Epoche anzeigten, die zahlreichen Krisen, Putsche, Umsturzversuche und, als kontrastierendes Satyrspiel, die Talmiwelt der Inflationsprofiteure und Börsenschieber. Manche der makabren Figuren, die Karl Kraus in den »Letzten Tagen der Menschheit« auf der Bühne agieren läßt, kannten Torberg und ich noch persönlich »vom Wegschauen«, als sie noch in den späten Zwanzigerjahren den mittäglichen Korso zwischen Sirkecke und Demel belebten.

Diese versunkene Welt mit ihrem Guten und Bösen, mit ihren Höhen und Abgründen, war uns zwischen den beiden weltgeschichtlichen Katastrophen als kurze Pause vergönnt. Die Alchimie der Erinnerung vermischt und verwischt sie mit täuschendem Goldglanz...

Da gab es den Abend in der Wohnung der Witwe Arthur Schnitzlers mit Robert Musil als Ehrengast, der zum erstenmal Kapitel aus seinem »Mann ohne Eigenschaften« vorlas. Oder die erste gemeinsame Begegnung mit Fritz von Herzmanovsky-Orlando, der im Hause der Schriftstellerin Gina Kaus Proben aus dem »Gaulschreck im Rosennetz« zum besten gab. Er konnte damals nicht ahnen, daß sein gierig lauschender und hoch entzückter Zuhörer Torberg ihm einst zu späten Lorbeeren verhelfen würde. Solche, außerhalb des »Herrenhofs« verbrachte Abende waren eher selten. Da mußten schon besondere Gründe vorliegen. Es grenzte an Verrat, Einladungen »in die Häuser« Folge zu leisten. Unser tägliches Refugium war eben das »Herrenhof«. Absenzen wurden als uneinbringlicher Verlust empfunden...

Milan Dubrovic

(Aus Milan Dubrovic' Beitrag zur Festschrift für Friedrich Torberg »Der Weg war schon das Ziel«, Langen Müller 1978)

Kaffeehaus und Lebensstil

»Im Grunde ist ja dieses ganze Buch ein Buch vom Kaffeehaus«: so hat Friedrich Torberg seine »Tante Jolesch« charakterisiert, und der Satz trifft auch auf diesen Briefband zu.

Die hier abgedruckten Briefe sind, obwohl sie nicht im Kaffeehaus geschrieben wurden, vom Geist dieses Hauses erfüllt; sie wären »ohne den geistigen Hintergrund des Kaffeehauses nicht entstanden«.

Das Kaffeehaus ist im Hintergrunde stets gegenwärtig. In manchen Briefen tritt es aber daraus hervor, steht im Mittelpunkt wehmütiger Erinnerung, und in Torbergs Briefwechsel mit dem streitbaren Dr. Justinian Frisch spielt es sogar die Hauptrolle.

»Kaffeehaus ist überall«: so hat Friedrich Torberg ein Kapitel der »Tante Jolesch« betitelt, und der Satz enthält ein historisches Präsens (welches, wie die Schulgrammatik lehrt, zur lebhaften Vergegenwärtigung vergangener Geschehnisse dient).

Denn das Kaffeehaus, im Torbergschen Sinne verstanden »als geistiger Raum eines untergegangenen Lebensstils«, ist nicht mehr. Die Zeit des Kaffeehauses ist vorbei, vergangen ist, was seinen Raum vorzüglich erfüllte, begeisterte und belebte: das alte Österreich und sein jüdisches Bürgertum.

Kaffeehaus war überall.

Es war nach dem Zusammenbruch des Habsburgerreiches in Wien wie in Prag wie in Budapest noch zwei Jahrzehnte lang spürbar und wirksam. Die »letzten Auswirkungen jenes untergegangenen Lebensstils« haben sich zwar »in die Emigration hinein fortgesetzt«, doch eben dort und eben so haben sie »erst den eigentlichen Vollzug des Untergangs besiegelt«.

Die in diesem Band enthaltenen Briefe Friedrich Torbergs und die der meisten seiner Korrespondenzpartner sind in der Emigration entstanden; sie alle zeichnen sich dadurch aus, daß sie »Kaffeehaus in sich tragen«.

Sie sind letzte Zeugnisse jenes Lebensstils, welcher der Neuen Welt nicht entspricht und der neuen Zeit, die vor allem Fortschritt und Technik im Sinn hat, nicht mehr gemäß ist; Zeugnisse jenes Lebensstils, welcher in der k.u.k. Vergangenheit wurzelte und – wie Torberg in einem Brief an Victor von Kahler einmal sagte – die »österreichische Sehnsucht« in sich trug.

Victor von Kahler ist wohl der in lebensstilistischer Hinsicht erfahrenste Briefpartner Torbergs. Als Sohn des Präsidenten der Böhmischen Union Bank 1889 in Prag geboren, war er ein Kenner und Kritiker der »k.u.k. Herrlichkeit« und ein kluger Kunstliebhaber. Neben seiner Tätigkeit als Verwalter des Familienbesitzes pflegte er vornehmlich sein musikalisches Talent – er studierte zum Beispiel Komposition bei Franz Schreker – und erwarb sich ein gründliches Wissen von der Porzellankunst. Sein Bruder Eugen von Kahler machte sich als Maler und Mitglied der Künstlergemeinschaft »Der Blaue Reiter« einen Namen, und sein Cousin war Erich von Kahler, der Philosoph, Literaturwissenschaftler und Freund Hermann Brochs. Victor von Kahler starb 1963 in der New Yorker Emigration.

Auch Richard Révy, Torbergs Briefpartner in Sachen »Österreichische Sprach- und Wesens-Eigenart«, war (1938) nach Amerika emigriert und lebte bis zu seinem Tod (1965) als freier Schriftsteller in Los Angeles. Der sich selbst als einen »Balkangeborenen Österreicher« bezeichnende Richard Révy war 1885 in Föherczeglak, Ungarn, zur Welt gekommen, hatte in Wien sowohl Philosophie und Germanistik studiert als auch Schauspielunterricht genommen und sich schließlich fürs Theater entschieden. Von 1911 bis 1921 war er – als Schauspieler und Oberregisseur – in Zürich engagiert, dann bis 1924 in Berlin, und von 1925 bis 1936 war Révy im Münchner Schauspielhaus und an den dortigen Kammerspielen tätig – wieder als Schauspieler und Oberregisseur.

Doch jetzt ist's an der Zeit, nach Wien zurückzukehren, ins Kaffeehaus, in *das* Kaffeehaus. Ins Café Herrenhof also. Das 1918 gegründete (und 1960 gestorbene) Café Herrenhof war, als Erbe des ihm unmittelbar benachbarten Café Central, der Mittelpunkt des Wiener Literatur- und Geisteslebens; im Leben Friedrich Torbergs spielte es eine Hauptrolle. Denn das Herrenhof war ihm der wirkliche Lebensraum, in dem der ideale geistige Raum sich manifestierte; das Herrenhof war ihm die vollkommene Verkörperung der platonischen Idee des Kaffeehauses; mit einem (von Torberg selbst in Schopenhauerscher Manier geprägten) Wort: »Der Begriff Herrenhof ist das Substrat aller Einzelkaffeehäuser der Welt.«

Das Café Herrenhof spielt in diesem Band eine Hauptrolle. Sechs der acht Briefpartner Torbergs waren nämlich – sit venia verbo – Insassen des Herrenhof (die Bezeichnung »Insasse« ist umstritten – Näheres im Korrespondenz-Kapitel »Justinian Frisch«); und einem echten Herrenhöfler lag das vergangene Glück und das gegenwärtige Schicksal seines Kaffeehauses natürlich am Herzen.

Von den glücklichen Zeiten des Herrenhof ist in den Briefen oft die Rede, vor allem in den Briefen Friedrich Torbergs. Gern ruft er sich und seinen Briefpartnern das Kaffeehausleben in Erinnerung, wehmütig gedenkt er jener Stammgäste, die ihm Lehrer, Freund oder Gefährte waren.

Zu diesen zählten vortreffliche und illustere Männer:

Ernst Polak, aus Prag gebürtig, in erster Ehe mit Kafkas Milena verheiratet, ein Literaturkenner von hohen Graden und

Berater seiner Freunde Hermann Broch und Franz Werfel;

Ernst Stern, Erkenntnistheoretiker, Ringkämpfer und Kartenspieler;

Peter Hammerschlag, eine der »originellsten Begabungen, die im Wien der Ersten Republik zwischen Cabaret und Literatur hin und her pendelten« (siehe: Hammerschlag, Peter: Der Mond schlug grad halb acht. Grotesk-Gedichte. Hrsg. v. Friedrich Torberg. Zsolnay Verlag, Wien 1972);

Gustl Grüner, der Bruder des im Ersten Weltkrieg gefallenen Lyrikers Franz Grüner und ein bevorzugtes Mitglied des Kreises um Karl Kraus;

der Rechtsanwalt Dr. Hugo Sperber, ein leidenschaftlicher Kartenspieler und ein Original unter den Wiener Advokaten, welchem Torberg in der »Tante Jolesch« ein ganzes Kapitel gewidmet hat.

Außerdem wurde das Herrenhof von unzähligen sonderbaren Nebenfiguren belebt, die sozusagen die natürliche Grundlage des eigentümlichen Kaffeehauslebens bildeten. Zu diesen gehören etwa der Glücksspieler, Impresario und Sperber-Imitator Arthur Stappler, der vom erfolgreichen Journalisten zum dubiosen Geschäftemacher heruntergekommene Egon Dietrichstein, der Rechtsanwalt Heini Frankel, der Schriftsteller Otto Soyka.

Die beiden Säulen aber, auf denen das Herrenhof ruhte, waren der Ober Albert Kainz (der nach Kriegsende dessen Besitzer wurde) und Franz Hnatek, dem Torberg das »Requiem für einen Oberkellner« geschrieben hat.

Ja, und das Herrenhof beherbergte eben die sechs Stammgäste, die hier Torbergs Briefpartner sind, auch in dieser Funktion dem alten Kaffeehausgeist treu bleibend.

Milan Dubrovic wurde 1903 in Wien geboren, studierte Geschichte und wandte sich dann dem aktiven Tagesjournalismus zu. Seit 1927 arbeitete er als Redakteur bei der »Wiener Allgemeinen Zeitung«, später beim »Neuen Wiener Tagblatt«.

1946 wurde er Redakteur der neugegründeten Wiener Zeitung »Die Presse«, 1953 deren Chefredakteur. Von 1961 bis 1970 war er als Presse- und Kulturrat an der Österreichischen Botschaft in Bonn tätig, dann sieben Jahre lang als Herausgeber des Wiener Wochenmagazins »Wochenpresse«. Zur Zeit schreibt er seine Memoiren.

Alexander Inngraf, geboren 1897 in Wien, war bis 1938 Leiter des Polizeikommissariats Leopoldstadt (2. Wiener Gemeindebezirk), während der Nazizeit bei der Kriminalpolizei beschäftigt, und hat damals vielen Juden geholfen. Nach dem Krieg wurde er Ministerialrat im Innenministerium; er ist 1960 gestorben.

Fritz Thorn kam 1908 in Wien zur Welt, studierte Chemie, mußte 1938 Österreich verlassen und lebt – nach Zwischenaufenthalten in Portugal, Frankreich und Italien – seit 1949 als Übersetzer und Kulturjournalist in London.

Peter Heller, ein Sohn des (von Karl Kraus in der »Fackel« heftig attackierten) Wiener Buchhändlers und Konzertagenten Hugo Heller, war Ästhet, Kunstliebhaber, Literaturkenner – »ein vornehmer Nichtstuer« also, wie Torberg ihn zu bezeichnen pflegte. Bezeichnend für Hellers ungewöhnliches Wesen ist die folgende Episode: Eines Tages verließ er grußlos das Café Herrenhof, fuhr südwärts, mitten in den Spanischen Bürgerkrieg, und kämpfte dort in den Reihen der Internationalen Brigaden. Die Emigration verbrachte Peter Heller in den Vereinigten Staaten, teils in New York teils bei der U.S. Army. Nach dem Krieg kehrte er wieder nach Wien zurück, und in seiner Geburtsstadt ist er auch gestorben.

Was aber über den Sportjournalisten Paul Schneeberger zu sagen ist, das wollen wir Friedrich Torberg selbst sagen lassen:

»Zu meinen liebsten Freunden aus der Sport- und Kaffeehauswelt zählte Dr. Paul Schneeberger, mit dem ich auch während der Emigrationszeit in engem brieflichen Kontakt blieb und den ich später, wenn er aus England zu Besuch auf den

Kontinent kam (meistens in die Schweiz), noch ein paarmal wiedergesehen habe. Täuscht mich meine Erinnerung oder haben wir uns wann und wo immer, mündlich oder brieflich, über nichts andres unterhalten als über Fußball? Er ist leider nicht mehr am Leben und ich kann ihn nicht fragen, aber es spricht manches dafür«.

Hingegen besteht kein Zweifel, daß in Torbergs Briefwechsel mit Justinian Frisch vor allem ein Lieblingsthema der beiden behandelt worden ist: das Café Herrenhof.

Justinian Frisch wurde 1879 in Wien geboren. Sein Vater war Moriz Frisch, ein erfindungsreicher Buchdrucker und der erste Verleger der »Fackel«. Justinian Frisch studierte in Wien Rechtswissenschaft, promovierte, und heiratete Auguste Meitner, die Schwester der Kernphysikerin Lise Meitner. Und weil Dr. Frisch auch ein Freund der Malerei war und die italienische Kultur hochschätzte, studierte er in Wien Kunstgeschichte. Der zweite Doktortitel lag sozusagen schon griffbereit, als Moriz Frisch bankrott machte. Dr. Justinian Frisch mußte sich jetzt dem Ernst des Lebens widmen. Er arbeitete eine Zeitlang bei der größten Wiener Druckerei- und Verlagsanstalt (Waldheim-Eberle A.G.), übte dann verschiedene andere Berufe aus (etwa den eines Werbefachmanns) und wurde 1936 Hersteller bei dem von Berlin nach Wien emigrierten Bermann-Fischer Verlag. 1938, nach dem Einmarsch Hitlers in Österreich, mußte der Verlag wieder emigrieren: diesmal nach Stockholm; 1940 gelang es Dr. Gottfried Bermann, Dr. Frisch und dessen Frau dorthin zu holen. Sieben Jahre später sandte Friedrich Torberg das Manuskript seines Romans »Hier bin ich, mein Vater« an den Bermann-Fischer Verlag, Stockholm. Der Antwortbrief des Verlags trug die Unterschrift »für die Herstellung: Dr. Frisch«. Torberg stellte in seinem nächsten Brief die Frage, ob der Herstellungsleiter Dr. Frisch identisch sei mit dem gleichnamigen Insassen des Café Herrenhof. Das war der Beginn einer ritterlich geführten Streit-Korrespondenz... Der Roman jedoch erschien – wie Torberg einmal sagte – mit einjähriger Verspätung. Dr. Justinian Frisch starb 1949 in Cambridge, wohin sein Sohn, der bedeutende Atomphysiker Otto Frisch, ihn kurz zuvor geholt hatte.

★

Die in der vorliegenden Auswahl enthaltenen Briefe stammen aus den Jahren 1941 bis 1949.

Themen, die in dem Briefband »In diesem Sinne...« schon ausführlich behandelt worden sind, allzu persönliche Mitteilungen und die meisten jener Anekdoten, die in der »Tante Jolesch« bereits verbucht sind, wurden in den Band nicht aufgenommen. Auslassungen sind durch ... gekennzeichnet.

Torbergs Rechtschreibung wurde – Dr. Frischs Einspruch zum Trotz – dem Duden-Reglement (= Vorschrift) in keinem Falle unterworfen.

David Axmann

Peter Heller

»Und eines Tages werden wir vor den Pforten sämtlicher Kaffeehäuser stehen, die unser Leben ausmachen, und sie werden alle versperrt sein. Das ist das Ende der Zeiten.«

F. T. an Peter Heller, 29. Januar 1944

Hollywood, 12. September 1941

Mein Lieber,

warum schreibst Du mir eigentlich keine Briefe? Ist es Chinatown, daher der erschlaffende Einfluß auf Deine ohnehin nicht eben spruchteufelige Vitalität kommt? Ach, ich sehe Dich vom Porzellanpavillon über die Brücke aus Jade zum rotbeglänzten Teiche gehn und weiter in den Wunderwald Lin Yo, wo Wong Wang, der Herr des Herbstes, auf einer Lichtung Deiner harrt, die Doppelflöte blasend, von Faltern umgaukelt, und da Du ihm nahst, hebt er sein Antlitz Dir entgegen, darauf das Elfenbein des Mondes lagert, nickt, und spricht: »Tagerl gehabt, Herr Heller!«

So auch ich. Warum schreibst Du mir keine Briefe?

Ich meinerseits, infolge rüstig fortschreitender Verschärfung meiner diplomatischen Beziehungen zu den Gebrüdern Warner, sitze zuhause und tue, was Professor Buttula, wenn er von unvorhergesehener Inanspruchnahme betroffen wurde, in die Aufforderung zu kleiden pflag: »Beschäftigen Sie sich mit sich selbst!«

Und bei dieser Gelegenheit ist mir soeben etwas Sonderbares zugestoßen.

Du weißt – wenigstens hab ich's Dir gleich im ersten Brief geschrieben –, daß ich eine der trübsten Zeitspannen meiner Kriegerlaufbahn mit der Abfassung dreier Episteln an Dich ausgefüllt habe, die dann, nebst vielem andern, in Paris zurückgeblieben sind. Eine letzte Durchsuchung meiner Taschen und eine letzte Vernichtung aller omnia mea, die ich, dem seligen alten Biach* nicht übel vergleichbar, mecum portavi (dies freilich ungleich ihm, welcher sie zwecks Acc. cum Inf. secum portasse dixit) – eine letzte Durchsuchung und Vernichtung erfolgte vor Überschreiten der spanischen Grenze.

* eine Figur aus Karl Kraus' »Die letzten Tage der Menschheit«

Ein Couvert mit gleichzeitig wichtigen und unschädlichen Papieren habe ich damals behalten, ich weiß nicht mehr aus welchen Gründen und zu welchem Zweck, und ich weiß auch nicht, wie diese drei Zettel, die ich jetzt darin gefunden habe, hineingeraten sind. Sie stammen von verschiedenen Zeitpunkten und Anlässen her und wären, scheinbar unsystematisch wie sie gesammelt waren, in einer vierten Epistel an Dich enthalten gewesen. Ich zitiere den Wortlaut des ersten:

»Mein Lieber, mir gerät durch eine der unbegreiflichen Gottesfügungen Blüml's und Gugitz' ›Alt Wiener Volksbühnen‹ in die Hand, für eine Stunde. Aus der verwirrenden Pracht und Fülle schreibe ich Dir eine Ankündigung der ›Deutschen Schauspielergesellschaft unter Führung der Sophie Seipp‹ heraus, sie spielten im Landstraßer Theater, die Affiche ist vom 10. September 1793:

> Zum Vorteile der Theresia Gubig. Ritter Hunibald der Große. Ein ganz neues Feenmärchen in 1 A. – Diesem folgt: Das berühmte Conzert von Hrn. Mozart, welches Hr. Dillong in dem k. k. Hoftheater mit so vielem Beifall spielte, von Hrn. Postpischel (ein Knabe von 15 Jahren) auf der Flöte geblasen. – Den Beschluß macht: Ein immer gut aufgenommenes Lustsp. in 1 A.: Das abgebrannte Haus von E. Schikaneder, durch einige Theaterfreunde zusammengetragen.
>
> Mittwoch, 4. September 1793:
>
> Zum 2. Mal. Haß und Liebe, oder: Traurige Folgen eines verzärtelten Sohnes. Schausp. in 4 A. von Frh. v. Bonin.
>
> Freitag, 6. September 1793:
>
> Zum 1. Mal. Die Räuber, oder: Der Fall des Moorischen Hauses. Trauersp. in 5 A. von Schiller.
>
> Freitag, 20. September 1793:
>
> Zum Vorteile des Hrn. Fr. Luwic. König Lear. Ein großes, hier so sehr beliebtes, vortreffliches Trauerspiel in 5 A. nach Shakespeare bearbeitet.«

Auf einem zweiten Zettel stand ein Zitat aus Jean Pauls Briefen an seine Pflegeschwester Philippine:

»Überhaupt verdenk ich's eueren Eltern ungemein, daß sie euch statt des Französischen, das euch wie ein Bund Titular-Kammerherrn-Schlüssel nur zum Klingeln des seelenverderbenden Parlierens und nie zum Aufsperren eines einzigen französischen Buches nützt, weil euch Ritterromane lieber sind –, daß sie euch, sag ich, nicht lieber haben Sternkunde lernen lassen.«

Und auf einem dritten – damit das Ganze denn auch seine Rundung und Bedeutsamkeit erhalte (ich habe mich im Verdacht, daß ich es zum Motto eines Essays machen wollte):

»Das Ideal der Sittlichkeit hat keinen gefährlicheren Nebenbuhler als das Ideal der höchsten Stärke, des kräftigstens Lebens... Es ist das Maximum des Barbaren, und hat leider in diesen Zeiten der verwildernden Kultur gerade unter den größten Schwächlingen sehr viele Anhänger erhalten.« (Novalis)

Das wäre das, und vergnüge Dich daran...

So bleib ich denn für heute, wolaffectionirt und cordialiter,

Hr. Postpischel

(Ein Knabe von 15 Jahren)

Hollywood, 8. Oktober 1941

Mein lieber Vater, Bruder und Sohn,

(Sehr seltene Anrede, gebräuchlich und zulässig nur beim Austausch von erzväterlichen Bullen sowie Hirten- und sonstigen Briefen zwischen Mitgliedern der Loge »Rosegger Zur Überheizten Sauna«. Hier offenbar irrtümlich und aus Zerstreutheit gebraucht; dem Adressaten unverständlich.)

Deinen Briefersatz vom 26. September weiß ich mir wohl zu schätzen, auch die Sonne, die sich 23½ Stunden von der Arbeit des halbstündigen Scheinens laben muß, kann ich Dir nachfühlen, und ich wünsche wohl geruht zu haben. Daß »Trägheit« auf römisch »inertia« heißt, war mir entfallen, ich kannte es nur noch amerikanisch, wo es »inö'sch'ö« ausgesprochen wird und solchermaßen beinahe wie das Gegenteil klingt, allerdings im Café Thurygrund ausgesprochen.

Ich pflegte dieses Lokal eine Zeitlang mit Ernst Stern zwischen 2 und 4 Uhr früh aufzusuchen, und wir hatten dort einen Stamm-Plauderer, der seine Ansprachen an die Abortfrau mit vielfachem Fremdwort zu unterspicken liebte und als Schöpfer der bis heute noch nicht überbotenen Einleitung: »Aus dem ad hoc heraus gesprochen« anzusehen ist...

Im Restaurant des Franzjosefs-Bahnhofs, wohin man sich vom Café Thurygrund aus begab – und zwar gemessenen Schrittes, damit man zu der um halb fünf erfolgenden Öffnung gerade zurechtkäme – hatten wir einen Stamm-Liliputaner, der sich außerdem durch Trunkenheit auszeichnete; ohne gefragt zu sein, apostrophierte er den Kellner, wann immer ihm der in Hörweite kam, mit erhobenem Zeigefinger und mit den Worten: »I will überhaupt kan Tee – aber ohne Zukker!«

Andre bemerkenswerte Erscheinungen in diesem Teil des Nachtlebens waren: der überzeugte und eingestandene Anarchist Leo Weissberg (Anarchisten geben es immer zu; Trotzkisten hingegen erkennt man, ebenso wie Betrunkene, am zuverlässigsten daran, daß sie standhaft behaupten, es nicht zu sein), welcher, wasserblau-äugig und versonnen, den Redefluß eines Marktfieranten* durch die wehmütige Frage: »Kennen Sie Bakunin?« unterbrach und die überraschende Antwort erhielt: »Liaber Herr – i kenn *alle!*«

Ferner der absonderlich herabgekommene erratische Felsblock Dschingo Deutscher, der wie wir heute wissen, sich zu

* Marktfahrer

Stern annähernd so verhielt wie Herder zu Goethe, Held des Gerichtssaal-Berichts mit dem befremdlichen Titel: »Ich habe hier nicht gebadet – ich bin nach Hause geschwommen!«*, Erfinder einer Brille für alternde Pudel, Besitzer der kostbarsten Sammlung authentischer Häfen-Lieder (die von einer so schwelgerischen Ordinärheit waren, daß selbst die ältesten Praterhuren sich schamrot abwandten), etc. etc....

Meine Beziehungen zu den Brüdern Warner haben sich mittlerweile einwandfrei geklärt: am Fünfzehnten is der Erschte, und da können S' gehn. Nämlich ich.

Überflüssig zu sagen, daß sich also am 16. meine Barschaft auf null komma josef belaufen wird, und daß dies anderseits durchaus nicht jene Reaktionen in mir hervorruft, die es vermutlich sollte. Ich habe noch keine präzisen Vorstellungen was geschehen wird, nehme jedoch an, daß zumindest für eine Zeitlang untig angefertigte Person als nicht existent im Eigen-Sinn bürgerlicher Konvention zu gelten haben wird.

Unsern Güter- und Gedankenaustausch, Versandort Leopoldau-Ladestelle, soll das aber in keiner Weise behindern...

Das Viertelstündchen zur Unterhaltung und Belehrung ist beendet. In zwei Minuten beginnt Prof. Albin Kretzbacher von der Universität Graz seinen Vortrag: »Was muß der Landmann über die Gesteinslagerungen wissen?«

Dein F. T.

New York, 10. Oktober 1941

Mein Lieber,

...weißt Du, daß Lorenzo da Ponte, der Sohn eines getauften jüdischen Lederhändlers, entlaufener Priester, Abenteurer in Venedig, Wien, London, New York war, hier als Schnaps-

* siehe F. T.: »Die Tante Jolesch«, S. 48ff.; dtv-Band 1266, S. 37ff.

brenner pleite machte und als Professor der Columbia Universität starb, und daß somit das Liefern der Librettim für Mozart eine fast ebenso belanglose Episode in seinem Leben war, wie es die Verurteilung Christi für den damaligen Procurator von Judäa gewesen ist? Wenn das der Werfel wüßte. Sag es ihm nicht.

Ich weiß nicht, woher der Anstoß kommen soll, der mich von hier beispielsweise wegbringen soll. Vielleicht ist es gut, daß ich so träge bin, und wenn es irgend eine Weisheit gibt, die ich als définitivement acquise betrachte, so die, daß man nichts versäumt. Unterdessen liege ich in meiner neuen Heimat, nämlich dem Central Park, wo zwischen den schildkrötenartigen Felsen ein paar Bäume und Gras sind und es so eine Art Manhattan-Landschaft gibt, wie sie gewesen sein mag, als hier noch gejagt und gefischt wurde und die Insel nicht mit Unrat bedeckt war, – liege also da in der mäßigen Sonne, ziehe mir die Schuhe aus zur Bequemlichkeit und weil es die Horseback-Reiter verletzt, liege also immer noch da und verdaue eine Riesen-Boa-Verdauung, nämlich den verschluckten Brocken der Jahre 1937 bis 1941, welcher Brocken aber noch circa im obersten Teil steckt und ich werde noch sehr oft und sehr lange im Park liegen müssen, bis der Verdauungsakt beendet ist…

Es wird Dich freuen zu hören, daß Deine Bücher in der Public Library zu den schmierigsten, zerlesensten gehören, so daß ich meinen Ekel bisher nicht überwinden konnte und sie mir noch nicht ausgeliehen habe. Ich muß den Heiligen Augustinus auf Lateinisch lesen, weil der sauber ist…

Servus und ich hoffe, daß die Brüder Warner Dir gewogen sind. Wie schauen die wohl aus? Sehen sie sich ähnlich? Oder ist der eine ganz schwarz und der andre mehr licht wie die Blums*? Apropos habe ich neulich in einer Zeitung ein Tele-

* Besitzer des Café de l'Europe in Wien

gramm des Inhalts, daß dem Leon Blum die Haft fettbildend, dem Daladier aber abmagernd bekommt, überschrieben gesehen: MORE BLUM, LESS DALADIER.

More Torberg hoffend,
Peter

Hollywood, 16. Oktober 1941

Mein recht von Herzen mir Lieber,

...Danke vielmals für die Mitteilung über die Zerlesenheit meiner öffentlichen Bücher, und für die aufschlußreichen Mitteilungen über Lorenzo da Ponte, manisch wie ich bin hab ich mich sofort an die beiden Scheuer-Mädeln erinnert die in der Daponte-Gasse auf Nr. 9 gewohnt haben, im Haus Nr. 3 der sie mit der Neulinggasse verbindenden Riesgasse wohnt hingegen heute noch, und das ist mir eine der unvorstellbarsten Vorstellungen, eine sehr alte Tante von mir, die dort, also außerhalb des Ghettos, wohnen bleiben durfte weil ihr Mann Major bei den Deutschmeistern war, und wenn ich je im Leben schreiben dürfte was ich schreiben will so möchte ich die Whist – jawohl Whist-Partie der »Deutschmeister-Witwen« schreiben, die dort jeden Donnerstag stattfand und sie hatten *alle* Samtbänder um den Hals und die Frau Oberst Relianovic hatte gestickte Handschuhe mit halben Fingern und einmal hab ich den Hammerschlag mitgenommen und er hatte Blumen mitgebracht und hat nachher eines seiner allerallermerkwürdigsten Gedichte gemacht, von dem ich nur noch die Schlußstrophe weiß:

Du solltest zu den Witwen gehn
Und solltest ihnen Blumen tragen.
Ein wohlerzognes »Danke schön«
Klingt leise aus den Sarkophagen.

Was hingegen den da Ponte betrifft so hab ich irrigerweise immer den Schikaneder für den Juden gehalten, weißt also approximativ, no ja, bist halt musikalisch gebildet. Daß hingegen die Verurteilung Christi für den damaligen Procurator von Judäa nur eine Episode war, werde ich dem Werfel schon deshalb nicht sagen, weil er – wie Du ihn ja überhaupt ein wenig zu unterschätzen scheinst – genau das in »Paulus unter den Juden« zu ziemlich geglücktem Ausdruck gebracht hat. Aber ich habe nichts dagegen wenn Du statt dessen Franz Kafka liest, schau doch wirklich einmal in der Library nach, vielleicht hams was. Ich hab jetzt grad wieder den »Prozeß« hinter mir, und da ist einem nachher auf eine so legitime Weise alles wurscht, daß man fast glücklich ist...

Dein F. T.

Fort Bragg, North Carolina, 8. November 1942

Mein Lieber,

da hast Du meine Adresse, welche Fiala bleibt* bis Anfang Feber: Prot. Peter N. Heller, Platoon 2, Battery D, Battalion 5, Regiment 2, FARC Fort Bragg, N. C.

Ich weiß nicht, weshalb sie mich zur Artillerie gesteckt haben, *sie* wern hoffentlich wissen.

Ich erinnere mich des k. k. Artilleristenliedes mit dem Refrain:

Fahrt auf! Putzt ab! und ladet schnell
Granaten und Schrapnell, jucheh!
Wenn die Granate platzt und kracht,
Das Herz im Leibe lacht.

*Anspielung auf »Adresse bleibt Fiala« (in Arthur Schnitzlers »Fräulein Else«)

So auch mir! Es stinkt weidlich nach heimlichen und offenen Schweißfüßen in der Mannschaftsstube, die Behandlung ist gut, der Dienst, derzeit aus Gewehrgriffen bestehend, sehr anstrengend, das Essen gut und reichlich...

Ja, mein Lieber, so sei es: Beim Würstelmann in der Kärtnerstraße sehen wir uns wieder, (Ja, bei Philippi! – der verhallende Ruf von Caesars Geist (Herr Zeska) klingt mir dabei in den Ohren, so wie ich ihn vor zwanzig Jahren in der Jugendvorstellung im Burgtheater gehört habe) – also beim Würstelmann um halb sechs nach dem Krieg.

Ich bin nach dem Dienst ganz ungeheuer müde und da ich viel Schlaf brauche geh ich so schnell als möglich zu Bett.

Ich bittich schreib oft dem

Kanonier Heller

Hollywood, 21. November 1942

Mein Lieber,

in meinen besten und üppigsten Zeiten hab ich kein so vornehm gestanztes und gewappnetes Briefpapier gehabt wie Du jetzt, und ich fange immer mehr an aufzuhören, Dich zu bedauern. Daß die Gewehrgriffe das Anstrengendste der militärischen Ausbildung sind, weiß ich aus zweimaliger Erfahrung, und ich halte sie außerdem, da garantiert sinnlos, für das Schwierigste, und dafür spricht auch meine sehr deutliche Erinnerung, daß es seinerzeit in der Offiziersschule zu Prag Vorzugsschüler gab, die sich um eine Stunde früher (also um fünf) wecken ließen, um draußen auf dem Gang Gewehrgriffe zu üben.

Und wahrlich, niemals wird meinem Gedächtnis der Offiziers-Aspirant Stepan entschwinden, ein Intellektual-Schwejk von unbeschreiblichem Phlegma, der also eines Abends, als die Tagcharge nach dem Zapfenstreich zur Inspektion kam und wissen wollte, wer morgen geweckt werden will, sich im Bett habtacht setzte, jawohl setzte, und sprach (ich gebe es schwejkisch wieder): »Ich, melde gehorsamst, mecht brauchen geweckt werden!« Die Tagcharge, Bleistift zückend: »Gut. Wann?« Stepan, nachdenklich: »No, so um neine vielleicht.« Er wurde späterhin disziplinarisch aus der Schule entfernt, weil er dem inspizierenden Kompagnie-Kommandanten, der an seinen äußerst mangelhaft benagelten Schuhen Anstoß nahm, ungefähr dieses zu bedenken gab: »Mit die Nägel, Herr Hauptmann, wern mir heite bei dem technischen Fortschritt keinen Krieg gewinnen.«

Wenn Du brav bist und scheen nachhauskommst, erzähl ich Dir dann noch einmal von seinem Gegenstück in Agde*, dem Schuster Theodor Trompeter (mein Ehrenwort! und auch daß er tschechisch auf der ersten Silbe betont wurde, änderte wenig). Für heute kann ich Dich nur nochmals über die Gewehrgriffe trösten, das geht vorbei, und mit der Ballistik wirst Du Dich dann schon viel leichter tun.

Das k. k. Artilleristenlied, das Du zitierst, war mir nicht bekannt, ist aber sehr schön, und ich kann mich da nur mit dem wiederum Dir unbekannten Marsch des Infanterie-Regiments Nr. 99 revanchieren, Ergänzungsbezirkskommando Znaim, genannt »Die gelben Teufel«, sehr langsam, mit viel Piccoloflöte in den Marschpausen:

Hoch – neun – undneunzig,
Tapfres Regiment (Flauti).
Hoch – neun – undneunzig,
Das ein jeder kennt (Flauti).
Hoch – die gelben Teufel,
Bekannt in Wien und Znaim!
Österreich, sei ruhig,
Denn wir schützen unser Heim.

* Torberg meldete sich bei Kriegsausbruch als Freiwilliger zur tschechoslowakischen Exilsarmee in Agde (Südfrankreich).

... Da Du des Böhmischen leider nicht kundig bist, kann ich Dir nichts von den kombinierten tschechisch-deutschen Melancholien bieten, die noch tief in der Republik von längerdienenden Unteroffizieren der Mannschaft beigebracht wurden, mit solchen Unnachahmlichkeiten wie

Hercegovina,	Die Herzegowina,
To je rovina!	Das ist eine Ebene!
Tu musela vybojovat	Die mußte erkämpfen
Infanteria.	Die Infanterie.
Hercegovina,	Die Herzegowina,
Pro císaře pána,	Für unsern Herrn, den Kaiser,
Tu musela vybojovat	Die mußte erkämpfen
Infanteria.	Die Infanterie.

undsoweiter über gute zwanzig Strophen, in denen also nichts andres ausgesagt wird als daß die Herzegowina eine Ebene ist und daß die Infanterie sie für unsern Herrn, den Kaiser, erkämpfen mußte.

Sonst aber, mein Lieber, weiß ich nur noch

Le régiment de Sambre-et-Meuse
Marchait toujours à cri de liberté,
Cherchant la route glorieuse,
Qui l'a conduit à l'immortalité

und zwar, wenn nicht alles trügt, unter dem Kommando Darlans, von dem ich mir, als die französische und tschechische Garnison von Agde zu den respektiven Klängen gemeinsam defilierte, wahrlich nichts habe träumen lassen, Horatio. (Der gebenedeite Unterschied gegen das sowjet-deutsche Bündnis ist das wenigstens schlechte Gewissen, das wir laut und deutlich haben und haben dürfen. Ob dieser Unterschied zur Rettung ausreicht, wird sich erst weisen. Ich, um mit dem Wirtshaus an der Lahn zu sprechen, ich will es schier bezweifeln.)

Mein Lieber, auch nach mehrtägiger Unterbrechung kann ich aus Deinem Brief nicht ersehen, ob Du den meinigen eigentlich bekommen hast oder nicht. Hingegen geht aus Deinem Brief überdeutlich hervor, daß Du also tatsächlich und endgültig und im höchsten Maß dessen enträtst, was bei Freud »Objektbesetzung«, bei Jung »Extraversion« und bei Adler (wie immer am brauchbarsten) »Gemeinschaftsgefühl« heißt.

Ich meine da nicht Deine Beschwerde gegen die offenen und heimlichen Schweißfüße, obschon ich auch hier auf jenen Heurigen-Besucher verweisen möchte, dem laut mehrfach und nachdrücklich wiederholter Aussage ein ehrlicher Schweißfuß lieber war »wia-r-a haamlichs Aburt« (was um jene Zeit vermutlich ein politisches Credo war). Was ich meine, ist die asoziale Technik, mit der Du Dich vor dem Briefschreiben drückst, und deren Hartnäckigkeit nur noch von ihrer Einfallslosigkeit übertroffen wird.

Also im Zivil, Herr Heller, war halt immer so ein Wirbel daß Sie nicht zum Schreiben gekommen sind. Und jetzt, bein Militär, sind Sie mied. Und was andres fallt Ihnen gar nicht ein. (Es heißt bei*n* Militär, nota bene.)

...So ist denn eine Woche über diesem Brief dahingegangen, und es ist keiner von Dir gekommen. Solltest Du tatsächlich die Impertinenz besitzen, etwa auf »Antwort« zu warten? Die bloße Vorstellung verbittert mich außerordentlich, und ich schließe. Zur Artillerie – dem einzigen, was Deine Zeilen einwandfrei enthielten – kann ich Dir ja weiter nichts sagen. Schneeberger, der eben dieser Waffengattung angehört und dergestalt an der Verteidigung von Přemysl teilgenommen hat, behauptete immer, daß dieses Bollwerk mit Uchatius-Kanonen aus dem Jahre 1830 bestückt war, welche feurige Kugeln nach dem Feinde warfen, und Ernst Morgan hatte einen Freund namens Hahn, der seinerseits angab, daß er durch mißliche k. k. Feldverwirrung einmal in die jähe Zwangslage geraten sei, eine Batterie kommandieren zu müssen, und zwar hätte er kommandiert: »Eine – Salve!« und »Noch – eine solche!« Ich glaube beiden.

Also Cheller. Sie wohllen mjir njicht schreiben? No... da wjird man Sie eben wäägschjicken... abbr njicht nach Berlin, nach Paris, an die Riviera wo is scheen... NACH SIBBIRRIEN!!

In diesem Sinne
Dein F. T.

Camp Ritchie, Maryland, Januar 1943

Mein Lieber,

der Schüler Heller hat schon wieder eine Ausrede. Diesmal wirklich Schüler. Alle Albträume des Gymnasiums, alle Höllen des Schülers Gerber sind entfesselt.

Es beginnt mit dem Aufstehen zu der wahnwitzigen Stunde, bei Dunkelheit, sechs Uhr früh, mit entsetztem, vergeblichem Nachdenken über den heutigen Stundenplan (»was ham wir heut?«), es fällt Dir nicht ein, Zusammenraffen der Schulsachen, gehetztem Frühstück, halb stehend, hetzen ins Klassenzimmer über den Schnee, raschrasch, noch präparieren für die übernächste Stunde, nein, zu spät, der Professor ist schon da, also in der 9-Uhr-Pause... und es hört auf mit nächtlichem Büffeln, alle »Gegenstände« rasen im Kopf durcheinander. No du weißt schon, also genau so.

Du blöder tierischer Erwachsener wirst fragen, warum ich nicht drauf scheiß und was mir schon geschieht, wenn ich die Schularbeit verhaue oder in diesem, oder allen Gegenständen durchfalle. Es war damals objektiv ja auch wurscht und eine verhaute Matura ist kein bürgerlicher Grund zum Selbstmord.

Aber die Psychose erfaßt einen auch heute genau so. Kannst nix machen. Es ist alles so unwahrscheinlich ähnlich.

Die Schüler zum Beispiel: Die, die zusammen lernen gehen, die schlechten Schüler, die tatsächlich (auch von mir!!) verachtet werden, die, die sich nach der Stunde zum Professor einweimperln gehen. Ich breche das Thema ab. Ich hab meistens bis 8 Uhr abends Schule und dazwischen rasches Büffeln und rasches Essen. Und nach 8 Uhr auch noch büffeln, und wenn ich nicht büffelte, könnt ich doch nicht schlafen, leider, weil die Buben in der maßlos überfüllten Baracke bis 11 Uhr lärmen. So habe ich permanent nur sechs Stunden Schlaf.

Nun zur Sache: Ich wundere mich weiter nicht, daß der Hauptmann bei der Kavallerie Rittmeister heißt, daß es bei der Artillerie einen Feuerwerker gibt und daß der Direktor der Münze Münzwardein heißt. Das sind so Früchte von Tradition und Eitelkeit der verschiedenen Waffen etc., die was aparts für sich behalten wollen und deren partikularistischen Gefühlen das Kriegsministerium in seiner Weisheit Rechnung getragen hat. (Sollen sie die Titel behalten, wenn sie brav koordinieren, auf Namen kommts nicht an.) Soll der Kerl also Generalfeldzeugmeister heißen, Hauptsach ist, daß er die Infanterie ordentlich unterstützt.

Aber: Warum heißt es in allen Gegenständen sehr gut, gut, genügend, nicht genügend, und in Betragen heißt es entsprechend, nicht entsprechend? Warum? Hat es vielleicht früher eine eigene Behörde für die Klassifizierung in Betragen gegeben (etwa den Katecheten), die an der (versuchsweise hypostasierten) früher allgemeinen Klassifizierung entsprechend-nichtentsprechend eigensinnig und traditionsbesessen festhielt, als ein umstürzlerischer Reichsschulrat innerhalb seiner Jurisdiktion von Deutsch bis Zeichnen »entsprechend« in »genügend« umwandelte?? Vielleicht weiß es der Werfel.

Das erste, was ich tu, wenn ich mit der amerikanischen Armee in Wien einrücke, ist, daß ich in die Bibliothek gehe und die Sache akribisch untersuche. Es intrigiert mich sehr. Nach einem Lustrum romanischer Philologie habe ich mich darüber beruhigt, daß es, im Gegensatz zu den von »vadere« gebildeten übrigen Formen des Ind. Präs., »nous allons, vous allez« (und entsprechend im Italienischen etc.) heißt. Niemand hat noch herausgefunden, warum wirklich. Aber das hat sich in der grauen Vorzeit abgespielt.

Ich habe schon wieder einen mords Schnupfen, etwas Fieber, das sich vermutlich noch steigern wird. Ich muß jetzt aufhören, bleibe weiterhin, und nachgerade hoffnungslos Dein Briefschuldner.

In der Artillerieschule wäre es noch ärger gewesen. Ich bin übrigens (wie alle Schüler) nebbich Korporal. Ich habe herausgefunden, daß dies hier der allerschnellste und verläßlichste Weg nach Afrika ist. Wenn Du wen weißt, der gern schnell nach Übersee will, sag ihm er soll schauen hierherzukommen. Überall sonst riskiert er, den halben oder gar den ganzen Krieg lang bei einem Heimattruppenteil zu bleiben. Nur hier ist's sicher. War es nun gut oder schlecht, daß ich hierhergekommen bin? Wird es ein Glück oder ein Pech sein, wenn ich bei der Matura durchfalle? Man kann das (wie in ach so zahlreichen Fällen, die ich in den letzten Jahren erlebt habe) nicht wissen und es hat einem infolgedessen alles ganz wurscht zu sein, man soll sich nicht aufregen, weil man's eben nicht weiß.

Ich vermute, daß es dieser Gleichmut ist, von dem die Christen so viel Aufhebens machen, und für den sie die Formel haben: Dein Wille geschehe. (Siehe Christus am Ölberg: Herr, wenn es möglich ist, so gehe dieser Kelch an mir vorüber, aber nicht wie ich will, sondern wie du willst.) Denn: Ob es eine Prüfung oder eine Gnade ist, weiß man eh erst später. Siehe auch Thornton Wilder: Die Brücke von San Luis Rey ...

In diesem Sinne, empfehle mich, djehre, Tag zu wünschen. Ich geh Dir sehr ab. Ich könnte sehr lange über das Thema mit Dir reden und es würde beiden sehr nützen. Schade.

Servus, Du.
Heller, Gefreiter.

Hollywood, 1. Februar 1943

Mein Lieber,

...Nun zu dem, was Du mit Recht »zur Sache« nennst: die verschiedenartigen Bezeichnungen gleichwertiger Ränge von Rittmeister bis nichtgenügend. Also *selbstverständlich* Partikularismus, denn wo käme man sonst hin? Es würde dann plötzlich ein Schlachtschiff von einem Feldmarschall kommandiert werden (der sich in *keinen* Wassermarschall umändern ließe) oder eine Batterie von einem Piloten.

Übrigens rührt die in den Schach- und Karten-Zimmern einstiger Kulturstätten häufig gehörte Wendung: »Bewilligt, Krobatin« (evtl. noch: »Zweite Unterschrift unleserlich«) tatsächlich aus der Praxis des Feldzeugmeisteramtes her, dessen respektiver General tatsächlich Krobatin hieß. Unkontrollierbaren Fachkennern zufolge lautete die zweite Unterschrift: »Kalliwoda, Oberst.«

Es hat ferner der Herzmanovsky, als man gegen Demonstranten mit Wasserspritzen vorzugehen begann, stundenlang überlegt, ob da – analog dem Kommando »Feuer!« bei Pelotons – vielleicht »Wasser!« kommandiert wird. Er ist zu keinem Ergebnis gekommen. Auch weiß er nicht, ob, wenn ein ungarischer Pilot in ein Luftloch gerät und seinem Mitflieger zuruft: »Achtung Fallbö!« – ob das noch deutsch ist oder schon ungarisch.

Auf Deine Anfrage, warum das Betragen anders klassifiziert wird als der Fortgang, könnte ich Dir ja die überzeugend banale Antwort erteilen, daß es ein »genügendes« Betragen nicht gibt, sondern eben nur ein »entsprechendes« – was aber *auch* schon eine Schlamperei ist: denn wem oder was »entspricht« es? und wenn, warum wird das nicht gesagt? oder sollte es eigentlich »entsprechend gut« heißen, ähnlich wie die Ermahnung: »Kurti, benimm dich!« recht eigentlich besagen will: »Kurti, benimm dich *gut*!«?

Um die Verwirrung zu steigern, gab es in einer andern Zensurskala, die doch wohl *allen* Anforderungen entsprochen hätte: »befriedigend«. Das ließe sich sowohl auf den Fortgang wie auf das sittliche Betragen applizieren. Es wurde jedoch übergangen, und zwar hochmütig. Vermutlich deshalb, weil diese Skala, die einstmals an allen Mittelschulen gebräuchlich war, zum Schluß nur noch an Handelsakademien Verwendung fand. Sie lautete, komplett: Vorzüglich – lobenswert – befriedigend – genügend – nicht genügend – ganz ungenügend, verfügte also über sechs Stufen; woraus es sich denn auch erklärt, daß unser Nichtgenügend, obgleich ihm nur der Ziffernwert 4 zukam, immer noch »Pinsch« hieß, von polnisch piec, 5. (Einen annähernd solchen Wirbel gibt es nur noch mit den römischen Ziffern hinter manchen Kaisern und Königen, die bisweilen sogar gleichzeitig ein I. und ein V. sind.)

Warum die Bezeichnung der schlechten Noten dem Slawischen entwurzelt wurde, weiß ich nicht, es kann aber kein Zweifel sein, daß dem so ist: indem nämlich auch das Ganz Ungenügend, der Sechser, im Volksmund »Schestak« hieß (vgl. hiezu den von Franz Mittler dem Schüler Gerber gewidmeten Schüttelreim: »Wenn Gott uns einen Festtag schenkt, kein Schüler einen Schestak fängt«).

Das is aber noch gar nix. Sondern es gab, und das ist der Gipfel, in der Prima noch *eine eigene Skala für »Fleiß«* (welcher ab Sekunda offenbar unter »Betragen« subsummiert wurde), und wie aber lautete diese nun sage es flugs und ungesäumt wie? Sie lautete: Vorzüglich – lobenswert – mangelhaft – ungenügend. Was sagst Du *da*zu? (Wobei es mir nicht einmal so sehr das »mangelhaft« stiert wie die durch *nichts* zu rechtfertigende Nuance zwischen dem nicht genügenden Fortgang und dem ungenügenden Fleiß.)

So, mein Lieber. Jetzt hab ichs Dir hereingesagt, und siehst Du: *das* heiß ich »auf einen Gegenstand eingehen«. Du solltest

Dir ein Beispiel daran nehmen, statt Dich nach der Stunde mit faulen Ausreden ins Lehrmittelkabinett zu schleichen...

Servus,

F. T.

Hollywood, 19. September 1943

Lieber Mann,

ich habe Dein vorsichtshalber Undatiertes bekommen, und der selige Sperber, wenn er am Ende der Tarockpartie seine Trümpfe auf den Tisch schmetterte, pflegte dazu auszurufen: »Ich bin es miede, mit wilde Tiere freindlich zu sein!« So auch ich. Und darum zunächst einmal: Leck mich im Arsch. Denn was Du aufführst ist wirklich schamlos, enträt überdies des Humors, und geht weit über jenen Rahmen hinaus, innerhalb dessen man noch mit einem achselzuckend gemurmelten »Waswollnsie ichbittsie erisdoch meschugge« sein Auslangen finden kann.

Was ich Dir von Herzen übelnehme, ist nicht so sehr die Pflichtvergessenheit gegen einen Freund und die Verantwortungslosigkeit gegen die Kulturmission einer zu wahrenden Kontinuität. Es ist die achtlose und hochnäsige Verwundung, die Du meinem aus Wasserballer-Kollektivismus und Galeristen-Ehre absonderlich zusammengesetzten Seelenleben dadurch zufügst, daß Du mich in die Lage bugsierst, z.B. nach New York und obendrein erfolglos um Deine Adresse zu schreiben oder z.B. einem auf Trauer-Urlaub hier befindlichen Krieger nachjagen zu müssen, den ich im Leben höchstens drei Male gesehen habe. Daß Du mir nicht schreibst, ist schlimm genug (und ich möchte am Tag des Gerichts nicht in Deinem Skelett stecken wollen). Aber daß ich jetzt monatelang nicht einmal gewußt habe, *von wo* Du mir nicht schreibst... mein

Lieber: das ist eine so stinknormale Rotzbüberei, daß ich ganz stinknormal wütend bin und es Dir hiemit auch gesagt haben möchte.

Ich verzichte, oder besser gesagt: ich scheiße auf jede weitere Diskussion über dieses Thema, obgleich es gewiß nicht reizlos wäre, Deinen seltsamen Tryptichen nachzuspüren (»die letzten zwei Drittel meines Schweigens...«). Der gewünschte Durchschlag der Villon-Ballade liegt bei. Es tut mir leid, daß ich einen habe...

Damit Du aber nicht glaubst, daß es sich nur um Etikettefragen gehandelt hat (und handelt), so wisse, was Du, wenn Du mir geschrieben hättest, schon vor zwei Monaten hättest wissen können: nämlich daß es ihn gibt. Nämlich daß er lebt, daß er da ist, daß es ihn nicht behielt. Nämlich den Mitternachts-Stappler, jawohl, ihn selber, the Right Honorable, Le Seul et Véritable, und zwar gibt es ihn ganz genau so, wie wir es uns in den kühnsten Träumen betreffend Haltung und Format nur irgend hätten wünschen können.

Nachdem er also in Bayonne (was ich noch wußte und Dir, glaube ich, auch mitgeteilt habe) mit den Worten »Ich bittich gib mer kan Rat!« jenes Totenschiff bestiegen hatte, das ihn nach der Nordafrikanei brachte, geriet er dortselbst in ein Vichy-KZ, dessen Insassen beim Bau der Sahara-Bahn beschäftigt wurden und was also wirklich das Finsterste war... and I quote: »Ich war also 2 Jahre lang im Lager ›Zur lustigen Konzentration‹, Adresse: Sahara, Mittlere Sandgasse 21, ganz tief in der Erd... Passieren konnte mir *gar* nichts, denn es haben immer zwei Wächter auf mich aufgepaßt... Ich habe jede Gelegenheit benützt, um zu flitzen, worauf ich dann immer an ganz besonders sichere Plätze gebracht wurde... War aber trotzdem nie fertigzumachen, und wenn ich schon damals immer der Alte geblieben bin, so bin ich heute noch viel älter... Aber Du kannst Dich drauf verlassen, ich geh schon noch zur Kassa!«

Da ist er also, wie er leibt und Gott sei Dank lebt, und weder ein Yankee am Hof des Königs Artus noch ein Böhm in Amerika wird jemals *da*gegen aufstehn können: ein Galerist in Afrika. Schreib ihm, Du Tier. Er ist jetzt Dolmetsch und Telefonist bei den Briten, und er will viele Briefe haben. Adresse: 13809120, Pte. Stappler A., 337 (A) Coy., Pioneer Corps, British North African Forces.

F. T.

Hollywood, 2. November 1943

Mein Sargnagerl mein goldiges,

da nun ganz zweifellos der November hereingebrochen ist und somit die Zeit, da Du Dich in einen Cpl. i. P. zu verwandeln planst, nicht mehr ferne sein kann – da eine Ehrencompagnie Strategen bereits damit beschäftigt sein dürfte, die Ehrensalve einzuüben (wie es bei Hammerschlag heißt: »Kamraden, dann sollt ihr mir sprechen – Drei Zeilen wohl über mein Grab«) – da dem allen so ist, gebe ich Dir noch einmal bis zu den Iden d. M. Zeit, meine Frage zu beantworten. Als welche lautet: WOS IS?!

Da Du jedoch *nichts* Menschenähnliches mehr an Dir hast, wirst Du mir auch jetzt keineswegs sofort schreiben, ja nicht einmal innerhalb dessen, was der juristische Sprachgebrauch als eine angemessene Frist bezeichnet – und zwar wirst Du das nicht bloß deshalb nicht tun, weil Du gegen meine Novelle Einwendungen zu erheben hast, welche zu klarifiz- resp. zu formulieren Deiner neanderthalerischen Sturheit zu mühselig erscheint, sondern auch deshalb nicht, weil bereits die Klarifiz- resp. Formulierung dieser Begründung hoch über Dein Irdisches hinausragt. Gib Dir also keine Mühe, wenn Du mir dann eines Tages *doch* schreiben solltest...

Er wird, das sehe ich kommen, kommen, wenn der Termin des von Dir einzureichenden Abschieds so unmittelbar vor den Toren stehen wird, daß ich in den verbleibenden fünf Tagen beim besten Willen nichts für Deine Unterbringung in einer kriegswichtigen Beschäftigung mehr tun kann – wozu es nämlich, z.B., eines Curriculum Vitae, einer Applikation und noch andrer Kurzweiligkeiten bedürfte, über die Du ja außerdem besser Bescheid weißt als ich. Nur zu, mein kleiner Hydriot. Ich seh schon, wir werden aber sieben Jahre fronen müssen, eh daß wir einander vermählt werden – wer weiß wo, um, wenngleich widerwillig, mit Liliencron zu sprechen.

Apropos widerwillig (*und* Liliencron) – da ist mir doch kürzlich der Ernst Wiechert, ein schon vor Hitler nicht unangesehener Autor etwa aus der Carossa-Gegend, in ein KZ gesteckt worden, wegen einer Rede vor deutschen Studenten, und da wollt ich doch einmal wissen, was das also für einer ist, der den Nazi solchen Widerstand leistet, und hab mir vom German Department der hiesigen Universität (dem ich als Assistent angehöre) einen 1940 von ihm veröffentlichten Roman verschafft. Ich habs bis zum Schluß nicht glauben können, ich hab bis zum Schluß gewartet, daß auf der letzten Seite der eine Satz kommt, der alles umschmeißt und allem den wahren Sinn gibt – aber wo dachte ich hin. Es ist entsetzlich und trostlos, und wenn *das* schon der *Anti*-Nazi ist, dann reicht zumindest *meine* Phantasie nicht mehr aus, mir einen Nazi vorzustellen.

Es wird kein Ende nehmen, niemals, Du hast ganz recht, und wir werden das alles noch ein drittes Mal erleben. Sie sind schon am Werk, ich weiß es, und ich kann sie beinahe hören. Und ich komme immer mehr zu der Einsicht, daß es wirklich nur die eine Alternative gibt: entweder man hebt die Nordsee solange, bis Linz zum Freihafen wird – oder man übergibt ihnen freiwillig die Weltherrschaft. (Sie einen Krieg gewinnen zu lassen, *genügt nicht* – ich hab jetzt etwas Literatur aus der

Zeit nach dem siegreichen 70/71er-Krieg gelesen, und sie war von Hitler.)

Wie selig, mein Lieber, wie selig sind die Armen im Geiste, die sich vom sohzjohlohgischen Unthabau die endgültje Bewältjung vasprechen. Was aber ist unser? Das Himmelreich vielleicht? Ich bitte denn doch um Auskunft.

Servus, Du. Ich hatte Dich so lieb.

Hollywood, 29. November 1943

Mein Lieber,

noch in der 26. Auflage der »Wiener Küche« von O. u. A. Hess, in Fachkreisen auch »Der große Hess« genannt, auf dem Titelblatt hingegen »Ein unentbehrliches Hilfs- und Nachschlagebuch für Leitungen und Hilfskräfte häuslicher und gewerblicher Klein- und Großküchenbetriebe, von Regierungsrat Olga Hess, Fachinspektorin, Direktorin... etc.... und der ihr angegliederten Schulen und Kurse und weiland Hofrat Prof. Adolf Hess, Ministerialinspektor... Direktor d.R.... Gründer... etc.«, Leipzig und Wien, Franz Deuticke, mit einem Zitat aus einer Ansprache von Frau Marianne Hainisch (datiert 20. September 1906!) als Motto,

findet sich auf Seite 532, im Kapitel XIII (Kaffeehausgetränke), Abschnitt 4 (Kaffeezubereitung), die folgende *Fußnote* über »Kaffeemaschinen«: »...Die idealste Maschine wäre eine solche, bei welcher der Kaffee nur mit Glas oder Porzellan, nicht aber mit Metall, insbesondere nicht mit unverzinntem, nicht allseits glattpoliertem eckenfreien Metall in Berührung kommt. *Die Vorliebe unserer Altvorderen für einen gut bereiteten, sogenannten ›Häferlkaffee‹ war daher nicht ganz unbegründet.«*

Mein Lieber, wenn *das* keine goldenen Worte sind, dann weiß ich nicht mehr, wo wir sie für die schweren Zeiten, die uns bevorstehen, hernehmen sollen, und ich schließe nicht nur deshalb, weil ich in außerordentlicher Eile bin, sondern weil ich wirklich nicht sehe, was ich da noch hinzufügen sollte.

(Gez.)
unleserlich, m. p.

Ungefähr Montag früh

Mein Lieber,
ich freue mich, daß Du dich endlich zur Lektüre von seriöser Literatur gefunden hast. Das Kapitel »Kaffeehausgetränke« im Hess ist eines der spannendsten und vom fahlen Glanz eines kulinarisch-gastgewerblichen Vormärz um- und durchflossen.

O Gott, was wird aus uns. Ich habe schon in Wien – anläßlich der Eröffnung des neuen Kahlenbergrestaurants – erklärt, daß man mit Glas und Nickel nichts Anständiges kochen kann. Glas und Nickel und eckenfreies Metall sind nur brauchbar als Sehnsucht der Frau Regierungsrat Hess – wenn die Sehnsucht gestillt ist, so kommt eine Cafeteria heraus. So ist es mit allen Sehnsüchten vom sozialistischen Staat bis zur endlichen Besitznahme der Gouvernante durch den herangewachsenen kleinen Moritz...

Servus.
Peter Heller
ehemaliges Mitglied des Verwaltungsrates der Aktion »Don Quijotes nach Spanien!«

Hollywood, 29. Januar 1944

Mein Lieber,

...Nun ist es wieder worden Tag, so daß ich mich meiner überaus lärmenden Remington bedienen kann ohne den Protest meiner Anrainer hervorzurufen (auf deren Wohlwollen man ja leider anstehn muß in Zeiten wie diesen die so übervoll sind von gepflogenen Erhebungen).

Mein Lieber, ich habe Deine beiden Zettel noch einmal durchgelesen, und bin zu dem Ergebnis gekommen, daß Du an einer höchst sonderbaren, mittenwegs zwischen Schizophrenie und Solipsismus gelagerten Art von Geistesgestörtheit leidest, die ich außer an Dir nur noch an der Marlene Dietrich festgestellt habe: die hört einem auch nicht zu, wenn man mit ihr redet, und zwar hört sie einem mit einer geradezu erschütternden Konzentration nicht zu, sie hockt in sich selbst »wie Käfer hockt im Bärenstein« – aber sie hat erstens viel schönere Beine als Du, und zweitens treffe ich sie immer nur zufällig, indessen mich an Dich ein planmäßig und hoffärtig von mir gefördertes Schicksal kettet, und was soll aus uns werden?!

...Mein Lieber, was soll aus uns werden?! Das Café Herrenhof *ist nicht mehr,* und zwar im plansten, vordergründigsten Sinn des Wortes nicht. Es wurde bereits im Jahre 1939 in eine Möbelfirma (!!) umgewandelt, und das haben mir im Jahre 1940 die Eltern des (inzwischen leider Gottes aus Frankreich nach Polen deportierten) Thorn noch aus Wien nach Hollywood geschrieben, nachdem sie nämlich den Albert wirklich und wahrhaftig noch einmal getroffen hatten, als Ober in dem für Juden zugänglichen Café Johann Strauß am Franzjosefs-Kai, und das ist weiß Gott ein Untergang mit fliegenden Fahnen und mit dem Ausruf: »Indivisibiliter ac inseparabiliter!«

Es *hilft* nichts, mein Lieber, und wir *müssen* uns darüber klar werden. Ich erinnere mich, daß im Jahre 1934, als ich gerade wieder in Prag war, das dortige Herrenhof, Continental geheißen, aus geheimnisvollen juristisch-finanziellen Gründen von einem Tag auf den andern und ohne jede Ankündigung seine Pforten schloß, und ich werde den Anblick der verstörten, dumpf vor sich hinmurmelnden Juden, deren einige sich tatsächlich die Stirne angehaut hatten, nie vergessen. Es war wirklich wie in den Letzten Tagen der Menschheit – »Ein Rudel Böcke steht mit gesenkten Köpfen. Es regnet von unten« –, und ich habe damals ein sogenanntes »Entrefilet« geschrieben, welches ungefähr mit der Aussage schloß: »Und eines Tages werden wir vor den Pforten sämtlicher Kaffeehäuser stehen, die unser Leben ausmachen, und sie werden alle versperrt sein. Das ist das Ende der Zeiten.«

Das *ist* es denn auch, mein Lieber. Und wir sind noch verhältnismäßig fein heraus, weil wir es wenigstens wissen.

So laß uns denn – vita somnium breve, Du sagst es – weiter träumen und spintisieren...

Dein F. T.

Justinian Frisch

»Wenn es mich auch schmerzt, in der Wiener literarischen Emigration keine andere Etikette zu tragen als die eines ›Insassen des Café Herrenhof‹...« *Frisch an Torberg, 1. Juli 1947*

»...sehe ich aber nicht ein, warum die Etikette eines ›Insassen des Café Herrenhof‹ Sie überhaupt schmerzen sollte...«

Torberg an Frisch, 5. Juli 1947

»...ist der Ausdruck ›Insasse‹ keine erschöpfende Charakteristik des Besuchers des Herrenhof...« *Frisch an Torberg, 12. Juli 1947*

»Nein, Herr Doktor, ›Insasse‹ ist schon das rechte Wort...«

Torberg an Frisch, 8. August 1947

»Also: ›Insasse‹ wird nochmals und nachdrücklichst abgelehnt.«

Frisch an Torberg, 13. August 1947

Stockholm, 1. Juli 1947

Sehr geehrter Herr Doktor!

Ja, ich bin es! Wenn es mich auch schmerzt, in der Wiener literarischen Emigration keine andere Etikette zu tragen als die eines »Insassen des Café Herrenhof«, so tut es mir andererseits wiederum wohl, nach so langer Zeit und über so großen Raum hinweg als Angehöriger einer merkwürdigen, wenn auch nicht sehr angesehenen Gemeinschaft begrüßt zu werden. Ich danke Ihnen für Ihre Grüße und erwidere sie aufs Herzlichste. Aber – ich erinnere mich Ihrer nicht, d.h. Ihrer materiellen Erscheinung nicht, wohl aber Ihrer Bücher (besonders »Schüler Gerber«). Sind Sie mit der großen Sezession aus dem Café Central mit Leo Perutz, Fred Polgar, Otto Soyka u.a. übersiedelt? Andere blieben ja der Peter Altenberg-Stätte treu, wie Egon Friedell, andere lebten amphibisch in beiden Lokalen. Ich selbst bin freilich als Gymnasiast verbotenerweise noch ab und zu ins alte Griensteidl gegangen.

Jetzt mache ich seit elf Jahren Bücher für den Bermann-Fischer Verlag, für den ich auch schon ein Dutzend Bücher aus dem Englischen übersetzt habe. Kaffeehäuser gibt es in Stockholm nicht. Wer wird noch – außer Werfel in »Barbara« – dem Wiener Kaffeehaus ein Denkmal setzen?

Nun zum sachlichen Inhalt Ihres an meinen Kollegen Walter Singer gerichteten Schreibens. Ich lese heraus, daß Sie mit der Redaktion betraut sind und aus 39 Büchern Leseproben auswählen sollen, die, in einen sogenannten Almanach* vereinigt, in Wien gedruckt werden sollen.

Ich will Ihnen nicht verhehlen, daß ich hinsichtlich der technisch-artistischen Möglichkeiten, die ein repräsentativer Almanach fordert, überaus flau bin. Es gibt in Wien kein Papier, es wird elend gearbeitet, kurz es ist schlimmer als es um 1920

* »Zehnjahrbuch 1938–1948«, redigiert und eingeleitet von Friedrich Torberg

in Deutschland war. Ich hoffe wenigstens, daß ich die Typographie und Ausstattung werde von hier aus leiten können. Wir werden ja sehen.

Nochmals vielen Dank für den lieben Gruß und herzlichste Grüße meinerseits.

Ihr sehr ergebener
Frisch

New York, 5. Juli 1947

Sehr geehrter Herr Doktor,

ich möchte Ihnen für Ihren eben eingetroffenen Brief in aller Eile und Herzlichkeit danken, und möchte außerdem einige Klar- und Richtigstellungen vornehmen, die mir von prinzipieller Wichtigkeit zu sein scheinen.

Zum Beispiel trifft es durchaus nicht zu, daß Sie in der »Wiener literarischen Emigration« keine andre Etikette trügen als die eines »Insassen des Café Herrenhof«, – sondern jeder bessere Mensch (deren es freilich in der Wiener literarischen Emigration nicht allzu viele gibt) weiß ganz genau, welch hervorragenden Anteil Sie an der Gestaltung des Bermann-Fischer Verlags nehmen. Anderseits sehe ich aber nicht ein, warum die Etikette eines »Insassen des Café Herrenhof« Sie überhaupt schmerzen sollte, – ich empfinde sie im Gegenteil als etwas höchst Respektables und Ehrenwertes, fast so wie »Inhaber des Maria Theresien-Ordens«, und ich werde es mir (um gleich auch eine andre in Ihrem Brief enthaltene Frage zu beantworten) dereinst noch inbrünstig angelegen sein lassen, die »Barbara«-Tradition fort- und dem Wiener Kaffeehaus ein Denkmal zu setzen.

Für meine Person habe ich die Hochblüte des alten Café Central leider nicht miterlebt (ich bin, was ich nicht nur aus diesem Grund bedaure, erst 1908 auf die Welt gekommen), –

mir war es nur noch ein düsteres Symbol einstigen Glanzes, eine Art Kapuzinergruft mehr dunkel, manchmal schlich ich mich ins Schachzimmer ein, manchmal fungierte ich als konzessionierter Kiebitz Heini Frankels bei der nachmittäglichen Rostopschin-Partie,* die Mitglieder der großen Sezession – Perutz, Soyka, Polgar (den ich auch hier gelegentlich sehe) – kenne ich nur noch aus dem »Herrenhof«, und vollends das Café Griensteidl nur noch aus der »Fackel«.

Meine eigene »Herrenhof«-Laufbahn hatte ihre Knotenpunkte in Ernst Polak (mit Anschluß an Werfel, Hermann Broch, Musil etc.), in Gustl Grüner (mit Anschluß an Karl Kraus) und einigen umliegenden Ortschaften wie Milan Dubrovic, Dr. Inngraf (mit denen ich seit Kriegsende wieder in regelmäßiger Korrespondenz stehe), und schließlich im Spielzimmer, hier vor allem mit Dr. Sperber und Stappler (der mittlerweile auf abenteuerlichsten Wegen über Afrika und Italien wieder nach Wien zurückgekehrt ist). Soviel zu meiner »materiellen Erscheinung«; außerdem soll ich Sie von Leo Frischauer grüßen, der hier ebenso wie ich dem hier ebenso wie in Stockholm nicht existenten Kaffeehaus nachtrauert.

Ihre Besorgnisse wegen des Almanachs sind durchaus die meinen, und Ihre Hoffnung, daß Sie die Typographie und Ausstattung von Stockholm aus leiten werden, ist mein Trost. Wir werden ja, wenn und sobald es dazu kommt, sicherlich noch miteinander Fühlung nehmen...

Bis dahin, mit allen guten Wünschen und Grüßen, bin ich

Ihr ergebener
Friedrich Torberg

* eine komplizierte Tarock-Variante

Sigtuna, Pensionat Sandsborg, 12. Juli 1947

Meister Torberg!

Ihr Brief vom 5. d. M. traf mich auf meinem Sommerurlaub, und somit in Muße und schreibelustiger Laune, und ich will Ihnen gleich sagen, daß Sie mir als Partner eines Briefwechsels, wie ich ihn in früheren Tagen zu pflegen liebte, gar wohl behagen würden. Nachdem mir, dem 68jährigen, im Lauf der Zeiten so viele Kumpane weggestorben sind, nachdem ich seit bald neun Jahren des gewohnten Milieus, des Dialogs in meiner Muttersprache (man nannte das Geschwätz am Marmortisch Gedankenaustausch, obwohl die Bezeichnung »Gedaikez« passender wäre) fast völlig beraubt bin, ist mir Ihr Brief wie eine lebendige Stimme aus einer Vergangenheit erklungen, nach der ich mich zwar keineswegs zurücksehne (es war zuviel Mieses darin), die ich aber unter keinen Umständen vergessen und versunken wissen möchte.

»Versuch' ich's wohl, euch diesmal festzuhalten?« Ich darf wohl annehmen, daß die kleine Auswahl an Herrenhof-Erinnerungen, die ich hier auszupacken vorhabe, Sie nicht langweilen wird, ja, ich bilde mir ein – da ich an einen Dichter schreibe –, daß die schwankenden Gestalten ihn ansprechen, ihn zu Neu- und Umschaffung anregen, kurz, ihn in dem angedeuteten Entschluß, das Wiener Kaffeehaus in einem seiner künftigen Werke auferstehen zu lassen, bestärken werden.

Zuvor noch ein Wort über den »Insassen«. Der Ausdruck assoziiert sich mit dem Begriff der Strafanstalt, des Versorgungshauses, des Alkoholikerheims, kurz mit der Vorstellung solcher Institute, in denen man sich, meist unfreiwillig, dauernd – Tag und Nacht – aufhält. Nun, was die Dauer des Aufenthaltes betrifft, so mag diese als tertium comparationis ihre Gültigkeit haben. Im übrigen aber sehe ich keine Vergleichsmomente, und man müßte statt Insasse richtiger »täglicher Besucher«, »Habitué«, allenfalls noch »Stammgast« oder »Dauergast« sagen. Auch ist der Ausdruck »Insasse« keine erschöpfende Charakteristik des Besuchers des Herrenhof, da ja alle – mit gewissen Ausnahmen – tagsüber (bis etwa vier Uhr nachmittags) irgendeinem Berufe nachgingen. Es waren, wie gesagt, zum großen Teil Literaten und Künstler, an zweiter Stelle kamen die Rechtsanwälte, dann gab es Kaufleute, Bankbeamte, Ärzte, Verleger, Journalisten, Buchmacher, Schauspieler, Kunsthistoriker, Wucherer, Inseratenagenten, Teppichnepper, Versicherungshyänen, Betrüger, Erpresser, Hochstapler und eine Unzahl Huren. Diejenigen, die *nur* Insassen waren, pflegten schon um die Mittagsstunde ihre Zeche zu machen – Debrecziner mit Senf, zwei Eier im Glas, Schinkenbrot –, deren Bezahlung vom Erfolg der abendlichen Rummy- oder Bridgepartie abhing. Zu dieser Sorte gehörten die professionellen Bridgespieler, nicht aber die im Aussterben begriffenen Tarockspieler, die immerhin ein bürgerliches Element repräsentierten.

Was nun Ihren kühnen Vergleich – »Insasse des Café Herrenhof = Inhaber des Maria Theresien-Ordens« – betrifft, so werden Sie diese mehr als gewagte Parallele zurückziehen müssen, sobald Sie die hier folgende Parade an sich vorbeiziehen lassen haben. »Respektabel«! »Ehrenwert«! Sonderbare Titel für ein Publikum, das (von der rassischen Zusammengehörigkeit abgesehen) so uneinheitlich, so buntscheckig, ja so voller Gegensätze war wie das des Herrenhof. Ganz zu schweigen davon, daß dieses Kaffeehaus ein ausgedehnter Komplex war, dessen einzelne Gebiete – das Frontlokal an der Herrengasse, der mit buntem Glas gedeckte, wiederum unterteilte Mittelsaal, das schon als Spielzimmer benutzte Verbindungsstück gegen die Räumlichkeiten an der Wallnerstraße, zu denen einige Stufen hinabführten und die zuletzt nur noch »Bridgestube« waren – untereinander kaum nennenswerte Beziehungen unterhielten. Ganz vorne saß, wohl schon vormittags, das »fluktuierende« Publikum (also keineswegs

»Insassen«), im Mittelsaal bewegte sich von Tisch zu Tisch, hospitierend oder zu kurzem Gruß oder Worttausch da und dort stehen bleibend, das »bessere« Publikum, während in den hinteren Räumen eine ruhelose Bohème hauste, kam und ging, telephonierte, flirtete, Briefe schrieb und hauptsächlich Karten spielte. (Billard gab es hier seltsamerweise nicht.)

Ich selbst war, obgleich bürgerlich bis in die Knochen, »Insasse« dieses hinteren Teiles, wo auch mancher Literat wohnte – dauernd ambulant und eine Trabuko aus Papierspitz rauchend Otto Soyka, seßhaft in geistreichem Gespräch Gina Kaus, ewig mit halbblinden Augen Ecarté spielend Gustl Griener (er hieß wohl Grüner, aber Sperber sagte nie anders als Griener, und zwar »Schöner Griener...«, das alte Studentenlied zitierend, oder »Besser Grien Siebener als sieben Griener«) und manch anderer, dessen Namen und Gestalt zu beschwören mir im Augenblick nicht gelingen will.

Dort saß u.a. der Frauenarzt Dr. Sachs, sich vor Lachen schüttelnd, mit tränenden Augen, vor Lachen kaum fähig zu sprechen, und erzählte die lustige Geschichte, wie er einmal bei dem Versuch, eine Frühgeburt herbeizuführen, der Leibesfrucht ein Bein ausgerissen habe. Dort erschienen gegen zehn Uhr abends der fragwürdige Entrepreneur Wagenberg mit seiner Freundin, der Tochter des Buchmachers Fehr, lebhaft begrüßt mit dem Kosenamen »Wagi« (man sagte wohl auch lasziv: Da kommt Wagi mit der Vagina). Es erschien der verkommene Sohn Alfred Adlers mit einer entzückenden Freundin, deren Mann bis auf weiteres im Landesgericht saß. Es kam der Schwimmer und Karikaturenzeichner Stern, der verkrachte Geschäftsbücherfabrikant Selka (er nannte sich Doktor und war tatsächlich ein sehr gebildeter Mensch, lebte aber vom Bridgespiel), es kam die Frau des jungen Devrient, die Frau Silvara, die geschiedene Witwe von Ernst Specht (nun Modell des Malers Eisenmenger für massive allegorische Figuren), es kam, fahrig und zu flüchtigem Schnorrbesuch Anton Kuh, ja sogar

Egon Dietrichstein, längst nicht mehr Journalist, sondern nur noch Geldverleiher, tauchte ab und zu auf, um seinem Anwalt Sperber bittere Vorwürfe wegen schlechter Führung seiner Prozesse zu machen.

Es kam, heruntergekommen und ohne Kreuzer Geld, der Rechtsanwalt Ullmann, um sich mittels einer Tarockpartie (zum Rummy brauchte man einen Einsatz) ein paar Schillinge zu schaffen, es kam der ebenso verschnorrte Rechtsanwalt Silbermann, nicht zu verwechseln mit dem abscheulichen Silberberg, das Ordinärste, was man sich denken kann. Dann der dümmste aller Insassen, Robertl Weil, ein gespritzter Advokat mit hochmusikalischen Interessen. Manchmal kam der Schwager und Sekretär des Schauspielers Joseph Schildkraut (d. j.), Hermann Goldner, und stotterte von elf bis eins. Dazu noch eine Menge Individuen, von denen man überhaupt nichts wußte, sie aber der Spionage, der Erpressung, des Falschspiels und anderer ehrenrühriger Handlungen verdächtigte. (Ab und zu erschien wirklich ein Polizeibeamter in Zivil und ersuchte den Betreffenden, mit ihm hinauszukommen.) Wichtig waren natürlich auch die »Wurzen«, von denen ein großer Teil der Genannten lebte.

Die von Ihnen genannten Großkopferten (Werfel, Broch, Musil) kamen wohl nie in diese Niederungen, sondern saßen in gewichtigem Gespräch in den erhöhten Logen des Mittelsaals. Dort fand sich wohl ab und zu auch mein verstorbener Freund, der Verleger Ernst Peter Tal (Bruder des Schriftstellers Ermers) ein, aus Sparsamkeit aus einem Bernsteinspitz halbe Zigaretten rauchend und, breit lächelnd, mit spiegelnder Glatze, jüdische Anekdoten erzählend.

Dort saßen auch die Mäzene, wie z.B. der Generaldirektor der Roth-Kosteletzer Spinnerei, Austerlitz, übrigens ein ausgezeichneter Aquarellist. Dort saß der hervorragende Radierer Stößl, dorthin kamen – nur gelegentlich und quasi inspizierend – alle möglichen Persönlichkeiten, also keineswegs »Insassen«, sondern nur Ehrengäste, mit denen die Dauergäste kaum in Berührung kamen. Dazu noch die »Pendelbesucher« der beiden Kaffeehäuser – Central und Herrenhof –, vielfach solche, die einmal hier, einmal dort die Zeche schuldig blieben.

Die von Ihnen genannten Milan Dubrovic und Dr. Inngraf kenne ich nicht einmal dem Namen nach. Hingegen erinnere ich mich recht gut des jüdischen – sehr jüdischen – Schauspielers oder Regisseurs oder Impresarios Stappler, der sich noch in den frühen Morgenstunden im reduzierten Café de l'Europe als vorzüglicher Sperber-Imitator produzierte. Er verfügte über einen unerschöpflichen Anekdotenschatz und über höchst eindrucksvoll wiedergegebene Reminiszenzen aus dem Osten, besonders aus der Bukowina. Ein unvergeßlicher Spaßvogel.

Es werden mir, angeregt durch Ihren Brief, im Laufe der Zeit noch viele Menschen einfallen, alle in Verbindung mit unsterblichem Anekdotengut, und ich werde es mir kaum verkneifen können, die Cavalcade der Gespenster – es sind wohl meistens Tote, die hier in Dunst und Nebel um mich steigen – fortzusetzen. Sollte ich damit dazu beitragen, in Ihnen das Bild einer immerhin interessanten Vergangenheit zu verlebendigen, so wäre ich zufrieden.

Ihr sehr ergebener
Frisch

New York, 8. August 1947

Liebwerter Herr Doktor Frisch,

haben Sie vielen herzlichen Dank für Ihren schönen, ausführlichen, erinnerungstrunkenen Ferien-Brief, den ich in der Hoffnung, gleichfalls auf Ferien gehen zu können und ihn sodann in den adäquaten Traditionen eines noch gar nicht so lange vergangenen perikleischen Zeitalters zu beantworten, bis heute nicht beantwortet habe. Nun, da es mit meinen Ferien endgültig nichts geworden ist, muß ich also versuchen, dem Perikles von hier aus gerecht zu werden.

»Wahrlich«, heißt es in meines Freundes und Mitparodisten Robert Neumanns Parodie auf einen Plato-Dialog, »wahrlich, als einen Vortrefflichen bezeichne ich dich, o du mein Xymmachos, in bezug auf die Erkenntnis!« So auch ich Sie. Denn aus Ihrem Brief spricht ein so tiefes, gediegenes Wissen um die letzten Dinge, daß ich sogar Ihren Protest gegen die Bezeichnung »Insasse« hinnehmen will, obgleich Ihre Begründung – nämlich der Hinweis auf die mit dem Begriff Insasse sich verbindenden Assoziationen »der Strafanstalt, des Versorgungshauses, des Alkoholikerheims, kurz mit der Vorstellung solcher Institute, in denen man sich, meist unfreiwillig, dauernd aufhält« – obgleich dies alles mich also sehr verlockt, es in einen Beweis *für* die Richtigkeit der Bezeichnung »Insasse« umzudeuten.

Was die Dauer des Aufenthalts betrifft, so haben Sie das ja selbst getan. Aber was ist's mit dem Versorgungshaus? Hat nicht, wie jegliches Stammcafé, auch das Herrenhof für einen Großteil seiner Insassen tatsächlich diese Rolle gespielt? Durften sie ihrer physischen und geistigen Nahrung, ihrer Schale Braun mit zwei Gebäck und ihres Näpfchens Druckerschwärzensuppe mit Diskussions-Einbrenn dort nicht sicher sein, auch wenn sie gar kein Geld hatten? Und wer, anderseits, hätte sein Stammcafé, und das Herrenhof zumal, nicht oft und oft als Strafanstalt empfunden und verflucht? Und wäre die eingeleisige Hartnäckigkeit, mit der man dennoch immer wieder hingetorkelt kam, nicht eines Alkoholikers würdig gewesen? Vollends aber die »Unfreiwilligkeit« des Aufenthaltes – daß Sie *die* als Gegenargument gegen den »Insassen« anführen, ist fast schon untragbar! Wann wäre jemals ein wirklicher Stammgast es wirklich freiwillig geworden und geblieben?

Wann hätte er jemals einen einzigen vernünftigen Grund dafür beizubringen gewußt, daß er gerade in diesem Kaffeehaus Stammgast geworden war und nicht in jenem? Und wann hätte jemals ein einziger von einem andern vorgebrachter Vernunftgrund ihn dazu vermocht, jenes mit diesem zu vertauschen?

Nein, Herr Doktor, »Insasse« ist schon das rechte Wort, und es sollte sich Ihnen nicht mit so unguten Begriffen wie den obigen assoziieren, sondern zum Beispiel mit Truchseß, mit Mundschenk, mit Aachen in seiner Kaiserpracht, mit Zwingburg und Herrenhof. Zeit meines Lebens habe ich verächtlich auf jene literarischen Naturbolde herabgesehn, die sich da mit Blut und Boden so großmächtig auftaten. Denn der Linoleumbelag im Mittelgang war mindestens so dreckig wie denen ihre Scholle, und der Gestank im Schach- oder Spielzimmer konnte es mit denen ihrem Erdgeruch noch lange aufnehmen. Was Uckermark und Ackerdampf! *Mir* bringen Sie eine Nuß Gold und das Prager Tagblatt.

Wenn Sie nach alledem mit der Bezeichnung »Insasse« noch immer nicht einverstanden sind, dann würde ich Ihnen noch immer eine andre vorschlagen als eine der von Ihnen angeregten, wie »täglicher Besucher« (eine von der Polizeikorrespondenz Herzog gelegentlich der Verhaftung von Turfschwindlern gern gebrauchte Nomenklatur), wie den »Habitué« (der sich doch eher mit Opernpremière und Kaiserbar assoziiert) oder den »Stammgast« (mit dem sich schließlich auch Gillys Gastwirtschaft »Zu den drei Raben« ausweisen kann). Die Bezeichnung, die mir vorschwebt, wurde von Franz Werfel, dem dabei das Kaffeehaus vorschwebte, in seinem Zukunftsroman »Stern der Ungeborenen« geprägt und lautet »Beständiger Gast«. Ich hoffe, daß Sie sie nicht akzeptieren werden. Denn es wäre alsdann der unerhörte, allen Traditionen zuwiderlaufende Fall eingetreten, daß eine Diskussion tatsächlich zu einem Ergebnis geführt hätte.

»Erschöpfend« ist freilich auch diese Bezeichnung nicht – und welche wäre es. Was, überhaupt, wäre »erschöpfend«, wo es sich um Begriff und Einzelfall »Café Herrenhof« handelt (und ich möchte hier den Schopenhauerschen Satz vom Hunde dahin variieren, daß der Begriff Herrenhof das Substrat aller Einzelkaffeehäuser der Welt ist). Erschöpfend, bei all Ihrer bewundernswerten Akribie und Kontemplation, ist nicht einmal die von Ihnen gegebene Darstellung. Und wenn ich Ihre von profundester Sach-, Orts- und Personalkenntnis zeugende Namensliste überblicke, oder besser: wenn ich mir den Blick vorstelle, den Sie, um solche Liste zustandezubringen, auf Ort und Sachen und Personen haben ruhen lassen müssen, so stört mich an ihm denn doch und erst recht, daß er gerade an mir vorbei oder wohl gar über mich hinweg gegangen ist.

Fast hinter jedem der von Ihnen genannten Namen hatte ich Fug und Ursach, den meinen zu erwarten, fast an jedem der von Ihnen gestreiften Tische hoffte ich endlich mich zu entdecken, – aber nein, nichts da, keine Spur, im fürchterlichsten Sinn des Wortes keine Spur, und Rumpelstilzchen wird gegen mich zum Sinnbild greiflichster Popularität.

Was widerfährt mir da? Warum wird meine materielle Erscheinung, an die sich nicht zu erinnern Ihnen immerhin zugestanden sei, deshalb aus einem objektiv sich gebenden Abbild wegeskamotiert? War sie denn deshalb nicht vorhanden? War es ein Geist, mit dem die Großkopferten in den erhöhten Logen sich unterredeten? Ein Geist, den der schöne Griener mit spitzig fuchtelndem Zeigefinger von der Untunlichkeit einer weiteren Anhängerschaft an Karl Kraus zu überzeugen trachtete, damit den unverbindlichen Widerspruch Gina Kausens und den widerwilligen Beifall Ernst Polaks hervorrufend? Ein Geist, mit dem Alfred Adlers verkommener Sohn, der füllige Stern und das flinke Jüdchen Stappler des Pokerspieles pflegten? Ein Geist, an den zu später Stunde, da über allen Tischen schon die umgekehrten Sessel hochragten wie kahles Knieholz jenseits der Vegetationsgrenze, sich Dr. Sperber wandte, röhrend wie ein Hirsch zur Brunftzeit: »Kommen Sie, Reb Torberg! Ziehen wir blökend heimwärts auf unsern großen, ungewaschenen Füßen!«? Ein Geist, oder was sonst? Wohin ist meine materielle Erscheinung verschwunden? Wo, frage ich lautet meine Frage, wo sitz denn eigentlich ich?

Soll ich mich wirklich damit trösten, daß Sie zwei andre der von mir genannten Beständigen Gäste (Dubrovic und Inngraf) »nicht einmal dem Namen nach kennen«? Ich will es im Interesse einer gedeihlichen Fortführung unserer Korrespondenz versuchen, und will in dieser Hoffnung auch meinen Brief beschließen, die Epistola Secunda Herrenhofiensis sive De Apparitione Materialistica.

Möge Ihnen bald ein geruhsames Weekend beschieden sein und mir ein Brief. Es grüßt Sie

Ihr sehr ergebener
Torberg

Stockholm, 13. August 1947

Reb Torberg!

Dankbar übernehme ich Sperbers Anrede, da sie Ihrer Würde und Ihrem Range als talmudischen Daikezers vollauf gerecht wird. Habe ich doch noch niemals eine blühendere, phantasievollere Diatribie gelesen als Ihre sinnreiche Verteidigung des Wortes »Insasse«, ein Gedaikez voller anfechtbarer, wortspielerischer, zu Schmunzeln und erbitterter Gegenrede herausfordernder Scheinargumente, einen Abschnitt aus der Gemore*, zur Eröffnung tagelangen Streites höchlich geeig-

*erläuternde und kritische Erörterungen über die Mischna, die Sammlung von Lehrsätzen des mündlich überlieferten Gesetzes; Mischna und Gemore bilden den Talmud.

net. Nun wohl, ich hebe den Handschuh auf (oder war es schon *mein* Handschuh, den *Sie* aufgehoben haben?) und rüste zum Gegenangriff. Es wäre des Teufels, wenn ich Sie nicht mit eingelegter Lanze aus dem Sattel heben sollte!

Also: »Insasse« wird nochmals und nachdrücklichst abgelehnt. Ihre Argumente erfassen nach altem Talmudistenbrauch nur jene Kriterien, die Ihnen passen. Es sind Vergleichsmomente, die, aus einem Begriffskomplex willkürlich und schikanös herausgerissen, jeder Beweiskraft ermangeln, da nur das Ganze mit dem Ganzen, nicht aber ein einzelner Teil mit einem einzelnen Teil verglichen werden darf. Wäre das nicht so, dann könnten wir behaupten, ein Bahnhof sei dasselbe wie eine Synagoge, weil beide ein Dach haben. Ich will im Folgenden versuchen, Ihre Argumente wissenschaftlich zu widerlegen, zu welchem Zwecke ich Ihre Streitschrift vom 8. August 1947 in ihre grundsätzlichen Elemente zerlegen werde.

1. *Das Element der Dauer.* Dieses tertium comparationis, von mir um des lieben Friedens willen anerkannt, ist unzulässig. Vielmehr ist es für den Besucher des Café Herrenhof typisch, daß er es liebt, größere Pausen einzuschalten, in denen er es mit einem anderen Kaffeehaus versucht, sozusagen Urlaub zu nehmen oder am Ende ganz und gar auszubleiben (dies besonders dann, wenn seine Zech- und Spielschulden allzusehr angewachsen sind). Er ist seinem Stammlokal nicht treu, er ist meistens chronischer Gast, wird manchmal rückfällig und geht wieder ins Central, und unmerklich verändert sich ein Publikum, in dem es nur einige wenige ruhende Pole gibt.

Ihr Fehler ist, daß Sie eine relativ kurze Zeitspanne ins Auge fassen – etwa einige Jahre. Kam man aber nach einer größeren Pause wieder einmal ins Herrenhof, so fiel einem auf, wie sehr sich die Besetzung geändert hatte. Sie werden sagen, das träfe auch auf das Versorgungshaus zu. Gewiß – aber hier ist es allein der Tod, der die Insassen abberuft. Und das kann man von den Gästen des Herrenhof doch nur in vereinzelten Fällen sagen. Ich selbst hatte in meinem langen Leben mindestens fünf Stammkaffeehäuser: Als Gymnasiast und Student frequentierte ich das altehrwürdige Café Rebhuhn in der Goldschmiedgasse. Während des ersten Weltkrieges hauste ich im Domcafé. Eine Zeitlang fand ich mich fast täglich im Café Korb, Tuchlauben, ein. (Die Kriegserklärung erlebte ich im Café Rebhuhn, das Ende des Krieges im Café Korb.) Nachher kam das Central und schließlich das Herrenhof. Sie sehen, ich bin das Paradigma des wandernden ruhelosen Stammgastes, denn ich war, wie jeder andere, beeinflußt von äußeren, familiären, geschäftlichen Umständen, ich war bestenfalls ein zweijährig perennierender Wurzelstock. Daß es seßhaftere Gäste gab, will ich nicht bestreiten; aber dauernde Insassen wie in einem Versorgungshaus – nein!

2. *Das Element der Versorgung.* Gewiß, es gab Stammgäste, die von den besser situierten Gästen zwar nicht versorgt, aber doch freigehalten wurden. Es waren deren im alten Central nicht viele, etwa sieben, die turnusweise je einen Tag in der Woche das Privilegium genossen, die als wohlhabend geltenden Gäste anzubetteln. Dies geschah unter der Fiktion eines Darlehens, und der jeweils Berechtigte hieß (ein Sperberwort) »der Schnorrer vom Tag«. Ihre Existenz war ebenfalls auf einer Fiktion aufgebaut: man anerkannte sie als Dichter, wie z.B. den berühmten Krzyzanowski, den Werfel in der »Barbara« verewigt hat.* Als er eines Tages – außer der Tour – zu Perutz kam, um sich etwas Geld auszuborgen, sagte dieser erstaunt: »Aber Krzyzanowski, ich habe Ihnen doch erst gestern zwanzig Kronen gegeben?« Und dieser, eine verhungerte, schmierige, zerlumpte Erscheinung, vermutlich geschlechtslos, erwiderte mit zahnlosem Lächeln: »Perutz, Sie wissen ja: der Frühling – die Frauen!« Er ist übrigens tat-

*Vgl. auch Anton Kuh: »Luftlinien« (Löcker Verlag, Wien 1981), S. 23 ff.

sächlich verhungert. Man fand ihn, nachdem man ihn drei Tage nicht gesehen hatte, tot in seinem verwahrlosten Bett, in einem dreckigen Kabinett. Und das nennen Sie Versorgung! Übrigens gab es diese humanitäre Institution im Herrenhof nicht, wenigstens nicht systematisiert wie im Central. Die Schnorrer des Herrenhof waren gezwungen, täglich ihre Wurzen zu suchen oder die Zeche schuldig zu bleiben – ein unmoralischer Zustand.

3. *Das Element der Strafe.* Ihr Vergleich mit der Strafanstalt ist bei den Haaren herbeigezogen. Der innere Zwang, der uns Tag für Tag zu dieser Erlustigungsstätte hingezogen hat, ist doch dem äußeren Zwang, mit dem man Sträflinge in Strafanstalten festhält, keineswegs gleichzusetzen. Eher könnte man das Kaffeehaus als eine Vorstufe der Strafanstalt bezeichnen, wie sich denn auch daselbst zahlreiche Anwärter (so mancher hat auch später die zweite Stufe erreicht) aufhielten. Schon das Kartenspiel ist eine Betätigung, die sozusagen eine Etappe auf dem Wege nach Stein* darstellt. Nicht ohne Grund wird es von Moralisten als schiefe Ebene gebrandmarkt.

4. *Das Element des Alkoholismus.* Eine sehr fragwürdige Analogie! Denn unsere Süchtigkeit, die uns schon am frühen Nachmittag unruhig machte, trieb uns ja *ins* Kaffeehaus, wo wir Rausch und Anästhesie erwarteten, während der internierte Alkoholiker doch um jeden Preis *heraus* möchte! Als Insasse des Alkoholikerheims gleicht er eher einem Stammgast des Herrenhof, der *nicht* hingehen darf, also einem zwangsweisen Nicht-Insassen des Kaffeehauses! Übrigens wurde im Herrenhof sehr wenig Alkohol konsumiert. Ab und zu ein Doppel-Sliwowitz, sonst nur Kaffee und Soda mit Himbeer. Der Geist, von dem sich der Herrenhöfler nährte, war nicht materieller Natur.

*Strafanstalt in Niederösterreich

5. *Das Element des Drecks.* Hier will ich Ihnen, um der neuangeknüpften Freundschaft willen, einmal recht geben. Ich erinnere mich, daß auf allen Marmortischen Aschenschalen standen. Ob diese aber benutzt wurden oder nicht, war ganz gleichgültig: der Kellner, der nach dem Abgang eines Gastes wegräumte und dem vollgeschmierten Tisch mit der schmutzigen Serviette die Andeutung einer Reinigung widmete, leerte die Aschenschale ohnedies auf den Fußboden. Manchmal wurde ausgekehrt, beileibe nicht *nach* Schluß des Kaffeehauses, sondern irgendwann unter dem kreischenden Protest der mißachteten Kartenspieler. Eine Staub- und Mistwolke erhob sich, um sich nach dem Abzug der Reinemachfrau (wie hieß sie doch in Wien?) langsam wieder auf dieselben Stellen niederzulassen, von denen man sie aufgescheucht hatte.

In einem weiteren Punkte stimme ich Ihnen vorbehaltslos bei: eine Diskussion mit Ergebnis ist ein Nonsens, und Sie sehen, daß ich keineswegs geneigt bin, irgendeine Ihrer Propositionen zu akzeptieren. Sollte es *Ihnen* einfallen, Ihren Standpunkt aufzugeben und am Ende gar *mir* recht zu geben, dann werde ich sofort das Gegenteil von dem, was ich verfochten hatte, beweisen. Wir sind Demokraten, und ohne Opposition gibt es keine Demokratie, nicht wahr? Um Gotteswillen, geben Sie mir nicht recht!

Und nun zu einem wesentlichen Punkt: Ihre materielle Erscheinung. Können Sie mir es nicht verzeihen, daß ich mich beim besten Willen nicht erinnern kann, wie Sie aussehen? Ich kann doch nichts dafür. Es mag daran liegen, daß Sie keine der typischen Eigenschaften des Herrenhöflers in so ausgeprägter Form besaßen oder besitzen, daß ich Sie in eine der Kategorien einreihen könnte, die ich in einem früheren Brief aufgezählt habe. Sie waren wohl nur ein platonischer Kaffeehausbesucher. Die platonische Idee eines Herrenhöflers. Oder: ich habe Sie gekannt, habe wohl ab und zu mit Ihnen gesprochen oder (was weniger bedeutet) Karten gespielt, bin aber in all den Jahren nicht wieder an Sie (d.h. an Ihre materielle Erscheinung) erinnert worden, was ja in der Emigration kein Wunder ist, so daß das Gedächtnisrelais, das uns mit der Vergangenheit verbindet, unterbrochen ist, daß Sie also unweigerlich aus meiner Erinnerung gelöscht wurden. Sie wissen, da hilft keine noch so ehrliche Anstrengung – was fort ist, ist fort.

Aber, Reb Torberg, grämen Sie sich darüber nicht. Eine so intensive Anknüpfung, wie wir sie durch diesen – wenigstens für mich – hocherfreulichen Briefwechsel geschaffen haben, hätte das trübe Milieu des Herrenhof gar nicht zustandebringen können! Habe ich auch keine *alte* Bekanntschaft erneuert, so habe ich doch eine *neue*, sehr interessante und wertvolle gewonnen – dank *Ihrem* Gedächtnis, das mich über den Atlantik hinweg wiederentdeckt hat. Und ich will es dankbar lohnen, indem ich Ihnen aus den Fetzen und Fragmenten, die mir mein Gedächtnis gelassen hat, eine versunkene Welt wiederaufzubauen helfe, eine Welt, um die es zwar bei Gott! nicht schade ist, deren Andenken wir aber sentimental hegen – warum eigentlich? Das werden Sie als Dichter besser wissen.

Also, das Gedaikez geht weiter, d.h. wenn Sie Lust dazu haben. Es muß ja nicht gerade das Herrenhof sein. Aber bleiben wir schön in der Vergangenheit – die Gegenwart ist zu unerfreulich, und dann: wir kennen sie nicht. Lassen wir es bei unseren Geschichtsforschungen bewenden.

Apropos! Können Sie mir nicht Ihr Photo schicken? Vielleicht erwacht meine Erinnerung. Ich möchte natürlich jetzt erst recht wissen, wie Sie ausschauen.

Mit herzlichsten Grüßen, Reb Torberg,
Ihr sehr ergebener
Frisch

New York, 24. August 1947

Herr Doktor!

Außer dem Character Indelebilis der garantierten Ergebnislosigkeit (über den wir uns Gottlob einig sind – zweifellos ein faustischer Zug) weist die klassische Kaffeehaus-Diskussion noch ein andres Merkmal auf. Sie gelangt nämlich in den meisten Fällen an einen Punkt, der die Teilnehmer, nach Abklärung des anspruchsvollsten, kompliziertesten Für und Wider, plötzlich mit einer ganz primitiven Erkenntnis konfrontiert, die dann meistens auch von einem der Teilnehmer unter nachsichtigem Achselzucken dahin formuliert wird, daß zwei mal zwei eben vier sei, oder daß man etwas Unsichtbares eben nicht sehen könne, oder etwas ähnlich auf der Hand Liegendes. Ich nenne diesen Punkt den »Kellnerpunkt«, wobei ich von der Fiktion ausgehe, daß der zufällig vorüberkommende Herr Czerny oder Herr Hnatek, der die vorangegangene Diskussion gar nicht gehört hat, und hätte er sie gehört, sie gar nicht verstanden haben würde, – der also gar nicht ahnt, welche Ansprüche und Komplikationen bewältigt werden mußten, damit diese scheinbar ganz primitive Evidenz sich ergäbe, – daß also, sage ich, selbst der zufällig vorüberkommende Ober die soeben gemachte Aussage ohneweiters versteht und dies womöglich auch durch die Worte: »Da ham S' aber wirklich recht, Herr Doktor« kundgibt.

Ich fürchte nun, daß unsre Diskussion über den Begriff des Kaffeehaus-Insassen an einem solchen Kellnerpunkt angelangt ist. Denn wenn Sie, um mich der Unhaltbarkeit meiner Analogien zu überweisen, bereits mit Konstatierungen operieren zu müssen glauben wie der unter Punkt 4 (»Das Element des Alkoholismus«) gemachten, daß »im Herrenhof sehr wenig Alkohol konsumiert« wurde, so wird Ihnen da nun wirklich niemand williger rechtgeben als der Herr Czerny. Ganz zu schweigen von so gröblichen und offenkundig malevolenten Mißverständnissen wie der Versorgungshaus-Analogie, die Sie, mit einer dem Talmudisten recht übel anstehenden Vordergründigkeit, auf den »Schnorrer vom Tag« zu reduzieren trachten, den es als »systematisierte Institution im Herrenhof nicht gab«.

Als hätte ich solches behauptet! Als hätte ich nicht auch und zuvörderst den von Ihnen in einen ganz andern (»moralischen«) Zusammenhang hineineskamotierten Schuldigbleiber im Auge gehabt! Ja als wäre es nicht gerade dieser, dem das Kaffeehaus recht eigentlich zum »Versorgungshaus« wurde (denn den Schnorrer vom Tag hat ja gar nicht das Kaffeehaus »versorgt« sondern die wohlhabenden Gäste)! Oder wollen Sie dem durchschnittlich zahlungskräftigen und -willigen Stammgast, der dann und wann in größere oder kleinere finanzielle Luftlöcher geriet, a) das Recht auf ungestört weitergehende Versorgung absprechen und b) das Recht, sein Stammcafé eben darum als Versorgungshaus zu empfinden? Sollte Ihre sonst so empfindliche Silbenwaage den Unterschied zwischen Versorgungshaus und Armenhaus nicht registrieren? Sollte der Insasse, der zu finanzieller Leistung fähig ist, – und für die Verwaltung macht es keinen Unterschied, ob es »sein« Geld ist oder das seiner Verwandten, seiner Verleger, oder wessen immer, – sollte er weniger Insasse sein, weil er mehr zahlt? Unter feierlicher Berufung auf die mehreren hundert Schillinge, von deren Rückzahlung an mehrere Oberkellner des Café Herrenhof ich durch Adolf Hitler abgehalten wurde, verwahre ich mich gegen eine derartige Insinuation.

Ich habe indessen nicht die Absicht, das Wort, wie es im beiderseitig eingerückten, in fetter Borgis gesetzten Zwischentitel der Gerichtssaalrubriken hieß,

zur Duplik

zu ergreifen. Ich begnüge mich damit, zur Entkräftung Ihres Arguments von den verschiedenen Stammcafés, die man im Lauf der Zeit hatte (und die Sie gegen die Bezeichnung »Insasse« auffahren lassen), auf die Tatsache hinzuweisen, daß gelegentlich auch eine Transferierung aus der Währingerstraße nach Lainz vorgekommen sein soll. Und ich möchte zu Punkt 3 (»Das Element der Strafe«) nur noch bemerken, daß gerade bei den unzweifelhaftesten Stammgästen häufig eine vehemente, sonst nur gegen ehrenrührige Designationen aufgewendete Abneigung beobachtet wurde, sich so nennen zu lassen. Ich kannte einen Stammgast des Herrenhof, der einen Tag für Tag dazu beglückwünschte, daß man ihn heute hier angetroffen hätte, denn er wäre nur zufällig und ausnahmsweise hier. Jeder Psychiater wird Ihnen bestätigen, daß die nächste Stufe dieser Geistesverfassung der sogenannte Zellenkoller ist.

Natürlich haben Sie darin, daß es für jeden Menschen mehrere Stammkaffeehäuser gab, vollkommen recht, – erschrecken Sie nicht, ich meine es schon anders: man hatte nämlich *gleichzeitig* mehrere, ähnlich wie die Abkömmlinge bevorzugter Nationen (Schweizer z.B. und Amerikaner) gleichzeitig zwei Staatsbürgerschaften haben können, oder wie Zuständigkeits- und Wohnort nicht immer identisch sein müssen, oder wie man im einen Land heimats- und im andern aufenthaltsberechtigt ist. (Ich für meine Person hatte den Paß des Café Herrenhof und die Carte d'Identité des Café de l'Europe.) Hier spielte das Tageszeiten-Moment eine wichtige Rolle. War es schon einigermaßen dubios und ein Zeichen mangelnden Stilgefühls, wenn man z.B. das Frühstück statt in dem hiefür vorbehaltenen, tunlichst nahe der Wohnstätte gelegenen (und eigentlich dritten angestammten) Kaffeehaus in dem doch frühestens um 3 Uhr nachmittags aufzusuchenden Herrenhof einnahm, so wäre es vollends eine Barbarei gewesen, etwa im Europe zu jausnen, und ich kenne auch niemanden, der das getan hätte; oder er hat es mir verheimlicht, wissend, daß meine einzig mögliche Reaktion ein sofortiger Abbruch der Beziehungen gewesen wäre...

Nächstens mehr über den eigentlichen Gegenstand, das heute war nur eine Fußnote, damit in den »Briefen zur Beförderung der Humanität« keine Unterbrechung eintrete.

Ihr sehr ergebener
Torberg

Stockholm, 29. August 1947

Lieber Herr Torberg!

Ich weiß wirklich nicht, wo ich anfangen soll. Ihr letzter Brief strotzt von herausfordernden Anfechtbarkeiten, die alle zu bekämpfen und zu widerlegen, mir der Atem mangelt. Trotzdem: ich muß es versuchen.

Der von Ihnen so geistreich formulierte »Kellnerpunkt« ist ja niemals ein Schlußpunkt, sondern bestenfalls eine Fermate, nach der das Gefecht doch immer wieder aufflammt, um – zugegeben – gelegentlich wieder zu einem Gemeinplatz zurückzukehren. Denn so nennt man gemeiniglich die von Ihnen anspruchsvoll »primitive Erkenntnis« genannte Selbstverständlichkeit. Und ich will Ihnen – bedingt! – recht geben, wenn Sie feststellen, daß der Ober (übrigens: mein Kompliment! Die meisten Insassen des Herrenhof glaubten immer, der Ober der vorderen Abteilung heiße Hernatek) Hnatek den jeweiligen Gemeinplatz nicht nur verstanden, sondern auch akzeptiert hat.

Aber! Meine Konstatierungen sind ja keine solchen »primitiven Erkenntnisse«, sondern nur Hilfstatsachen in meiner Beweisführung. Oder betrachten Sie es als Erkenntnis, daß im Herrenhof sehr wenig Alkohol konsumiert wurde? Mit dieser Feststellung wollte ich Ihnen ja nur das tertium comparationis des Alkoholikerheims aus der Hand schlagen! Ebenso liegen die Dinge mit dem Schnorrer vom Tag: hier ist es die Analogie des Versorgungshauses, die radikal auszumerzen mir am Herzen lag. Also keine Erkenntnisse, keine Binsenweisheiten, sondern Daten.

Der Dreh mit den wohlhabenden Gästen, die den Schnorrer vom Tag versorgen, und dem Kaffeehaus, das den Schuldigbleiber versorgt – nebenbei bemerkt das schiefste Bild, das mir je begegnet ist: der sogenannte Kredit wird ja nicht freiwillig, ja sogar höchst widerwillig eingeräumt –, dieser Dreh krankt an einer inneren Morschheit, die ihn unfähig macht, als Träger weiterer Schlußfolgerungen zu dienen. Hätten Sie hingegen das Kaffeehaus als Zwangsanleihe-Institut bezeichnet, dann wären Sie der Wahrheit schon näher gekommen. Ob der zahlungsunfähige Stammgast den mit Hundertschillingscheinen wedelnden Maharadjah anpumpt, oder ob er beim Weggehen dem ahnungsvoll wartenden Ober mit nonchalanter Gebärde zuruft: »Ich zahl Ihnen morgen« – das sind ja nur zwei Varianten, zwischen denen der jedenfalls nicht aus eigener Tasche zahlende Insasse (ich gebrauche den Ausdruck aus freundschaftlicher Konnivenz) nach der jeweiligen Sachlage zu wählen hat. Er tut es ja nicht gern; lieber würde er die Hunderter flattern lassen. Er will also gar nicht versorgt sein, vielmehr ist er fallweise gezwungen, sich versorgen zu lassen. Nicht so der Schnorrer des Café Central, der auf Grund eines Gewohnheitsrechtes einen Tribut einhebt.

Nun reichen aber die vereinzelten, als Sonderlinge angesehenen und tolerierten Schnorrer nicht aus, um dem Kaffeehaus den Charakter eines Versorgungshauses zu verleihen. Ähnliche Parasiten gibt es ja überall, z.B. im Theater, auf dem Turf, auf der Elektrischen. Und wenn Sie von zahlungsfähigen oder zahlungswilligen Personen sprechen, die ab und zu stier sind, so dient gerade diesen das Kaffeehaus nicht als Versorgungsanstalt, sondern bestenfalls als Institution zur Überbrückung geldknapper Intervalle, und das einzige, was die beiden von Ihnen hartnäckig zum Vergleich herangezogenen Begriffe weitläufig miteinander verbindet, das ist eine gewisse Kontinuität, die ohne die Überbrückungskredite zerrissen wäre.

Der Unterschied zwischen einem Versorgungshaus und einem Armenhaus ist mir durchaus geläufig. Aber er besteht nicht darin, daß der Insasse des Versorgungshauses zahlt und der des Armenhauses nicht. Nein, auch der Pfründner zahlt nichts. Der Unterschied besteht darin, daß man auf die Unterbringung im Versorgungshaus Anspruch hat auf Grund der Zuständigkeit, während der Arme ohne Rücksicht auf den Heimatschein ernährt werden muß. Ob auch aus diesen Kriterien eine Ihrer beliebten Analogien bei den Haaren herbeigezogen werden könnte? Ihnen ist es zuzutrauen!

Und jetzt kommt der grauenvollste Trugschluß, dessen sich Ihre alttestamentarische Verbissenheit schuldig macht: Sie sagen, es seien auch schon gelegentlich Transferierungen aus der Währingerstraße nach Lainz vorgekommen. Meines Wissens nur ein einziges Mal: als nämlich das alte Versorgungshaus abgerissen und das neue in Lainz eröffnet wurde. Eine derartige Generalübersiedlung hat auch in der Geschichte des Wiener Kaffeehauses stattgefunden. Ich meine die demolierte Literatur, die Niederreißung des Café Griensteidl. Aber das hat mit dem Fluktuieren der Stammgäste nichts zu tun. Diese Erscheinung beweist, daß die Seßhaftigkeit des Kaffeehausbesuchers eine relativ seltene Eigenschaft ist, wie ich bereits in einem früheren Brief dargetan zu haben glaube. Daß es sehr viele Simultanstammgäste gab, ist mir nicht unbekannt. Aber gerade das erhärtet meine These von der Freizügigkeit des Kaffeehausbesuchers, ein Kriterium, das schlagend gegen den Terminus »Insasse« spricht.

Kampfpause bis zu Ihrem nächsten Brief. Und herzlichste Grüße von Ihrem

sehr ergebenen
Frisch

New York, 21. September 1947

Herr Doktor,

ich bitte Sie inständigst um Entschuldigung, daß ich Ihren Brief diesmal so verspätet beantworte. Abhaltungen der nebensächlichsten und unwürdigsten Natur waren schuld daran, ja man könnte geradezu von »Arbeit« sprechen, was ich indessen verschmähe. Ich sage nur drei Worte: Bermann-Fischer Verlag...

Betrüblicher Weise hat diese überlange Zwischenpause einigermaßen abkühlend auf meine polemische Gier eingewirkt – ähnlich wie es einem seinerzeit (und zwar zur Herrenhof-Zeit) mit der oder jener anvisierten Insassin geschehen konnte, die man dann aus irgendwelchen Gründen ein paar Wochen lang nicht sah, und bei der Wiederbegegnung feststellen mußte, daß das Ganze gar nicht so gefährlich war. Man stellte das teils mit Beschämung fest, teils mit einem Gefühl der Erleichterung, weil man den möglichen Weiterungen, die sich aus einer Fortführung der Frontalattacken vielleicht ergeben hätten, nunmehr enthoben war, lehnte sich aufatmend zurück und begann von andern Dingen zu sprechen.

So auch ich. Wobei ich nur eilends noch feststellen will (*falls* Sie daran überhaupt zweifeln sollten), daß selbstverständlich auch die »andern Dinge« dem Themenkreis »Café Herrenhof« angehören. Aber es soll kein Streit um Worte mehr sein, es soll kein Haar mehr gespalten und keine Silbe mehr gestochen werden. Es entspringt auch keineswegs meinem rechthaberischen Bedürfnis, das legendäre (und in Wahrheit gar nicht existente) »letzte Wort« zu behalten, wenn ich z.B. à propos »Versorgungshaus« noch bemerke, daß Sie mich da in eine formaltechnische Akribie der Beweisführung hineinmanövriert haben, die mir ursprünglich völlig ferne lag. Wenn der Begriff des Stammcafés in mir die Assoziation zum Begriff des Versorgungshauses hervorrief, so einfach deshalb, weil das Stammcafé für den, der es besaß, eben eine Art Rückendeckung darstellte, weil es ihm ein Dach überm Kopf, einen Sessel unterm Gesäß und (»Schnorrer vom Tag« oder nicht) eine Konsumation im Magen garantierte, – weil ihm, kurz gesagt, nichts passieren konnte, oder jedenfalls nicht so viel wie einem, der *kein* Stammcafé sein eigen nannte. Und Gott sprach: Es ist nicht gut, daß der Mensch ohne Kaffeehaus sei (Genesis 1, 18), – und heute, da wir so ganz und gar ohne Kaffeehaus sind, wissen wir erst, wie recht Er hatte.

Was den zum »Hernatek« entstellten Herrn Hnatek betrifft, so scheint mir hier ein typischer Fall von Volksetymologie vorzuliegen, – irgendjemand muß eines Tags Wind davon bekommen haben, daß er (von dem ich meinerseits die längste Zeit glaubte, daß er »Natek« hieße) mit einem H begänne, und da »Hnatek« tel quel unaussprechlich ist, verschwamm die Anrede »Herr«, unterstützt von seinem in der Tat seigneuralen Äußeren und Auftreten, zu untrennbarer Einheit mit dem böhmischen Familiennamen. (Es ist eine zusätzliche Sprachpikanterie, daß in dieses Namens Ursprungszunge, die ich dank mehrjährigem Aufenthalt in Böheimbs Gauen leidlich meistere, Hnatek so viel bedeutet wie »der Bewegliche, der Rührige« – kein schlechter Name für einen Oberkellner.)

Wenn Sie wollen, und ich sehe durchaus nicht ein warum Sie *nicht* wollen sollten, haben wir hier, anderseits, ein interessantes Gegenstück zum französischen Sprachgebrauch vor uns, welcher in Titular-Anreden (beim Militär zumal) das »Monsieur« im Gegenteil zu »Mon« verkürzt und die Anrede »Mon Colonel« vorschreibt: was keineswegs »Mein Oberst« heißt und keineswegs eine unziemliche und unzulässige Parallele etwa zum zärtlichen »mon chou« darstellt, sondern »Herr Oberst«. Vor dem Hinweis darauf, daß ja schon »Monsieur« ein zusammengesetztes Wort ist und daß der Herr des zweiten Teils bei militärischen Anreden eben sinnvoller Weise durch den betreffenden Rang ersetzt wird, sei hiemit gewarnt; wenn man *von* ihm spricht, heißt er »Monsieur le Colonel«.

Das symbiotische »Herr« hat bei mir persönlich einen nicht uninteressanten Vorläufer aus Kindertagen, wannselbst das gedankenlos heruntergeleierte Nachtgebet mir schon nach wenigen Zeilen unverständlich wurde, so daß ich zunächst einmal die Diemir für einen fremden Volksstamm hielt, dessen Angehörige sämtlich untereinander verwandt wären (»Alle Diemir sind verwandt«), worauf die folgende Zeile erst recht keinen Sinn mehr ergab und bestenfalls eine Bahnstation in Niederösterreich der göttlichen Obhut empfahl; sie hieß Herlaßruhn und dürfte am ehesten zwischen Göpfritz und Sigmundsherberg gelegen sein.

Sie sehen, daß ich der polemischen Versuchung nun schon in recht abwegige Verästelungen hinein ausgewichen bin.

In jähem Umschwung zum Ort meiner für Sie nicht materialisierten materiellen Erscheinung mich zurückbegebend, ins Herrenhof also, greife ich in die Erinnerungsmasse einer beträchtlich jüngeren Vergangenheit zurück, um dieser meiner Materialisation vielleicht behilflich zu sein (bin mir jedoch über die geringe Aussicht dieses Unternehmens durchaus im klaren).

Wie Sie vielleicht wissen, oblag die jüngere Herrenhof-Generation, der u.a. auch ich und der schon beregte Stappler angehörten, dem eifrigen Fußballmatch-Besuch, was bei außergewöhnlichen Ereignissen, die eine Lösung der Eintrittskarten im Vorverkauf notwendig machten, dazu führte, daß ein Angehöriger der Gruppe das Geld für die Karten übernahm und sie nach erfolgtem Ankauf zur Verteilung brachte. Einem Ländermatch gegen Ungarn sah man immer mit ganz besonderer Spannung entgegen, Karten waren immer besonders schwer zu haben und mußten möglichst bald gesichert werden.

Einmal nun behauptete Stappler, unter Hinweis auf seine beruflichen Verbindungen zu den führenden Köpfen der Wiener Agiotage, daß er in der Lage wäre, für das damals gerade bevorstehende Ländermatch Österreich–Ungarn besonders gute Sitze besonders preiswert beschaffen zu können. Man gab ihm, obschon zögernd, das Geld – und ich will es kurz machen: drei Tage vor dem Match waren die Karten noch immer nicht da, und Stappler hatte sich schon seit mehreren Tagen nicht gezeigt. Zufällig kam ich an diesem Tag zu früherer Stunde als sonst ins Herrenhof und traute meinen Augen nicht, als ich ihn dort in geruhsamem Geplauder mit einem andern Gast erspähte. Nachdem er auch mich gesehn und mir lässig zugewinkt hatte (mit der leeren Hand, nicht mit den Karten) und weiter nichts dergleichen tat, trat ich an den Tisch. »Stappler!« hub ich mit drohend gesenkter Stimme an. »Stappler! Was ist mit Österreich–Ungarn?« Und da geschah es, daß aus dem scheinbar unabwendbaren Krach nichts wurde, – denn Stapplers Gesprächspartner blickte verwundert auf und sagte: »Österreich–Ungarn? Das gibt's doch gar nicht mehr.« Der Gesprächspartner aber, Herr Doktor Frisch, waren Sie, und ich habe die Geschichte seither oft und immer mit Quellenangabe erzählt.

Erinnern Sie sich? Nein, Sie erinnern sich nicht. Aber dafür werden Sie mich nicht so lange auf Ihren nächsten Brief warten lassen, wie ich's diesmal Ihnen getan habe und wie ich's nie wieder tun will.

Ihr sehr ergebener
Torberg

Stockholm, 4. November 1947

Meister!

Ich habe den Faden verloren. Ich weiß nicht mehr, wer von uns beiden zuletzt geschimpft hat, ob ich in der Defensive oder in der Offensive bin. Ich muß von vorne anfangen...

Um also auch Ihren Gedanken den Weg in die Freiheit wiederzueröffnen, schicke ich voraus, daß mit Ihrem Roman alles in Ordnung ist und daß noch diese Woche die ersten Fahnen nach New York abgehen. Und nun zur Sache.

Sie haben recht: man kühlt aus. Man wird älter, die Kampflust schmilzt dahin, man läßt müde das Schwert sinken. Und warum? Weil es trotz der göttlichen Verordnung kein Kaffeehaus mehr gibt! Mit dem Kaffeehaus sind nämlich auch die überaus wichtigen Stoffe verschwunden, für die zu kämpfen und zu sterben es sich lohnte. Und eine schleppende, pausierende Korrespondenz über den Ozean ist ja doch nicht dasselbe – wenn ich auch für diesen Ersatz dem Himmel dankbar bin...

Sie sind schon in Ihrem letzten Brief ins Linguistische, Folkloristische abgebogen, und auf diese Jagdgründe folge ich Ihnen aus alter Liebe gerne. Schon haben Sie sich eine arge Blöße gegeben, die mein flinkes Rapier auch sofort eräugte: es ist die Geschichte von »Mon Colonel«. Das besitzanzeigende Fürwort ist hier zweifellos als solches, und nicht als Abkürzung von Monsieur zu verstehen. Hier liegt eine klare Analogie mit »Mein Gott« vor. In der dritten Person sage ich ja auch nicht »Mein Gott«, sondern Gott oder der Herrgott. In der ersten Person sage ich (im Gymnasium) »Mein Professor«, in der dritten Person: »Der Herr Professor.« Ist da das »mein« etwa auch die Abkürzung von »mein Herr«? Na also.

Eben merke ich, daß ich einen Unsinn geschrieben habe. Ich meine natürlich nicht: »In der ersten Person«, sondern »In der Anrede«. Aber Sie wissen schon, was ich meine. Und da fällt mir ein, daß der Franzose auch in der Anrede sagt: »Monsieur le Docteur« und nicht »Mon Docteur!« Warum wird denn da nicht abgekürzt? He? Ich will ganz davon absehen, daß im Worte Monsieur die beiden Bestandteile schon so miteinander verschmolzen sind, daß niemandem mehr (außer Ihnen) das besitzanzeigende Fürwort zu Bewußtsein kommt, ja daß das ganze Wort durchaus die Qualität eines Hauptwortes hat, dem sogar der Artikel vorangesetzt werden kann (»Le Monsieur X.«). Monsieur heißt eben »Herr« und nicht »Mein Herr«, »Mon Colonel« aber heißt *»Mein* Oberst« und nicht etwa »Oberst« schlechthin. Gemeint ist der Vorgesetzte, der deshalb *mein* Oberst ist, weil er mich befehligt, weil er unter vielen Obersten derjenige ist, der sozusagen mir gehört. Ich sage ja auch: »Mein Zug geht um zehn Uhr«, obwohl der Zug ja nicht mein Eigentum, sondern nur der von mir benutzte Zug ist. Und zum Schluß ein klassisches Zeugnis: »Mein Kaiser, mein Kaiser gefangen!«

Ergeben Sie sich. Oder ziehen Sie vom Leder! Mir soll beides recht sein. Vermutlich werden Sie nicht kampflos nachgeben, damit das dünne Rinnsal, das ich mit dieser Replik zu schwachem Rieseln gebracht habe, nicht am Ende gar versiege. Es wäre ein unerträglicher Jammer.

Frisch

New York, 12. November 1947

Herr des Umbruchs! Kenner der Höhen und Tiefen des Satzspiegels! Meister der Neuen Seite, Hochmögender des Initials und Beherrscher der Großen und Kleinen Cäsur! Grundgütiger Vater!

Groß ist der Jammer und bedrückt ist das Herz, dessen mein Farbband überquillt. Denn siehe, am gleichen Tag, an dem Ihr Brief aus Stockholm mir versicherte, daß mit meinem Roman »alles in Ordnung ist und daß noch diese Woche die ersten Fahnen nach New York abgehen«: da kamen sie auch schon aus Winterthur an und waren *keine* Fahnen sondern bereits der Umbruch, und es war *nicht* alles in Ordnung sondern meine Anweisungen betreffend die zweierlei Cäsuren waren schnöde übergangen und neue Seiten gab es überhaupt nicht und Ew. Liebden Genieblitz mit der fortlaufenden Paginierung war in irgendeinem Blitzableiter versackt und der Jammer ist groß.

Ich habe denn auch sofort nach Winterthur geschrieben und mitgeteilt, daß ich diesen Umbruch lediglich als provisorisch betrachte und daß sie mir, behufs Vermeidung unnötiger Mehrarbeit, von Stund an doch lieber Fahnen schicken sollen, aber es scheint bereits fertig umbrochen zu sein und ich bekomme fortlaufende Seitenbündel, ihrer dreie bis jetzt, mit ohne große Cäsuren und ohne neue Seiten und der Jammer wird täglich größer...

Ihnen, hochmögender Herr und Meister der sorglichen, jedoch geknebelten Hand, wollte ich von dem allen nur der Ordnung halber Mitteilung gemacht haben, nämlich der Ordnung unsres eigentlichen Briefwechsels halber, den ich unter den gegebenen Umständen im Augenblick noch nicht fortzuführen in der Lage bin und wofür ich, auf etwa Zweiwochenfrist hinaus, Ihre freundliche Entschuldigung erbitte, ohne daß Sie hieraus auf irgendein Zurückweichen in der Colonel-Frage schließen sollen. Was Winterthur betrifft, so hoffe ich, mit samtner Pfote schon alles selber einzurenken und will Sie nicht beanspruchen, sonst beginnen die Eidgenossen am Ende noch zu bocken. Übrigens ist die im letzten »Rundschau«-Inserat mit 400 angegebene Seitenzahl eine gewaltige Überschätzung, denn es werden höchstens 300 Seiten werden. Wessen ist eigentlich des Preiskalkulierens Lust? Und was geht mich das eigentlich an?

Als welcher ich verbleibe, barocken Schlußklauseln und Ew. Liebden cordialiter zugetan,

Ew. Liebden Wolaffectionirter,
F. T.
Kgl. Böheimbscher Kammer-
Actuarius und Hof-Poet.

New York, 16. November 1947

Erhabener,

ich liege vor Ihnen im Staub und beknirsche mich. *Nicht*, wie Sie glauben, weil mein Brief vom 12. sich mit dem Ihren vom 11. gekreuzt hat und von ihm, was den Professor Einstein sehr interessieren wird, überholt wurde; nicht weil ich mich nun für die frevle Ungebärdigkeit, mit der ich, statt Ihnen zu vertrauen, meinem bedrängten Herz da Luft gemacht hatte, bis in die Eingeweide schämen muß. Oder nicht *nur* deshalb.

Sondern es ist die schier übers Menschliche hinausgehende Sorgfalt, Sanftmut und Sachkundigkeit, mit der Sie die Korrekturen meines erbärmlichen Machwerks lesen und mit der Sie die Ergebnisse dieser Ihrer Tätigkeit in 52 Punkten niedergelegt haben. Wahrlich, jetzt weiß ich, was Sie mit der sorglichen Hand gemeint haben, jetzt fühle ich mich von ihr umhegt und lind gestreichelt und zu Bett gebracht, jetzt kann ich ruhig schlafen. Das heißt: ich *könnte* es, wäre ich nicht – verstocktes Kind, das ich bin, und eher wohl einer Eggenburger oder Prachatitzer Korrektionsanstalt zu überantworten als einem Stockholmer Verlag und einer Winterthurer Druckerei – wäre ich nicht noch im seligen Halbschlummer auf ein gelegentliches Aufbocken erpicht, wie folgt.

Sollten Sie jemals mit Dr. Sachs, dem freundlich gerundeten Polizeiarzt, im Herrenhof Poker gespielt haben, dann wissen Sie sicherlich, mit welcher Wendung er einen Spieler, der mit einem hohen Blatt, einem Vierling etwa oder einer Flush, mangels Mitgangs eingefroren war und das hohe Blatt nun erbittert in die Runde vorwies, zu trösten pflegte. »Damit können Sie sich photographieren lassen«, pflegte er zu sagen.

Nun, ich möchte in bezug auf das von Ihnen vorgewiesene hohe Motto *(»Was die Orthographie betrifft, so überlasse ich sie völlig Ihrem für gut und richtig halten« – Aus einem Brief Thomas Manns an den Hersteller des Bermann-Fischer Verlags)* nicht ganz so weit gehen. Ich möchte es nur mit einem andern Zitat kontrieren, und zwar, weil ich mich nicht lumpen lasse und schon garnicht herausbluffen, mit einem Zitat von Lichtenberg: »Es gibt eine falsche Rechtschreibung und eine rechte Falschschreibung.«

Soviel zu Ihrer Ansage, daß Sie »nur Orthographie und Interpunktion nach den geltenden Regeln korrigiert« haben, und zu Ihrer späterhin auch noch ganz ausdrücklich erfolgenden Berufung auf Duden. Was ist mir Duden und was bin ich ihm, daß er mir sollte gelten? Wollen Sie mich, Arm in Arm mit ihm, in die Schranken fordern und mich z.B. der Beistriche vor »und« entkleiden oder des zweiten »s« in »indess«?! In Professores! sei's Panier. Seit der vierten Volksschulklasse, seit in dem vom k. k. Ministerium für Kultus und Unterricht approbierten Lesebuch ein Gedicht über ein Gastmahl enthalten war, welches die Zeilen enthielt:

Der Abend kam. Die Köche wandten
Die Braten und die Diener rannten

– seither verfolgt mich die Vision der rennenden Braten, und ich lege zwischen sie und mich ein wahres Sperrfeuer von Beistrichen vor »und«, und unsrem Zwist bleibt keine andre Lösung, geschweige denn unserem eine andere (spürt Ihr's schleppen hoch vom Turm?). Indess will auch ich mich im Zweifelsfall Ihrem Gutdünken fügen, denn ich weiß, daß es ein gutes ist...

Nicht Kärrner* sind Sie, nein! Ein König in Ihrem eignen Recht, und ein Kärrner viel eher ich (viel eher, angliz. für »much rather«, sollte eigentlich heißen: ein Kärrner ziemlich

*Bezieht sich auf die Schlußwendung in Frischs Brief vom 11. November, in dem es ausschließlich um die Korrektur der Fahnen von Torbergs Roman ging.

ich). Und keinen einzigen Ihrer Winke möchte ich entbehrt haben, ich schwöre es: keinen einzigen, und will auch in Hinkunft keines einzigen verlustig werden! Ist mir doch jeder Wollust und Gewinnst, und ist doch der bloße Umstand, daß so gewinkt werden und so zurückgewinkt werden kann, wohl wert, daß sich ein Fürst sein unterwinde. Und damit nur ja kein Mißverständnis entsteht: mit dem Fürsten habe ich nicht mich gemeint. Sondern es ist der Handwerksstolz des Kärrners, der einigen Ihrer 52 Punkte widerspricht, andern aber, nicht minder wollüstig, ausdrücklich recht gibt...

Ihr dankbarer
F. T.

Stockholm, 22. November 1947

Mon Auteur!

Vorab die formale Bestätigung des Einganges Ihres Getippten mit dem dreifachen, mit sportlicher Ritterlichkeit und vollendeter Eleganz präsentierten Zugeständnis einer vernichtenden Niederlage: 30 Punkte für mich, 16 Punkte abgestritten, 6 Punkte unentschieden, d.h. von Ihnen nur bedingt zugegeben.

Nachdem nun die Fahnenangelegenheit vollständig bereinigt ist (»Die Fahnen hoch – auf Kolumnenhöhe –, die Zeilen eng durchschossen«), andererseits aber die Colonel-Frage erst in ein akutes Stadium treten zu wollen scheint, tut sich nach meinem Empfinden eben eine Zäsur auf, in der wir ganz gut das satyrische Zwischenspiel »Konrad Duden« unterbringen können.

Wohlan, es sei!

Daß Ihnen der Duden, der hl. Koran aller Rechtschräubigen, nichts gilt, muß ich als Blasphemie brandmarken. Hier beut sich mir das ungebärdige Revoluzzertum des sprachschöpferischen Genies in seiner brutalsten Inkarnation. (Dazu noch: »eher« und »dann und dort«, worauf ich noch zurückkomme.)

Ist denn der schon in zwölfter, neubearbeiteter und erweiterter Auflage erschienene Duden nicht die Abstraktion des deutschen Sprachgutes, freilich von einem Professor mit deutschem Bienenfleiß zusammengetragen, aber in ehrfürchtigster Respektierung der gewordenen und geschaffenen Sprache? Und keineswegs ohne elastische Anpassung an das lebendige, das gesprochene, das dichterische Wort!

So steht auf Seite 21: »and(e)re« – dem Nutznießer des Buches beide Schreibarten anheimstellend. Oder Seite 243: »Inlet«, auch »Inlett«. Tür oder Türe. Trüb oder trübe. Cäsur oder Zäsur. Und so weiter ins Unendliche. Ist dieser Rahmen zu eng für das sprachbereichernde Genie? Allerdings: »Nicht jede, vielleicht einmalige und rasch wieder vergessene Prägung konnte verzeichnet werden.« (Dr. Otto Basler im Vorwort.) Und damit komme ich auf »eher« und »dann und dort« zu sprechen.

Es ist mein voller Ernst: das geht nicht! Das ist keine Bereicherung der deutschen Sprache, sondern... soll ich mich wirklich der Schopenhauer'schen Derbheit bedienen?

Sagte ich denn, daß »eher« kein deutsches Wort ist? Keineswegs! Wo Sie es, in Ihrem geschätzten Schreiben vom 16. ds., in der Wendung: »...ein Kärrner viel eher ich...«, anwenden, dort ist es vollkommen richtig angebracht, *nämlich als der Komparativ, der es eigentlich ist.* Aber ein Komparativ kann doch nicht *absolut* gebraucht werden! Also: Das Haus ist ziemlich hoch (nicht eher hoch); aber: Das Haus ist nicht niedrig, es ist eher hoch. (Analogie: »Sind Sie Arier?« – »Nein, ich bin mehr ein Jud.«)

Und nun: »Dann und dort«. Das versteht man überhaupt nicht, wenn einem nicht, wie mir als ergrautem Übersetzer aus dem Englischen, sofort das englische Vorbild gegenwärtig würde. »Dann« ist im Deutschen kein Zeitpunkt, sondern drückt nur die kausale oder zeitliche Aufeinanderfolge aus. »Then« in dem Sinne, wie Sie das Wort verstanden wissen wollen, heißt auf deutsch »damals«, und wenn die Formel im Deutschen recht verstanden werden soll, müßte es heißen: »Damals und dort« oder (wenn die Gegenwärtigkeit des Vorganges fingiert wird): »Jetzt und hier«. »Dann und dort« erweckt vage Anklänge an: »Dann und wann«, »Da und dort«, »Hie und da«, »Ab und zu« usw. (Auerbachs Keller: »Seid hier und dort« – Verwirrung der Orientierung.)

Über das adjektivisch gebrauchte »insgeheim« will ich lieber gar nicht reden. Es ist schlimmer als »die zue Tür«, »das hine Spielzeug«. Und weil es grundfalsch ist, soll es »verschwörerisch« klingen? Darüber komme ich auch mittels der Lichtenberg'schen Paradoxie, die Sie mir hilfreich zugeworfen haben, nicht hinweg. Aber: Ihr Wille geschehe, wie in New York, also auch in Stockholm und Winterthur!

Mit den Beistrichen gehen wir vermutlich konform. Vor: »...und die Diener rannten...« gehört natürlich ein Komma, da der Satz ein neues Subjekt enthält. Ich muß die Vermutung aussprechen, daß in dem erwähnten Lesebuch dieses Komma tatsächlich dastand, von Ihnen aber um der rennenden Braten willen weggefälscht wurde (unbewußt natürlich!).

Ich habe das Buch ausgelesen und mir mehr Gedanken darüber gemacht, als Sie vielleicht ahnen. Es ist ein Buch zum Nachdenken, und es kann wohl geschehen, daß mancher, der in der sogenannten Judenfrage bisher eingeleisig und gradaus fuhr, seine Auffassung revidieren muß. Von dichterischer Komposition verstehe ich nicht viel, aber ich glaube, daß die Geschichte sehr gut aufgebaut, aus den Charakteren schlüssig entwickelt, also wahrscheinlich und glaubwürdig ist. Und das scheint mir das wesentliche Kriterium eines Romans zu sein. Dies nur nebenbei und ungefragt. (Eine nebenbeie Bemerkung, würde Torberg sprachbereichernd, das Adverb adjektivierend, sagen.)

Genug für heute.

Ihr allzeit dienstbereiter
Frisch

New York, 30. November 1947

Herr! (Intensivere Form von »mein Herr«!)

Ich möchte mich zunächst gegen die sonderbare Arithmetik verwahren, vermittels derer Sie von 52 Punkten 30 »für sich« buchen, d.h. 30, in denen ich Ihnen recht gegeben habe oder, wie Ihre nimmersatte Siegrünstigkeit es wohl noch lieber formuliert sähe: recht geben mußte. Natürlich mußte ich das. Aber ich bitte denn doch darauf hinweisen zu dürfen, daß bei einer erklecklichen Anzahl dieser 30 Punkte nicht Sie gegen mich recht hatten, sondern manchmal Sie gegen meine Sekretärin und manchmal meine Sekretärin gegen Winterthur: indem es sich da nämlich um Tipp- resp. Druckfehler handelte. Wahrlich, noch nie ward sportlicher Ritterlichkeit solch schnöder Lohn, und noch nie ward einem Gast des Café Herrenhof solche Rechnung präsentiert...

Nun aber zum »satyrischen Zwischenspiel Konrad Duden«. (In Ihrer Eigenschaft als der Frisch, der es schon richtig macht, werden Sie schon wissen, warum Sie es mit y schreiben.)

Mit keinem giftigeren Pfeil hätten Sie nach mir zielen können als mit dem »ungebärdigen Revoluzzertum des sprachschöpferischen Genies«, – mit keinem giftigeren und keinem, der weiter am Ziel vorbeigeschwirrt und harmloser im nahgelegenen Morast der Billigkeit versunken wäre. Wie? Ich ungebärdig? Ich, der Behutsamsten einer, der mit der Sprache umgeht als wäre sie ein rohes Ei, der die Beistriche, diese zarten

Pflanzenkeime, aus denen der relative Anschluß erblühen soll oder die besinnliche Atempause, mit unendlicher Sorgfalt hinsetzt, damit dem Satzgefüge nur ja kein Leids geschieht –: ich ungebärdig?

Wie? Ich Revoluzzer? Ich, dessen Sinn mit weitblickender Vorsorge – Karl dem Fünften nicht übel vergleichbar – darauf gerichtet ist, daß die Sonne in meinem Sprachbereich nicht untergehe: zu dessen Hausbesitz ich nun mit weiser Hand die gefürstete Grafschaft Eher, die Insgeheimische Mark und die Bistümer Dann und Dort hinzugefügt habe. Wie? Ich Genie? Das läßt tief blicken in den Gesichtskreis dessen, der's mich heißt und der dann wohl jeden, der später schlafen geht als er, einen Lebemann heißen müßte, und jeden, der's im Leben noch mit einer andern Frau zu tun bekommt als der ihm ehelich angetrauten, einen Casanova.

Gegen »sprachschöpferisch« allerdings habe ich nichts. Steh ich doch in der Tat am Brunnen der Sprache und schöpfe aus ihm, was darinnen ist, labe ich mich doch inniglich am fromm zutage Geförderten, und soll mir doch wahrlich kein Duden da hineinbrunzen und kein Basler ihm ein Vorwort dazu sprechen. Ich habe nicht Zank noch Bündnis mit ihm, und er ist mir nicht frère noch cochon. Er möge, was er mit Bienenfleiß zusammengetragen, getrost schwarz auf weiß besitzen, und die Stütz- und Hilfsbedürftigen, die, wenn sie sprechen, doch keine Ahnung haben, wovon sie es tun, mögen sich's getrost bei ihm erholen. Wohl bekomm's, und wehe ihnen, wenn sie aus ihrer Ahnungslosigkeit vielleicht das Recht ableiten sollten, sich nicht nach ihm zu richten. Wehe ihnen, den Schriftgelehrten und Pharisäern, die da zwischen Tür und Türe stehen und denen kein Inlet und Inlett wird ins Geheimnis der Sprache, weil ihr Blick, welcher trüb und trübe ist, den Unterschied zwischen beiden nicht abzusehen vermag: so daß sie ganz mit Recht beides gebrauchen, weil der Duden beides erlaubt.

Jene aber, die auf Dudensche Erlaubnisse verzichten und die sich die Verantwortung dafür, ob es trüb oder trübe zu heißen hat, von ihm nicht abnehmen lassen, werden sich füglich auch über seine Verbote hinwegsetzen dürfen, und er wird ihnen annähernd so nützlich und maßgeblich sein, wie dem Brillat-Savarin das beliebte Einheits-Kochbuch der WÖK* für die sparsame Hausfrau. Und so möchte ich denn zum Abschluß den Basler auf die gleichnamige Stadt verweisen, in welcher die Leckerli hergestellt werden, und zum Konrad sprechen wie nur je die Frau Mama: ich geh aus und du bleibst da.

Und nun, Herr Doktor, rüsten Sie sich zur Empfangnahme eines Schocks. Rüsten Sie sich, all den rechtschaffenen Unmut, der sich während der Lekture des Vorstehenden in Ihnen angesammelt hat, abzustreifen mit dem wehmütigen Nicken des Hypochonders, dem die liebgewordenen Nierensteine jählings wegdiagnostiziert wurden. Denn siehe, gerade auf Grund des Vorstehenden bin ich in der Lage, – in der Zwangslage nahezu, – mir die Bedenken, die Sie gegen »dann und dort« vorbringen, in solchem Ausmaß zu eigen zu machen, daß ich auf diese Wendung verzichten werde. Nicht so sehr deshalb, weil »dann«, wie Sie sagen, im Deutschen keinen Zeit*punkt* ausdrückt sondern nur eine Zeit*folge*. Eher schon wegen der Assoziation mit »dann und wann« oder mit »da und dort« (eine ähnliche Assoziation sollte z.B. den *örtlichen* Gebrauch der Wendung »hin und wieder« unmöglich machen, etwa: »er geht hin und wieder«, und sollte sie auf den zeitlichen beschränken: »er geht hin und wieder aufs Klosett«).

Die Einwendung, – von Duden zweifellos auch in der Form »Einwand« zugelassen, was ich für eine unbrauchbare Verdeutschung von Paravent halte, – die Einwendung jedoch, mit der Sie meinem Kind das eben erst aufgeflackerte Lebenslicht in der Tat ausgeblasen haben, ist Ihr Hinweis auf das eng-

*»Wiener Öffentliche Küchen«

lische Vorbild, an dessen Kenntnis die Verständlichkeit der deutschen Wendung gebunden wäre. Da *mir* das englische Vorbild eben permanent gegenwärtig ist, kann ich nicht beurteilen, wie die Wendung *ohne* Kenntnis des Vorbilds wirken würde, und da ich mir darüber klar bin, daß diese Kenntnis nicht bei jedem Leser vorausgesetzt werden darf, – wäre das der Fall, dann könnten nicht Duden und nicht einmal Sie mich von »dann und dort« abbringen, – so muß ich verzichten und muß die Bistümer Dann und Dort nach kurzem, heftig umstrittenem Besitz wieder abtreten. Damit hat der schwedische Zeitfolgekrieg durch den Frieden von Stockholm 1947 sein Ende gefunden.

»Eher« hingegen bleibt bei meiner Krone, – nicht »als der Komparativ, der es eigentlich ist«, sondern als der abgeschwächte, vorbehaltliche Positiv, zu dem es mittlerweile wurde. Wollen Sie es in dieser Qualität akzeptieren? Nein? Dann ist es schlimm um mich bestellt. Eher nicht? Dann habe ich noch eine Hoffnung, wenn auch eine eher geringe, und ich werde nicht eher ruhen, als bis Sie zwischen *diesem* »eher« (welches in der Tat ein Komparativ ist) und dem andern unterscheiden. Tun Sie das lieber sofort, auch wenn es Ihnen in keiner Weise lieb ist. Ich bin nämlich kein Arier, sondern wirklich mehr ein Jud, und habe mir infolgedessen ausgetüftelt, daß mit dem von mir gemeinten »eher« in der Tat auch *diese* Abschwächung gemeint sein kann, nämlich die humorige Verschleierung einer Evidenz.

Was jedoch »insgeheim« betrifft, so muß ich zunächst feststellen, daß die von Ihnen angeführten Analogien – die zue Tür, das hine Spielzeug – den demagogischen Gipfel, den Sie in den Colonel-Briefen mit »mein Zug«, »mein Kaiser« u. dgl. erklommen haben, noch weit übersteigen. Die Monstrosität der »zuen« Tür rührt nämlich daher, daß die Tür ja schon a priori nicht »zu« sein kann sondern nur geschlossen, versperrt, allenfalls zu*gemacht*, ebenso wie das Spielzeug nicht »hin« ist sondern ruiniert, zerschlagen, allenfalls hin*gemacht*. Meine Ruh ist hin, *das* ja. (Und mein Herz ist schwer.)

Und lassen Sie sich bitte nicht davon irritieren, daß in *diesem* Sinn – in welchem es *mit* etwas *dahin* oder vorbei ist – natürlich auch ein Spielzeug »hin« sein kann. Aber diesen Sinn meint das »hine« Spielzeug ja gar nicht, so wenig wie ihn der liebe Augustin gemeint hat, obgleich für ihn, anderseits, auch alles ruiniert und zerschlagen war. Sondern er meinte, was François I. gemeint hat: Tout est perdu. Ohne freilich wie dieser hinzuzufügen: sauf l'honneur (er sagte sogar »fort« l'honneur). Das füge *ich* hinzu, Herr Doktor. Und möchte Ihnen, wohl wissend, daß Rilke Ihnen gering gilt vor Duden, dennoch eine der Rilkeschen Strophen vom Leser und vom Gedicht vor Augen führen:

Und du suchst nach dem Lied, nach dem Reime,
der dein Leben unendlich vermehrt.
Alles gebiert sich im Keime,
das Dunkle, das Insgeheime,
Tiefen, dir zugekehrt.

Erbleichen Sie? Nein, Sie erbleichen nicht. Eher wohl freuen Sie sich, daß ich, nur um recht zu behalten, meinen eigenen Schöpfer-Anspruch auf- und somit in gewissem Sinn doch nur klein beigegeben habe. Aber da freuen Sie sich zu früh.

Die oben zitierten Zeilen sind nicht von Rilke. Ich habe mir gestattet, sie auf Rilkesche Manier für Sie zurechtzudichten, und jetzt, Hand aufs Herz (oder was ein Hersteller dort hat) – jetzt fragen Sie sich, ob der Bluff im ersten Augenblick nicht doch einen gewissen Eindruck auf Sie gemacht hat und ob Sie nicht bereit gewesen wären, sich von Rilke ein adjektivisches Insgeheim gefallen zu lassen. (Wenn ich Ihnen diese zusätzliche Strapaz abfordern darf, dann stellen Sie sich bitte noch vor, daß Sie gar keine Insgeheim-Diskussion geführt hätten, ehe Sie die respektive Zeile lasen.) »Bewiesen« ist damit freilich nichts. Aber Sprachliches kann ja überhaupt nicht bewiesen werden, sondern höchstens nachgewiesen. Auch hat Sprachliches nicht zu beweisen. Es hat zu überzeugen. Und worauf es mir in diesem Fall ankam, war eben eine möglichst überzeugende Anwendung des Insgeheimen.

Daß sich vor den rennenden Braten im Lesebuch *kein* Beistrich befunden hat, bin ich ohne Zaudern zu beeiden bereit. Besäße ich das zu solchem Behuf geeignete Material, ich würde Ihnen noch Hunderte von Heldengräbern beibringen, in denen die Beistriche ruhen, die in treuer Befolgung der von »Willomitzer-Tschinkels Leitfaden der deutschen Grammatik für die unteren Klassen der Mittelschulen« erlassenen Vorschrift einen sinnlosen Tod gestorben sind, ad majorem Dudenis gloriam. Ich kann also nur hoffen, daß unsrer beiden Art, die Beistriche zu setzen, sich gefühlsmäßig deckt, – wenn anders in Ihrer Brust überhaupt noch Gefühl für mich vorhanden ist...

Was die kärglichen, von mir aber dennoch aufs herzlichste bedankten Meinungsäußerungen betrifft, die Sie sich über den Roman als solchen abgerungen haben, so geht mir an ihnen zweierlei wider den Strich, den ich noch nicht darunter ziehen will: erstens Ihr Hinweis, daß Sie diese Meinungen »ungefragt« geäußert hätten, – als verstünde es sich nicht von selbst, daß einer, auf dessen Meinungen ich in so vielen wichtigeren Dingen neugierig bin, ipso facto auch nach seiner Meinung über etwas so Unwichtiges und Unseriöses wie einen Roman gefragt ist.

Zweitens aber und noch bedenklicher die ausdrückliche Feststellung, daß Sie »von dichterischer Komposition nicht viel verstehen«. Ich bitte um Aufklärung, ob sich mir hiezu mit Recht der Zuspruch des Freundes an den jungvermählten Gatten assoziiert hat: »Ich weiß nicht, was die Leute wollen – *mir* gefällt deine Frau ganz gut«. Daß es »ein Buch zum Nachdenken« ist und geeignet, im Leser die Revision gewisser Auffassungen hervorzurufen, hat mir hingegen, wie auch all die andern Artigkeiten, mit denen Sie mir aufzuwarten wußten, gar wohlig in den Ohren gesäuselt...

Und was gäbe ich drum, wenn ich jetzt z.B. noch den Ober Hnatek zitieren könnte, wenn jetzt die Worte: »Herr Dorbert zum Delefon« mir ans Ohr klängen, und wenn *das* der Grund wäre, warum ich diesen Brief so vorzeitig beenden muß. Leider sind es Abhaltungen viel unerquicklicherer Art, die mich dazu zwingen. Aber ich hoffe, Sie werden's mich nicht entgelten lassen, und werden, nachdem Ihre sorgliche Hand mir die letzten Buchsorgen von der Stirn gewischt hat, mich aufs neue in die mir nun schon unentbehrlich gewordenen Schranken verweisen.

In diesem Sinne, riesenhafte Blöcke wiederholten und vorweggenommenen Danks vor mir herschiebend, bin ich

Ihr sehr ergebener

F. T.

Stockholm, 4. März 1948

Hochgeschätzter Herr Anekdoteles,

Der Titel eines Dr. sperb. kann Ihnen nicht entgehen. Ich wenigstens anerkenne das bisherige Material* als völlig ausreichend und die Darstellung – vom literarischen Standpunkt – als erstklassig. Ich selbst komme mir mit meiner Handvoll Sperberreminiszenzen so arm vor! Aber vielleicht ist Ihnen doch eine oder die andere Geschichte unbekannt – ich will's probieren.

Sperber spielt im Café Central Dardel**, und zwar im letzten Zimmer der getäfelten Kartenspielerflucht. Schwere eiche-

*Torberg hatte Frisch etliche Anekdoten über Dr. Hugo Sperber mitgeteilt; sie sind in der »Tante Jolesch« (S. 214–225; dtv-Band 1266, S. 154–167) abgedruckt.

**ein im Café Central beliebtes Kartenspiel

ne Möbel verengen die Passage. Da kommt der Hutterer mit einigen »Tatzen« (Tabletts aus Blech), auf denen nebst den obligaten Wassergläsern auch ein sogenannter türkischer Kaffee steht. Und eben als Hutterer an Sperber vorbeikommt, holt dieser zu einer gewaltigen Arm- und Handbewegung aus – er ist im Begriffe, das entscheidende Atout auf den grünen Tisch zu krachen –, und schlägt dem armen Hutterer die Tatzen mit dem türkischen Kaffee aus der Hand. Es gibt ein gewaltiges Geklirr und Geschepper, alles dreht sich um, nur Sperber bleibt seelenruhig sitzen und zitiert bloß die alte Ballade: Zur Rechten sah man wie zur Linken / Einen halben Türken heruntersinken...

In diesem Augenblick betrete ich mit meinem Schwager Leo Frischauer das Lokal. Sperber stellt mathematisch fest: »Hier kommt Frisch (1 plus auer).« Er hat den gemeinsamen Faktor herausgehoben. Daß ich »Frisch persönlich« hieß, wissen Sie wohl. Es war eine Erinnerung an meinen Vater, der sich am Telephon immer meldete: »Hier Moriz Frisch persönlich.« Sperber wollte dies einmal ausprobieren und rief an. Mein Vater meldete sich: »Hier Moriz Frisch.« Sperber war enttäuscht und fragte: »Persönlich?« Worauf pointenlos und stumpf die Antwort folgte: »Ja.« Aber das ist ja nicht komisch, wenn es Sperber nicht erzählt...

Ihr Buch ist schon beim Buchbinder, und über kurz oder lang, eher über lang, werden wir ein fertig gebundenes Exemplar in Händen halten. Den ersten Band der insgesamten Werke Friedrich Torbergs, dort und damals allerdings und noch nicht hier und in Amerika. Ich hoffe, Sie werden daran eine Freude haben...

Ihr ewiger Schuldner,
der Kärrner Frisch

New York, 11. März 1948

»Hochgeschätzter Herr Anekdoteles«

ist eine Anrede, von der zunächst einmal festzustellen gilt, ob sie tatsächlich hohe Schätzung ausdrücken soll oder niedrige Schmähung, d.h. ob sie mehr – man könnte fast sagen: eher – in die Richtung Aristoteles oder in die Richtung Abeles tendiert. In *jedem* Fall verwahre ich mich dagegen, als Anekdoten-»Erzähler« klassifiziert zu werden (wobei ich freiwillig darauf verzichte, die offenkundige Tatsache, daß *Sie* mich ja erst in diese Rolle gedrängt haben, zu einer polemischen Spitze gegen Sie umzuschleifen).

Mein Protest rührt vielmehr daher, daß ich noch niemals eine Anekdote um ihrer selbst willen »zum besten gegeben«, also »erzählt« habe, sondern daß sie mir immer nur als Mittel zu einem bestimmten Zweck gedient hat, als Illustration einer zu erweisenden These, als Parabel, als Charakterstudie, also immer im Rahmen und Dienst eines größeren Zusammenhanges stand, immer einer »diesbezüglichen Stelle« subordiniert war, – durchaus dem Talmud entsprechend, der ja auch keine »Anekdotensammlung« sondern ein kasuistisches Rechtsbuch ist.

Daß es sich da bei mir um einen talmudischen Zug handelt, gebe ich freilich gern zu, – umso lieber, als die Fähigkeit, immer das passende Apropos zu finden, von niemand Geringerem als Schopenhauer unter die hervorragenden Merkmale eines präzise funktionierenden Gehirns gerechnet wird. Mich darum einen »Anekdotenerzähler« zu heißen, wäre eine gröbliche Verkennung des humanistischen Weltbilds, innerhalb dessen die Anekdote, wenn es denn gar nicht anders geht, »erzählt« wird...

Daß Sie zur »Tatzen« in Klammern die Erläuterung »Tablett aus Blech« hinzuzufügen sich bemüßigt sehen, den Hutterer aber völlig kommentarlos hingehen lassen, obgleich die Bedeutung der »Tatzen« dem Besucher eines jeden Wiener Kaffeehauses bekannt ist, die Bedeutung des Wortes Hutterer jedoch nur dem Besucher des Café Central, erinnert mich an eine verwirrende Gepflogenheit unsres gemeinsamen Pollaks vom Wasagymnasium, der nach alter Rebben-Art seinen Vortrag häufig mit hebräischen Bibelzitaten ausschmückte und mit Vorliebe immer nur das übersetzte, was man sowieso verstand, also zum Beispiel anhob: »Wajaumer Adonaj al Mauscheh – Und Gott sprach zu Mauscheh – *Moses* – –«, und was dann folgte, folgte nur noch auf hebräisch. Überflüssig zu sagen, daß ich genug Café Central kann, um Hutterer zu verstehen...

Zu Sperbers rhythmischen Assoziationen sind die *phonetischen* hinzuzufügen, etwa beim Ausspielen eines Zehners: »Dahastazéna, das indische Volksmärchen«; beim Ausspielen des Caro Buben: »Caróbua, die brasilianische Heilpflanze«; beim Ausspielen eines Achters: »Chabanachta, der phoenikische Unterfeldherr«... Ich habe einmal, im alten Europe, eine Dardelpartie Sperber-Ellbogen mitstenographiert. Doch ist mir dieses unersetzliche Protokoll – nebst vielem andern, daran meine Liebe hing – auf meiner etwas überstürzten Flucht aus Frankreich im Sommer 1940 verlorengegangen.

Hier erfolgt eine Unterbrechung:

Grundgütiger,

mitten in einem ausführlichen und wichtigen Brief an Sie stört mich eine Lappalie, und stört mich dergestalt, daß ich den wichtigen Brief unterbreche. Sie haben es erraten: es handelt sich um diesen Roman, den Sie vor einiger Zeit, unter Verwendung eines von mir verfaßten Textes, hergestellt haben, und dessen Aushängebogen soeben hier eingetroffen sind. Prächtig fürwahr sehn sie aus und eine rechte Augenweide sind sie. Aber gerade zum Schluß, ganz zum Schluß, wenn der

Leser das Buch hingerissen, begeistert und überwältigt aus der Hand legen will, – hingerissen vom Druck, versteht sich, begeistert über die Ausstattung, überwältigt vom Umbruch –: gerade da fällt sein Auge auf ein garstiges Bild.

Auf Seite 348 endet der Roman, unten auf Seite 348, was sage ich »unten« – zuunterst, zuallerunterst, tatsächlich mit der allerletzten Zeile, die sich dem Satzspiegel gerade noch abringen ließ. Das ist *schon* nicht sehr erhebend und wäre leichtlich zu vermeiden gewesen – aber sei's drum, und das ist nun einmal geschehn.

Warum aber, Herr der sorglichen Hand, warum kommt gleich daneben, gleich rechts, im unmittelbarsten Anschluß und fast als gehörte es noch zum eben erst ganz unten geendeten Roman – warum kommt da das Titelverzeichnis der früheren Werke? Wo der Bogen doch noch drei volle leere Seiten hat? Läßt sich da gar nichts mehr machen? Kann man das Titelverzeichnis nicht auf die nächste linke Seite transferieren, oder noch besser auf die übernächste rechte, das letzte Blatt des Bogens? Es wirkt, ohne Not und Anlaß, so entsetzlich gedrängt und atemlos und gewaltsam, wie es jetzt ist. »Den Eintretenden bot sich ein entsetzlicher Anblick: Egon Dietrichstein«.

Vielleicht kann ein hurtiges Kabel – etwa des Wortlauts »titelverzeichnis schluss torberg auf nächste oder übernächste seite umlegen« – bei den Eidgenossen noch fruchten? Ich liege vor Ihnen und meinem inzwischen wohl schon eingetroffenen Verlag demütig im Staube und harre mit aufgehobenen Händen eines gütigen Bescheids.

...Ich kehre zum Dardel zurück, ich nehme hinter Sperber Platz (nicht *nervös* machen, Reb Torberg, ts-ts...), bestelle beim Kellner Schuster – wir sind im Europe – einen sogenannten Sperber-Türkischen, indessen Sperbern selbst nichts ferner liegt, als sich die Unkosten einer Konsumation zu verursachen, er hat auf die Frage des Obers, was denn wohl angenehm wäre, schon zweimal nicht geantwortet, jetzt aber, da die »Abortfrau mit erweitertem Kompetenzkreis« noch immer nicht in Erscheinung getreten ist, bestellt er, widerwillig genug, beim *Ober* das nötige Paket doppeldeutsche Karten, und sprudelt auf die beharrlich abermals an ihn gerichtete Anfrage: »Sonst noch was, Herr Doktor?« in endlich überquellendem Zorn hervor: »Jawooohl! Eine Tafel – eine Kreide – *und*einenschwammbevorsieweiterfragen!!!«

Wohl, nun kann der Guß beginnen. »Doch recht trocken«, sagt Sperber, um mit wegwerfender Geste hinzuzusetzen: »Laßt es sein!« Schon ist geteilt, schon ist er im Büro, schon hat er, Sie sagen es, ein Fießchen, – übrigens hatte er auch dieses gerne auf griechisch: Podà! hieß der messerscharfe Ausruf, – und schon reckt er sich zu gewaltiger Ansage hoch: »Hoher Gerichtshof! Meine Herren Geschworenen! Löbliche Südbahn! Gott gab mir durch die klebrigen Finger seines unwürdigen Knechtes Ellbogen –: *e Quardel!*«, schon zerschmettert er eine Gegenansage Ellbogens mit einem wuchtigen: »Battaglia!« (»Schlacht!«) – aber da fällt sein Auge auf den Ober, der, eine Konsumation zu ertrotzen, noch immer um den Tisch herumstreicht und sich jetzt sogar an die Wand gelehnt hat: »Herr Ober!« röhrt Sperber ihm zu. »Merken Sie nicht, daß Ihrer Anwesenheit hier lediglich *dekorative* Bedeutung zukommt?!«

Indessen hat Ellbogen vier Zehner im Blatt und sagt sie triumphierend an, zu Sperbers sichtlicher Depression: »Vier Zehner sind ein Keulenschlag«, murmelt er kopfwackelnd in sich hinein, um gleich darauf, »mit einer nervösen Geste meiner überschlanken Finger«, in Ellbogens Stichen via facti nachzuschaun, die Partie steht auf des Messers Schneide, Sperber hat ein Dardel, Ellbogen auch, »Jeder Mensch hat ein Dardel«, behauptet er hochmütig, und: »Sind *Sie* ein *Mensch?*« repliziert Sperber. »Bis wohin geht Ihres?« – »Eis ton basilea…« – »Meines geht bis zum As!« jauchzt Sperber. »Graf, Ihr seid überpischt!« – und von hier bis zum allgemeinen Jubel ist es nur noch ein Schritt. Gespielt jedoch wird »bis zum Eintreten der Schüler« (ich beharre darauf, daß die Genesis in der Pessach-Haggadah zu finden ist), und gezahlt wird, nachdem vorher der Aufforderung »Flattern lassen!« durch Schwenkung von Schillingscheinen stattgegeben worden war. Und dann ziehen wir blökend heimwärts, die gewohnten Ställe füllend…

In diesem Sinn

Ihr sehr ergebener
F. T.

Milan Dubrovic

»Du machst Dir keine Vorstellung davon, wie verwirrend und zwiespältig es war, wenn wir hier an Euch dachten und über Euch sprachen: ›wir‹, damit das ein für alle Mal klargestellt sei, sind jene eher Wenigen, die sich von den alten Bindungen trotz allem nicht lösen wollten – egal ob es sich da um Bindungen an einen Menschen, an ein Kaffeehaus oder an einen Waldweg in Salmannsdorf handelt.«

F. T. an Milan Dubrovic, 29. Januar 1946

New York, 29. Januar 1946

Lieber Milan,

daß Du wohlauf bist, wußten wir hier schon seit ein paar Wochen, aber jetzt ist Dein Brief an die Gerty gekommen, und der Jubel ist allgemein, Fremde umarmen sich, und auf den Straßen bilden sich Gruppen, die das Ereignis aufgeregt besprechen. Die Gerty hat mich sofort mit tränen- und whisky-erstickter Stimme angerufen und mich beschworen, sofort einen Sprung zu ihr in den ihrigen Bridge-Club zu machen, und ich hab den Sprung selbstverständlich gemacht (in Europa wurde nach Zurücklegung derartiger Distanzen bereits nachhause telegraphiert, gut angekommen wohne tante malvine – vor den Entfernungen hier soll einen nämlich Gott hüten, und wenn man ankommt is *frisch* nix).

Lieber Milan, was soll ich Dir sagen. Lieber Milan ich sag Dir garnichts. Wir haben uns Deinen Brief abwechselnd vorgebetet, mit allen orthodoxen Zeremonien, mit Segenssprüchen bei jedem neuen Namen, und bei besonders feierlichen Anlässen wurde auch die übliche Vorschrift »Die Gemeinde erhebt sich« streng eingehalten.

Nein, ganz im Ernst, – obwohl ich eigentlich nicht genau weiß, wozu das gut sein soll: denn ernst war es doch diese ganzen Jahre hindurch – Dein Brief war also eine große, große Freude, und er war mehr als das: eine Bestätigung. Du machst Dir keine Vorstellung davon, wie verwirrend und zwiespältig es war, wenn wir hier an Euch dachten und über Euch sprachen: »wir«, damit das ein für alle Mal klargestellt sei, sind jene eher Wenigen, die sich von den alten Bindungen trotz allem nicht lösen wollten – egal ob es sich da um Bindungen an einen Menschen, an ein Kaffeehaus oder an einen Waldweg in Salmannsdorf handelt.

Jetzt kommt also Dein Brief, und es haben sich also *alle*, an die wir uns gebunden fühlten, ganz genau so benommen wie wir es gewünscht und gehofft haben, – ja es sind sogar noch ein paar ganz unerwartete Fleißaufgaben dazugekommen. Ich habe Deinen Brief nicht zur Hand, und es ist möglich, daß mir ein paar Namen nicht gegenwärtig sind. Bitte grüße jeden einzelnen, von dem Du glaubst, daß es ihm Freude machen könnte. Grüß besonders den Dr. Inngraf, den ich sehr gerne hatte und um den ich in großer Sorge war...

Was mich betrifft, so weiß ich nicht, wie genau Du es wissen willst, und beschränke mich also auf die notdürftigsten Äußerlichkeiten: ich lebte zwischen Anschluß und Kriegsausbruch in Zürich, ging dann zur tschechischen Armee nach Frankreich, entkam am Tag des Waffenstillstands noch ganz knapp über die spanische Grenze und von dort weiter nach Portugal. Durch eine Aktion des Pen-Clubs für »endangered intellectuals« bekam ich dann das amerikanische Visum, und durch eine in Hollywood von Dieterle und Bruno Frank geführte Aktion bekam eine Gruppe von »Ten Outstanding Anti-Nazi Writers« einen Jahresvertrag von Metro und Warners. Ich war zusammen mit Heinrich Mann, Leonhard Frank und Alfred Neumann in der Warner-Gruppe (Döblin, Polgar, Mehring und Speyer kamen zu Metro, Werfel und Feuchtwanger verzichteten auf ihre Kontrakte).

In Hollywood, wo ich Ende 1940 ankam, hatte ich bereits nach ungefähr zwei Wochen eine sehr präzise Vorstellung von der Karriere, die ich dort machen wollte: Nämlich auf einen Schlag genug Geld zu verdienen, um nach New York gehn zu können. Infolgedessen dauerte es bis zum Juli 1944, ehe ich so weit war, – die Hollywooder Zeit muß ich zunächst übergehen, weil ich von Dir unter den momentan gegebenen Umständen nicht gut verlangen kann, für dieses Grauen Verständnis zu haben. Einsichtsvolle Amerikaner nennen es eine Goldgräbersiedlung mit Ritz-Service, die Werbezirk* nennt es

*Gisela Werbezirk, bedeutende Volksschauspielerin (siehe F. T. »Die Erben der Tante Jolesch«, S. 305 ff.; dtv-Band 1644, S. 239 ff.)

»Purkersdorf mit Palmen«, und beides zusammen gibt Dir noch immer kein Bild. Jedenfalls ermangelte es nach Abbüßung meines Vertrags nicht nur des nötigen Gelds sondern mehr noch der nötigen Energie, und es bedurfte erst eines unzweideutigen Anstoßes, um mich von dort wegzubringen.

Er erfolgte in Gestalt eines Antrags von Time Magazine, ihnen bei der Vorbereitung einer deutschsprachigen Nachkriegs-Ausgabe zu helfen, – eine Idee meines Freundes Willy Schlamm, an den Du Dich noch als den Herausgeber der »Weltbühne« erinnerst und der inzwischen bei Time & Life eine Art Graue Eminenz geworden ist. Die Sache selbst fiel dann ins Wasser, aber ich war wenigstens in New York, blieb auch hier, und bin es eher froh, vor allem weil man hier fünftausend Kilometer näher zu Europa ist, in jeder Hinsicht. »Gemacht« hab ich verzweifelt wenig...

Das erfreulichste an diesen amerikanischen Jahren waren ein paar neue menschliche Beziehungen, die sich in dem besonderen Klima der geistig wach gebliebenen Emigration entwickelt haben, vor allem eine sehr innige und sehr bereichernde Freundschaft mit Franz Werfel, dessen Tod ein fürchterlicher Schock für mich war. Außerdem habe ich vor kurzem geheiratet, eine 25jährige Wienerin, die es tatsächlich geblieben ist. Das ist, glaube ich, alles, was ich in einem ersten kurzen Überblick sagen kann.

Nämlich: ohne die Worte zu wägen. Und es ist Dir auch sicherlich aufgefallen, daß ich das alles so gesagt habe, als ob nichts geschehen wäre, oder mindestens: als wäre das, was geschehen ist, sehr äußerlicher und oberflächlicher Art. Es ist vielleicht unerläßlich für eine »Wiederaufnahme des Kontaktes«, aber es ist im Grunde uninteressant für uns beide: weder brauchst Du gerade mich, um dergleichen zu hören, noch brauche ich gerade Dich, um dergleichen zu sagen. Ob und wozu *Du* nun etwa *mich* brauchen kannst, und was *Du* etwa von *mir* wissen willst, kann ich nicht beurteilen (und kann nur hoffen, daß Du es mir sagen wirst). Hingegen weiß ich sehr genau, was *ich* von *Dir* wissen will.

Ich weiß nur nicht, wie ich es Dir sagen soll. Nicht als ob diese sieben oder acht Jahre mich an Dir im mindesten unsicher oder gar irremachen könnten (wäre das so, dann würde ich Dir erst gar nicht schreiben). Viel eher liegt es daran, daß ich, der Emigrant, von Dir, dem Dringebliebenen, viel mehr weiß als Du von mir, – nicht nur »technisch« mehr, nicht nur weil ich Deine Kulisse (die ja auch die meine war) genau kenne und Du die meine nicht, sondern vor allem deshalb, weil ich über Dich mehr nachgedacht habe als Du über mich, und weil ich das, was Du durchgemacht hast, besser verstehe; weil ich Dein Schicksal, – es versteht sich, daß das alles kategorisch gemeint ist und nicht persönlich – weil ich Dein Schicksal viel eher als tragisch zu empfinden bereit bin, ja weil ich es überhaupt nur akzeptieren kann, *indem* ich es als tragisch empfinde (andernfalls müßte ich Dich ja für einen Schurken halten, und es käme abermals kein Gespräch zustande).

Ich muß mich also, um mich mit Dir verständigen zu können, selbst in eine Situation hineinmanövrieren, in der ich mich plötzlich in der Defensive sehe, – und damit bin ich, der Emigrant, vor Dir, dem Dringebliebenen, in ein moralisches und rechtliches Hintertreffen geraten, das ich doch gute sieben von den schlechten acht Jahren hindurch ganz einfach für grotesk gehalten hätte, für eine tolle Umkehrung des Tatbestandes: so, als hätte ich Dich um Entschuldigung dafür zu bitten, daß ich mir das nackte Leben gerettet habe. (Mehr war es nämlich nicht, und viel mehr ist es nicht einmal jetzt, nach acht Jahren – laß Dich vom Plauderton meines amerikanischen Berichts nicht hereinlegen.)

Es war in mancher Hinsicht sogar viel weniger als das nackte Leben, – denn zum Leben gehört bei mir z.B. die Arbeit, das Schreiben, das Schreiben in der Muttersprache, die Resonanz: und im Vakuum pflanzen sich erst gar keine Schallwellen fort (geschweige denn ein Echo). Die Überfuhr ins Amerikanische habe ich wissentlich und willentlich versäumt, vielleicht aus Hochmut, vielleicht aus Unvermögen, jedenfalls nicht um Wollust noch Gewinnst. Ich bin also am Bahnhof sitzen geblieben, und habe – während hinter mir im einzigen Hotel der Stadt ein Zimmer nach dem andern besetzt wurde – auf den Gegenzug gewartet. Jetzt kommt er – und ich weiß nicht, ob ich überhaupt einsteigen soll.

Kannst Du Dir *das* vorstellen, Milan? Das ist es nämlich, was *Du* an *meinem* Schicksal als tragisch zu empfinden hast – *nicht* etwa die Wanderung ins Ungewisse, *nicht* den Existenzkampf in einem fremden, unbarmherzigen Land, *nicht* die Flucht durch Frankreich immer ganz knapp vor den Nazi-Armeen, und nicht einmal, daß meine ganze Familie einschließlich meiner Mutter in Auschwitz umgekommen ist. Dafür kann ich nichts und dafür hab ich nichts einzukassieren. Aber noch weniger möchte ich mich dafür entschuldigen wollen, daß ich mein Leben nicht verraten habe (wenn Du Dir darunter etwas vorstellen kannst, und wenn Du so hochtrabende Wendungen überhaupt zulassen willst).

Es scheint mir aber – und das ist der Grund, warum ich das Ganze zur Sprache bringe –, als sollte ich auch *da*mit nichts aufstecken können; als sollte es mir nicht nur nicht gut- sondern gar schlechtgeschrieben werden, daß ich, obwohl ich draußen war, dem Drinnen genau so treu geblieben bin wie die Anständigen unter den Dringebliebenen: die es doch viel leichter hatten, denn sie waren ja eben drin, sie hatten ja, da sie anständig waren, gar keine Wahl (so wenig wie ich die Wahl hatte, etwa drin zu bleiben).

Ich fürchte, das wird jetzt immer verworrener und undurchsichtiger, – was ja schließlich nur der Situation entspricht, aber keine gute Basis für eine Antwort abgibt. Und ich möchte sehr gern, daß Du mir antwortest. Natürlich erwarte ich weder Diagnosen noch Rezepte, ja nicht einmal einen Ratschlag…

Was ich von Dir haben möchte, ist *Dein* Überblick über die *dortige* Situation. So, als ob *ich* Dir garnichts von der meinigen geschrieben hätte. Halt mehr mit'n Instinkt, wann i bitten dürft. Denn wenn es auch mit der »jungen Generation« bei uns beiden nicht mehr so weit her ist, oder eigentlich schon allzu weit her –: *dieselbe* Generation sind wir noch immer, und *ganz* umsonst können doch all die Nächte und Nachmittage nicht gewesen sein...

Grüß die Trude und den Sandor, grüß den Albert und den Hnatek, nimm mir die Wirrnis dieses ersten Briefs nicht übel, und tu das Deinige, um unsern Gedankenaustausch möglichst bald wieder der Gelassenheit jenes perikleischen Zeitalters anzunähern, dem wir entstammen und dem wir treu bleiben wollen für und für, notfalls auch für und wider.

Dein F. T.

Wien, 30. Dezember 1945

Lieber Freund Torberg!

Gestern rief mich Rudi Steinböck an mit der schönen Nachricht, daß ein Brief von Dir da ist. Die erste Post von drüben, auf die wir solange gewartet haben. Es war ein festlicher Augenblick. Er ließ sich auch nicht durch Deine vorsichtige Anfrage trüben, ob die »Gerüchte« über mich wahr seien, obwohl ich ein bißchen bestürzt darüber war, ich will es nicht verhehlen. Immerhin steckt in dem Verdacht neben der Absurdität, über die man mit einem herzhaften Lacher hinwegkäme, auch noch ein Quentchen Traurigkeit, über die man weinen müßte.

Der böse Magier ist tot, aber sein fauler Zauber wirkt noch weiter. Es wird wohl noch eine Weile dauern, bis sich die Nebel verziehen und durch die chemische Probe persönlicher Zeugenschaft in die realen, wirklichen Bestandteile auflösen.

Auch dann noch bliebe vieles übrig, das der (gegenseitigen) Aufklärung bedürfte, die Frage einer kollektiven Schuld und die Frage der verschiedenen Optik (des von Draußen- und von Drinnenher-Erlebens dieser grauenhaften Jahre). Dazu aber bedürfte es, zwischen Freunden, vor allem des persönlichen Kontakts, es ließe sich vor allem schneller bewerkstelligen als durch Briefe, die den Umfang des »Ulysses« annehmen müßten, wollte man alles erzählen, so erzählen, daß der andre die richtige Anschauung bekäme.

Aber vielleicht gehts – vorläufig – mit einer Art geistigen und moralischen Kreditbriefs, den Du mir auf Grund meines schlichten Bekenntnisses gewähren möchtest: Nein, ich war kein Nazi, wirklich und wahrhaftig nicht und in keiner Sekunde meines Lebens.

In Kürze nun: ich war bis 1944 Umbruchredakteur beim Wiener Mittag, wurde dann strafweise – infolge einer Anzeige gegen mich beim Propagandaamt – zur Wehrmacht eingezogen, wo es mir mit viel List und Tücke gelang, bei der Flak in Mödling unterzuschlüpfen. Im Jänner 1945 täuschte ich einen Unfall vor und Dr. Hartwich legte über mein völlig gesundes Bein einen Gipsverband an und so verbrachte ich die Zeit bis zur Befreiung in einem Lazarett, das von falschen Kranken wimmelte. Drei Wochen bevor die Rote Armee kam, desertierte ich und versteckte mich mit vielen anderen Freunden, die in der gleichen Lage waren, vor den Nachforschungen der SS im Keller des Hochhauses. Es war recht dramatisch, aber es ging alles glatt. Sogar meine Wohnung behielt ich, obwohl das Haus fünf Artillerietreffer bekam.

Gleich nach der Befreiung machte ich mich mit einigen Kollegen daran, die Zeitschrift »Die Bühne« wieder ins Leben zu rufen, diesmal nicht als Theatertratschblatt, sondern als anspruchsvolle Kulturrevue. Ich werde Dir einige Exemplare zur Ansicht schicken, sobald dies die Post möglich macht. Inzwischen warte ich auf das Wiedererscheinen des Tagblatts oder

der Neuen Freien Presse, um deren Flottmachung man sich bemüht...

Was ist mit Ernst Polak, dem lieben, geworden, was mit Hans Vetter*, mit Gina Kaus, Polgar (verzeih die Reihenfolge!) und allen anderen? Bitte schreib mir von allen und vor allem von Dir, wie es Dir ergangen ist und wie es Dir jetzt geht!

Es umarmt und grüßt Dich

Dein alter Milan

New York, 5. März 1946

Lieber Milan,

schon fängt der Wiederaufbau an. Es ist nämlich soeben, vermittels des Postboten, Dein Brief bei mir eingetroffen, und obwohl er mittlerweile mehrfach überholt erscheint – so kann ich trotzdem nicht umhin. Weil was Du da von Dir gibst ist wirklich zu blöd. Und ich will das auch ausdrücklich festgestellt haben, obwohl Dich mein Umfangreiches vom 29. Januar eben schon eines besseren belehrt haben dürfte. Ich spreche von dem, was Du meine »vorsichtige Anfrage« über die etwaige Wahrheit von »Gerüchten« nennst, und ich muß Dir leider widersprechen: es steckt nicht das mindeste Quentchen Traurigkeit darin. Es wäre *nur* komisch, wenn ich Dich im »Verdacht« gehabt hätte, ein Nazi zu sein. Es wäre so komisch, daß es tatsächlich nur *eines* gäbe, was *noch* komischer wäre – nämlich daß Du allen Ernstes *geglaubt* haben könntest, ich hätte Dich in einem solchen Verdacht. Wie dieses skurrile Mißverständnis zustande gekommen ist, weiß ich nicht...

Du wirst jetzt also gefl. keine weitere Zeit damit verlieren, mir zu erklären, daß Du kein Nazi warst – *ich* werde keine weitere Zeit damit verlieren, Dir zu erklären, daß ich das sowieso nie geglaubt hab – und wir beide werden versuchen,

* Architekt, derzeit Professor am Carnegie Institute, Pittsburgh, USA

einander die verschiedene Optik zu erklären (übrigens ein Kennwort von bemerkenswerter Prägnanz, und ich bitte Dich, mir die Vertretung für die westliche Hemisphäre zu geben). Eile tut not. Sonst wird es im Handumdrehen zum Übersatz. Manches läßt sich schon jetzt nicht mehr unterbringen, nicht einmal im Abendblatt. Ich habe nämlich den Eindruck, daß wir aus den großen Überschriften nicht so bald herauskommen werden. »Peace for our time« – da bin ich nicht so sicher. Aber Dreispalter for our time – das ja. Also tummel Dich. Daß es brieflich seine Schwierigkeiten hat, weiß ich. Ich versichere Dich meiner emsigsten Bemühung, diese Schwierigkeiten auf ein Minimum reduziert zu halten. Aber wenn es brieflich zu kompliziert wäre, so wäre es das auch mündlich, und wir kommen zu garnichts.

Für heute nur noch die von Dir angefragten Personal-Nachrichten: Ernst Polak und Hans Vetter sind in London, von Vetter weiß ich leider garnichts, von Polak vor allem daß er geheiratet hat, angeblich das reizende Töchterlein eines schottischen Landedelmanns. Ob dieser Edelmann mit jenem andern identisch ist, bei dem E. P. eine Zeitlang als Haushofmeister beamtet war, habe ich nicht feststellen können. Die Fama berichtet, daß er diese Stellung verlor, als der außerordentlich fromme und gottesfürchtige Sir ihm dahinterkam, daß er Jude wäre; indessen handelte es sich dabei keineswegs, wie man vermuten würde, um eine antisemitische Maßnahme, sondern der frömmelnde Anglikaner soll den E. P. im Gegenteil deshalb hinausgeworfen haben, weil er einem Juden, der nicht in den Tempel geht und Schinken ißt, die Erziehung seiner Kinder nicht überantworten wollte. Sonderbar sind die Wege Gottes. Quelle dieses Gerüchts (und vieler andrer) ist Dr. Paul Schneeberger...

Der Gina geht es so wie immer, nur daß eben die Spannungen zwischen dem Auf und Ab in diesem Land, wo alles nach Fahrenheit gemessen wird, viel größer sind als zuvor in Wien. Davon abgesehen stellt sie leider einen der eklatantesten Fälle von Hollywoodisierung dar – aber dazu müßte ich erst ein kürzeres Seminar über Hollywood abhalten; es ist jedenfalls umso trauriger, als sie anderseits nichts von ihrem Charme und Witz und Intellekt eingebüßt hat.

Auch Polgar lebt eigentlich sein altes Leben, das allerdings mit den Jahren immer älter wird... Ab und zu veröffentlicht er etwas in einer dieser makabren Emigrationszeitschriften, und es ist gewiß nicht seine Schuld, wenn das Makabre auf ihn zurückfärbt. Wir wollen ihn hegen und pflegen, denn er besitzt die eindeutige, unverwechselbare Patina einer Generation, die uns hoffnungslos und unersetzlich wegstirbt, und er ist in seiner Art ein ebenso garantiert Letzter, wie es jeder einzelne dieser vor ihm Weggestorbenen war, der Beer-Hofmann, der alte Korngold, der Roda Roda. Lauter Ein- und Letztmaligkeiten. Und wenn jetzt noch der alte Auernheimer formell stirbt...

Daß Werfel das Labsal meiner Hollywooder Jahre war, glaube ich Dir ja schon geschrieben zu haben; er gehört natürlich in einen ganz andern Kataster, – er hat wirklich gelebt, und er hätte noch viel zu sagen gehabt...

Schreib. Nein: *habe* geschrieben!

Dein F. T.

Wien, 25. März 1946

Torberg! Lieber! Tausend Dank!

Ich habe Deinen Brief mit dem köstlichsten aller Pakete erhalten (weder im Rebhuhn noch im Herrenhof gab es in diesen Tagen Zigaretten). Seither habe ich ihn unzählige Male gelesen, ich glaub, ich kann ihn fast auswendig hersagen. Ich habe ihn nicht nur allein und mit sakraler Andacht gelesen, ich habe ihn auch vielen Freunden vorlesen müssen, aus einer inneren Notwendigkeit und weil er bisher die einzige

Menschenstimme von Draußen ist, die mit aller Aufrichtigkeit von dem Problem des »Draußen- und Drinnengewesenseins« spricht; und von der Möglichkeit seiner Auflösung, seiner Bewältigung.

Dieses Problem macht nämlich mehr Kopf- und noch mehr Herzzerbrechen, als wir hier in den vergangenen Jahren, die mit soviel Sehnsucht nach Freunden »draußen« erfüllt waren, erwartet hätten. In Deinem Fall scheint es mir nun so zu sein, daß keine lange Auseinandersetzung nötig ist, so wenig wie im Fall des Hans Weigel, der seinerzeit bei Nacht und Nebel und über Stacheldrahtverhaue in die Schweiz floh und, wenige Wochen nach dem Zusammenbruch der Teufelei, auf dem gleichen komplizierten Weg »zurückfloh«. Er hatte das Ganze in der Schweiz, also ganz nahe, miterlebt, und er hat die moralisch intakten »Dringebliebenen« eben um ein paar tausend Kilometer besser verstanden, sich in sie besser eingefühlt, als es die übers Meer Geratenen konnten. Restliche Unklarheiten wurden in einigen länger dauernden Gesprächen ausgedaigezt. Er schrieb dann im amerikanischen »Wiener Kurier« ein Feuilleton »Wir sind quitt!«, das ihm freilich einen scharfen Angriff der hiesigen israelitischen Kultusgemeinde eintrug.

Ich stimme mit Dir darin überein, daß man sich brieflich nur sehr schwer und andeutungsweise über diesen Fragenkomplex verständigen kann, es bedarf sozusagen eines chemischen Zusatzes, um das gegenseitige Verstehen zu fördern, und dieses Ingredienz heißt menschlicher Kontakt. Ich glaube, wir beide haben ihn, haben ihn herübergerettet über all die bösen Jahre. Ich fühle es aus Deinem Brief und ich bin riesig glücklich darüber.

Gestern besuchte mich Ferdinand Czernin, er ist seit etwa zehn Tagen da und hat schrecklich viel zu tun: nämlich die sieben vergangenen Jahre »nachzulernen«, wie er es nannte. Ja, siehst Du, da sind wir schon mittendrin in diesem Problem. Man muß eben selber hier sein, man muß den Lokalaugenschein im Geistigen und Materiellen selber vornehmen, um das richtige Bild zu bekommen. Und ob es dann das richtige ist, kann ich selber nicht beurteilen, obwohl ich die ganze Zeit da war. Es haftet zu viel Gespenstisches, noch Unfaßbares an der Zeit und ihrem Geschehen.

So wie Wien im März 1938 plötzlich, von einem Tag zum andern, eine andere Stadt für mich war, eine völlig fremde Stadt, in der nur die leere Kulisse an die Vergangenheit erinnerte, so wie ich das damals nicht begreifen konnte, so scheint mir auch jetzt der Szenenwechsel viel zu jäh, als daß ich ihn als Wirklichkeit voll begreifen könnte. Wir müssen erst Distanz kriegen. Die meisten, auch die »Dringebliebenen«, machen den Fehler, glattweg an 1938 oder 1934 anknüpfen zu wollen und die dazwischen liegenden Jahre aus ihrem Bewußtsein wegzueskamotieren.

Ich glaube, es ist ein sehr gefährlicher und verhängnisvoller geistiger Kurzschluß, den man sich da zu Schulden kommen läßt. Ich fürchte aber, daß dies alles Dir sehr verschwommen und unpräzise klingen muß, was ich da andeute, es läßt sich eben viel eher bereden als beschreiben. Und deshalb allein schon wünsche ich mir, daß Du herkommst, aber auch noch aus vielen anderen Gründen und aus einem heimlichen Optimismus, daß es uns allen doch und dennoch gelingen wird, ein Stück der Welt von damals herüberzuretten in die kärgliche Gegenwart.

Nein, *raten* kann ich Dir gewiß nicht. Aber eines kann ich: nämlich Dir sagen, daß es mir einfach unvorstellbar ist, daß Du *nicht* herkommst, und daß wir nicht über all das, was uns im Herzen brennt, reden könnten. Wann dies und wie dies geschieht, weiß ich nicht, aber *daß* es geschieht, fühl ich mit somnambuler Sicherheit. Basta. Ich habe das Rätselraten in puncto Weltgeschichte aufgegeben und neige mehr denn je zum Fatalismus, der mir im südslawischen Domestikenblut liegt.

So, das wäre einiges über die *innere* Situation, so weit es sich überhaupt sagen läßt und so weit es formulierbar ist. Über die äußere Lage dürftest Du wohl inzwischen hinlänglich informiert sein. Sie ist noch immer sehr arg. Kämst Du mit Dollars, mit etwa sechzig im Monat, könntest Du wie im Frieden leben. Wir Schilling-Bezahlten hungern richtig. Ich habe bisher 22 kg abgenommen und leide mitunter an richtigen Sehstörungen aus Vitaminmangel und sonstigen Mängeln. In diesem Punkt ist es noch recht scheißlich und wird es wohl noch eine Zeitlang bleiben. Aber wir sind dennoch riesig glücklich und zufrieden, ja ich kann Dir kaum das Glücksgefühl schildern, das einen fast täglich überkommt, wenn ein warmer Sonnenstrahl, ein vorbeirasender Jeep oder eine Zeitungsaufschrift es einem bewußt macht, daß die Nazis und der Krieg vorbei sind. Das allein ist berauschend und zauberhaft und wir freuen uns darüber wie die kleinen Kinder.

Im übrigen hat sich bei mir beruflich inzwischen insoferne eine Änderung ergeben, als ich zu der vorläufig noch als Wochenblatt erscheinenden »Presse« (jetzt ohne »Neue« und »Freie«) übergegangen bin, die, wenn es mehr Papier geben wird, wieder als Tageszeitung erscheinen soll...

Torberg, lieber Freund, ich hoffe bald wieder von Dir zu hören, wir müssen den Kontakt unbedingt aufrecht halten, ich werde mich immer wieder bei Dir melden, bitte tue es umgekehrt auch!

Ich grüße und umarme Dich!
Dein Milan

New York, 15. Mai 1946

Mein lieber, alter Milan,

das erste Problem hieß: »Wo soll man da anfangen?«, und das hätten wir also bewältigt. Aber da senkt sich über unsern

Briefwechsel bereits der riesenhafte Schatten des zweiten Problems: wo soll man da aufhören? Ich beneide Dich und beneide mehr noch den Weigel, daß es Euch gelungen ist, »restliche Unklarheiten« in Gesprächen zu beseitigen. Was sich bei mir noch alles an Unklarheiten tut, und sogar an Klarheiten: das geht auf keine Kuhhaut, und ist auch nicht in den Brief hineingegangen, den ich mit gleichem Kurier an den Weigel gelangen lasse*.

Immerhin wirst Du aus ihm einige Rückschlüsse auf meine Situation ziehen können. Aus dem Brief, nicht aus dem Weigel. Denn mit diesem – wie sehr ich seine intellektuelle Aufrichtigkeit schätze, und wie sehr mir die Klarheit, mit der er Posten bezogen hat, imponiert – bin ich im Gegensatz zu Deiner Vermutung nicht durchwegs einer Meinung. Aber das habe ich ja schon ihm geschrieben, und zwar deshalb ihm, weil es sich größtenteils um Hemmnisse israelitischer Observanz handelt.

Dir zur Aufklärung: daß diese meine Observanz nicht von heute stammt, sondern daß sie mir seit jeher selbstverständlich war – so selbstverständlich, daß ich dort, wo es nicht ausdrücklich geboten war, auch nichts damit hergemacht habe, weder in Wort noch in Schrift, oder, wie der mittlerweile in ein ebenso kunstvolles Englisch übersiedelte Robert Neumann sagen würde: in Wort nicht und in Schrift nicht. Deshalb kann es mir heute, da diese ausdrückliche Gebotenheit allenthalben besteht, sehr leicht passieren, daß ich selbst so gute Freunde wie Dich über meine oben beregte Observanz erst aufklären muß, – was mir nicht selten ihre Überraschung einträgt, oder gar den Verdacht der Hysterie.

Bitte mach Dir gar keine Sorgen – nicht ich bin hysterisch geworden, sondern die Welt. Bei mir ist alles beim alten, ich gehöre weder zu jenen Juden, die erst den Hitler gebraucht ha-

*siehe F. T.: »In diesem Sinne...«, S. 409 ff.

ben, um dahinter zu kommen, daß sie es sind, noch auch zu jenen, die es sich von Hitler nicht »vorschreiben« ließen. Sondern es ist mir nach wie vor selbstverständlich, und daß – wie aus so vielen andern Selbstverständlichkeiten – auch aus dieser eine Affaire geworden ist, liegt nicht an mir. Es stünde mir nur schlecht an, wenn ich gerade über sie hinweggehen wollte. Aber das soll uns, nachdem ich es der Ordnung halber gesagt habe, nicht weiter stören.

»Uns«: damit meine ich zunächst Dich und mich, und dann eben alle jene, zu deren Kreis ich mich hingezogen und zugehörig fühle, und immer zugehörig fühlen werde, – ja ich täte das selbst dann, wenn diese Zu- und Zusammengehörigkeit sich jetzt nicht auf eine so beglückende Weise bestätigt hätte wie es der Fall war. Ich denke mir, daß ich mich unter diesen Menschen auch jetzt sehr wohl fühlen würde, genau so wie hier draußen unter den verzweifelt wenigen wirklich aus Gesinnung Emigrierten (und nicht aus Zwang). Ja wahrscheinlich würde ich mich unter ihnen jetzt sogar noch wohler fühlen als zuvor: weil sie sich ihre Gesinnung sogar drinnen bewahrt haben, weil unsre Wechselseitigkeit auf eine mörderische Probe gestellt worden ist und diese Probe bestanden hat.

Aber – und das ist die Frage, die mich nicht zur Ruhe kommen läßt – aber darf ich denn, wenn ich an eine Rückkehr nach Wien denke, nur an diese paar Menschen denken? Geht es denn nach ihnen? Ginge es nach ihnen, so hätte ich doch gar nicht erst wegmüssen. Es geht also nicht nach ihnen und ist niemals nach ihnen gegangen, auch damals nicht, als ich mich unter ihnen noch ganz unproblematisch wohl gefühlt habe. Aber das ist es ja wieder: damals war es eben noch kein Problem sich wohl zu fühlen; oder wenn es eines war, dann haben wir unsern Ehrgeiz darein gesetzt, uns nicht davon unterkriegen zu lassen, und haben es mit Recht als Triumph empfunden, wenn uns das gelang. Es waren eben ein paar Menschen da, mit denen man leben konnte, und das hat genügt (auf ähnliche Weise friste ich mein Leben ja auch hier).

Und jetzt hör gut zu, Milan: ich finde, daß Euch, die Ihr dringeblieben seid, die Ihr nur den Atem angehalten habt und jetzt wieder atmen könnt – daß *Euch* das auch heute genügen darf. Aber ob es mir genügen darf, weiß ich eben nicht – so gern ich es mir genügen lassen möchte. Kürzer gesagt: es ist Grund genug, um nicht auszuwandern. Aber ist es Grund genug, um zurückzukommen? Oder mit den Worten eines Freunds von mir, einem der wenigen Ehrlichen, die zwar zugeben, daß sie vor Sehnsucht krepieren, aber trotzdem nicht zurückgehn: »Soll man sich *noch* einmal häkeln lassen?« Versteh das bitte richtig: nicht als ob Ihr die Häkler wärt – Ihr seid genau so die Gehäkelten wie wir, und bei ein bißchen Phantasie läßt sich sogar eine Situation denken, in der Ihr daraus genau dieselben Konsequenzen zu ziehen hättet, die wir schon einmal ziehen mußten. Aber für Euch, siehe oben, sind das bestenfalls theoretische Erwägungen. Für unsereinen sind es verflucht praktische. Keine materiellen – damit auch da kein Mißverständnis entsteht. Materielle Erwägungen könnten mich so wenig nach Wien locken, wie sie mich hier halten könnten. Sondern »praktisch« heißt ganz einfach: daß man den einen Schock schon schwer genug und nur ganz knapp überstanden hat, und daß man einen zweiten Schock wahrscheinlich nicht mehr überstehen könnte.

Lieber Milan, ich würde etwas Unmögliches von Dir verlangen, wenn ich auf diese Dinge Antwort von Dir haben wollte, oder auch nur Deine Stellungnahme. Ich will eigentlich nur wissen, ob Du es verstehst. Was sich etwa dazu sagen läßt, hast Du ja schon gesagt. Wenn Dir vielleicht noch etwas dazu einfällt, so wird es mir nur helfen, die »verschiedene Optik« von der Du gesprochen hast, auf gleich zu bringen, – und ich hoffe, daß mein Brief bei Dir die gleiche Funktion ausüben wird. Wir werden dann, wenn wir uns eines Tags wiedersehen, wenigstens nicht astigmatisch sehen. Daß es zu diesem Wiedersehen kommt – davon bin ich ebenso fest überzeugt wie Du. Besser gesagt (und wie ich eben mit leisem inneren Jauchzen feststelle, bereits von *Dir* besser gesagt): ich kann mir nicht vorstellen, daß es nicht dazu käme...

Im ganzen fand ich die »Bühne« erstaunlich gut – kann aber schwer beurteilen, wie weit meine eigene Sentimentalität da mitwirkt. Ein sehr merkwürdiger Prozeß. Früher war »Lokalkolorit« meistens ein Schwindel von seiten des Autors. Jetzt schwindelt schon der Leser. In einem der Hefte, die ich sah, war eine Fotografie des Hauses Grinzingerstraße 64, in dem zur gleichen Zeit Beethoven und Grillparzer gewohnt haben – ein ebenerdiges Haus mit insgesamt drei Fenstern. Hier das Empire State Building hat 102 Stockwerke und viele tausend Fenster, und es wohnt niemand drinnen, absolut niemand.

Von mir, mein Alter, gibt es leider nicht viel Aktives zu berichten, und ich zucke jedesmal zusammen, wenn einer der lieben Interessierten von drüben nach meinen »inzwischen erschienenen Büchern« fragt. Manchmal des Nachts suchen mich Schreckensvisionen heim, wie der und jener, weil also in all den Jahren nur ein einziges Büchlein von mir erschienen ist, mit dem Ausruf »Also *da*zu hab ich so lang gewartet!« endgültig der Melancholie anheimfällt... Aber in Wahrheit geht natürlich auch *das* viel tiefer – wie ja alles, was uns geschehen ist, viel tiefer geht.

Was meinen eigenen Fall betrifft, so hat es sich insoweit noch ganz besonders schlecht getroffen, als ich von dem Bündel prominenter Literatur, das damals nach dem französischen Zusammenbruch mit ziemlichem Reklame-Getöse nach Amerika gerettet wurde, nicht nur der bei weitem Jüngste war, nicht nur die Zuwaag, die zur Prominenz eben mit in Kauf genommen wurde: sondern ich war auch in Amerika in gar keiner Weise akkreditiert, ich bin zwar auf englisch erschienen aber nie auf amerikanisch, und da ich es vom Start weg versäumte, mich entsprechend in Szene zu setzen, so haben sich meine Chancen in direkter Proportion zur Dauer meines Hierseins verschlechtert und nicht verbessert (denn nach einiger Zeit war ja eben diese erfolglos verbrachte Zeit bereits ein akkumulierter Beweis gegen mich).

Nun wäre das an und für sich noch nicht so schlimm, denn schließlich haben auch so arrivierte (und zum Teil auch hier akkreditierte) Autoren wie Heinrich Mann oder Leonhard Frank oder Alfred Döblin in diesen ganzen Jahren nichts publizieren können. Aber dann stand entweder (wie etwa bei Heinrich Mann) die gesamte »linke« Emigrationspresse geschlossen und gedruckt hinter ihnen, oder sie haben (wie etwa Leonhard Frank) gelegentlich eine Neuauflage einer schon früher erschienenen Übersetzung oder den Filmverkauf eines alten Buchs durchgesetzt, und vor allem konnten sie alle ausnahmslos und mit Recht auf das zurückblicken, was man ein Lebenswerk nennt.

Hingegen war das, worauf ich zurückblicken konnte – nun, die Okkupationsarmee ob der Enns hat ein sehr anschauliches Sprichwort dafür: für ein Tischtuch zu klein, für eine Serviette zu groß. Und mir einfach den Arsch damit auszuwischen: dazu, ich will es gestehn, war ich zu eitel. Ich hätte es nicht über mich gebracht, mit meinem fünften Roman all die Krämpfe und Ängste mitzumachen, die ich einer glücklichen Fügung zufolge nicht einmal bei meinem ersten Roman habe durchmachen müssen. Und da ich es, anderseits, *noch* weniger über mich gebracht hätte, den amerikanischen Erfolgs-Accessoires auch nur die geringste Konzession zu machen, so war mein Weg von allem Anfang an vorgezeichnet, und wahrlich, ich sage Euch: Es war nicht leicht, ihn zu gehen.

Wie sehr seine Schwierigkeiten auch ins Materielle hinübergespielt haben, muß und will ich Dir erst gar nicht erzählen (es hätte außerdem noch viel schlimmer sein können). Es war nur eine ungeheuerliche geistige Strapaz, – auf ihre Weise sogar noch anstrengender als die, die Euch heimgesucht hat: denn der amerikanischen Lockung hätte man doch viel leichter und mit viel besserem Gewissen erliegen dürfen. *Wenn* man eben nicht gewußt hätte, daß *jedes* geistige Erliegen, wenn es nicht *ausschließlich* aus geistigen Gründen erfolgt, eine Lumperei ist.

Es gibt auch wirklich nur ganz Wenige hier, die »sich selber treu« geblieben sind und dennoch Erfolg hatten, ja man kann sie sich eigentlich am Daumen einer Hand abzählen, es ist eigentlich nur der Werfel. Thomas Mann, der sich zwar im höchsten Grad treu geblieben ist, hat in diesem Sinn keinen »Erfolg«, beim Remarque, der ihn im höchsten Grad hat, besteht das Treubleiben ja schon gerade darin daß er ihn hat, – und dem, worin sich etwa Feuchtwanger und Emil Ludwig treugeblieben sind, hätten sie meinetwegen auch untreu werden können...

Wenn es Dich nicht langweilt, so laß mir doch bitte ein paar Strophen von der Ballade des Äußeren Lebens zukommen, das Ihr in den finstern Jahren geführt habt. Du darfst dabei meines Verständnisses auch für bloße Andeutungen ganz sicher sein – weil ich ja nicht nur die Akteure kenne, sondern auch die Kulissen. Hingegen hast *Du* also *gar* nichts davon, wenn ich Dir sage, daß in New York soeben das Klima eingesetzt hat, oder daß ich gestern im Drugstore gefrühstückt habe. Sondern Du mußt Dir das erst von einem der aus Amerika Gekommenen erklären lassen, und dann wirst Du Dir erst recht nicht vorstellen können, was 87% Humidity bedeuten, oder was es heißt, zwischen Klistierspritzen und Monatsbinden an einer hochmondainen Bar zu sitzen und ein Ham-Sandwich mit eingeklemmten Häuptelsalatblättern zu essen. Manchmal in meinen schon erwähnten Albträumen sehe ich mich zum Schwarzen Hund* hineinkommen, mit einem in

* Apotheke in Wien

möglichst unleserlicher Handschrift ausgefertigten Frühstücks-Rezept, 1 Tschl., braun, 1 Ei, kernw., 2 Geb., Dr. Schlesinger – und das kannst Du Dir doch *auch* nicht vorstellen. Also siehst Du...

Jetzt grüß mir alle... Dich selbst umarmt in alter Treue
Dein F. T.

New York, 25. Mai 1946

Lieber Milan,

...Die eher umfangreichen Briefe, die ich letzthin an Dich und Weigel und Inngraf geschrieben habe, kommen mir in der Erinnerung ein bißchen fragwürdig vor, – nicht in ihrer Haltung, sondern weil ich aus dieser Haltung zu viel Wesens mache; oder so könnte es Euch scheinen. Nun, hoffentlich ist das nicht der Fall, und Ihr verdächtigt mich nicht, daß ich es für gar so wichtig und interessant hielte, ob und wie und wann ich nach Wien zurückkomme und wenn nicht warum doch.

Hoffentlich seid Ihr mit mir der Meinung, daß die seelischen und geistigen Bauchweh, die ich in diesem Zusammenhang mitzumachen habe, unser aller Bauchweh sind oder sein sollten. Ich würde gerne mehr von den Eurigen wissen, und was für Pulver Ihr dagegen nehmt...

Jetzt ist es ungefähr ein Jahr, seit der Friede ausgebrochen ist, oder das, was sich als Friede zu gebärden versucht. Zu meiner Genugtuung habe ich schon vor einigen Jahren den Stoßseufzer zu Protokoll gegeben: »Oj wie mies ist mir vor dem Tag, auf den ich mich so freu.« Aber dann ist es doch wieder nicht ganz so mies, und zumindest die geistigen Aufräumungsarbeiten scheinen mir viel besser vonstatten zu gehen, als ich es zu hoffen wagte.

Sei gegrüßt, und mach's weiter gut!
Dein F. T.

New York, 31. August 1946

Mein lieber Milan,

das letzte, was ich von Dir gehört habe, ist eine vom 8. Juni datierte Mitteilung, daß Du schon lange nichts von mir gehört hast und daher fürchten mußt, daß ein längerer Brief von Dir an mich verlorengegangen ist... Es ist *kein* längerer Brief von Dir an mich verlorengegangen, Du serbokroatische Rotzpipen, weil Du mir keinen solchen geschrieben hast...

Weigel hat mir den Empfang des durch Prof. A. an ihn beförderten Briefs vor kurzem bestätigt. Hoffentlich hat es auch bei Dir geklappt, es läge mir viel daran; besonders was meinen sehr ausführlichen Brief vom 15. Mai betrifft, mit dem ich die prinzipielle Diskussion bis auf weiteres abgeschlossen haben wollte. Eine etwaige Fortsetzung – und das wußten wir ja schließlich von Anfang an – ist jetzt nur noch an Ort und Stelle sinnvoll und möglich, und Du kannst Dich drauf verlassen, daß ich das meinige dazutun werde, um sie so bald wie möglich zustandezubringen.

Ich kann nur immer aufs neue wiederholen, daß es dazu erst gar keines Zuredens bedarf, – daß ich in Gedanken an Dich und an jeden einzelnen von Euch nichts weiter empfinde als eine törichte, sentimentale Buben-Sehnsucht, die weder mit Prinzipien noch mit materiellen Erwägungen das mindeste zu tun hat, – und daß ich, wenn es nach mir ginge, schon längst drüben wäre...

Dein F. T.

New York, 12. Januar 1947

Mein lieber Alter,

...Zunächst was die Deinigen Wünsche betrifft: die drei Rundschau-Hefte gehen gleichzeitig als rekommandierter Brief an Dich ab. Übrigens werde ich mich in dieser angesehenen Zeitschrift demnächst über das Thema »Innere und äußere Emigration« zu Wort melden, ich halt's net aus und i sag's wia's is. Einfach aus Ventilationsgründen. Es geht so nicht.

Da ist z.B. in einer der letzten »Bühnen« eine E. H. gezeichnete Buchbesprechung über Paul Stefan und Weigel erschienen, gefügt aus goldnen Worten ganz und gar, und ich wollte sie alle unterschreiben –: aber plötzlich, mittendrin, kommt etwas Hämisches vom »geringen Kalorienwert« vor und vom »schwankenden Schilling«, der die »sagenhaften« Prominenten an der Rückkehr verhindert – und sofort hat alles ein andres Gesicht und Gewicht. Und wenn dann auch noch sowas erscheint wie der beigelegte Ausschnitt, dann wird einem so mies, Milan, so unbeschreiblich und hoffnungslos mies, daß man sich ernsthaft überlegt, vermittels irgendeiner Filmschweinerei so viel Geld zu verdienen, daß man die vier oder fünf geliebten Menschen zu ein paar Sommerwochen in die Schweiz einladen kann, und basta.

Für mich jedenfalls reduzieren sich Sehnsucht und Heimweh immer deutlicher auf diese menschlichen Begegnungen, und mein Elan-Schwund wird immer progressiver. Ich will Dich am ganzen Auf und Ab dieser meiner Stimmungen – denn es *sind* Stimmungen, oder ich hoffe doch, daß sie es seien, und daß sie wieder vorübergehen werden – ich will Dich nicht im Detail an ihnen teilnehmen lassen, sondern bemühe mich nach wie vor, sie mit mir selbst abzumachen. Aber es scheint mir tatsächlich als wären alle ermutigenden Knösplein, die da während des ersten Nachkriegsjahrs hervorsprießen wollten, wieder abgestorben, und als begänne das Unkraut in einer Weise zu überwuchern, die einem jede Lust nimmt, sich wieder in diesen Humus zu verpflanzen...

Ich frag mich nur allerweil, und mit steigender Sorge: wie viel Zeit ich denn eigentlich noch zu vertrödeln hab? Denn Du bist Dir doch klar darüber, daß diese ganz bewußte und beinahe planmäßige Existenz im luftleeren Raum, die ich seit spätestens 1940 führe, unterm Blickpunkt einer endgültigen Entwurzelung nur als reine Trödelei zu betrachten ist; für *das* Geld hätt ich nämlich schon vor sieben Jahren nach Amerika übersiedeln können.

Trifft es zu, daß die Adrienne* sich nun doch entschlossen hat, Theater zu spielen? Was ist eigentlich mit der Wessely los? Kannst Du mir über das Bassermann-Gastspiel und sein Drum und Dran ein paar periphere Beobachtungen zukommen lassen, von jener Art, wie Du sie in Deinen Rezensionen *nicht* unterbringen möchtest. Ach, mein Lieber, ich wüßte so gern so Vieles was ich mir *vorstellen* kann, weißt Du, – wenn ich »Bassermann« oder »Wessely« oder »Gessner« sage, so kann ich mir was drunter vorstellen, und wenn ich eine alkoholisierte Heurigen-Karte bekomme, die von Dir und Lernet und Stappler und Sandor unterschrieben ist und die von der nachsichtig-nüchternen Trude noch rechtzeitig in Sicherheit und zur Beförderung gebracht wurde, so kann ich mir noch viel mehr vorstellen, und es ist eine süße und wolkige Vorstellung, und es ist Schlafenszeit, Heinz, und alles ist gut.

Aber wenn ich mir jenen E. H. vorstelle, der sich vorstellt, daß unsereiner nur deshalb nicht nach Wien will, weil er hier gar so viele Kalorien und gar so viele Dollars bekommt: dann kann ich mir *nichts* vorstellen, das absolute, schwarze Nichts, – und daß der E. H. im übrigen auch noch recht hat (nämlich mit dem was er *sonst* sagt), macht das Nichts nur noch schwärzer, ich kann mich nicht einmal damit trösten, daß er ein bös-

* Adrienne Gessner

williger Analphabet ist und nicht weiß wovon er spricht, er *weiß* es, und er ist wahrscheinlich schon einer von den besten. Ach, mein Lieber.

Kommt der Ernst Polak eigentlich nach Wien? Ich möchte es mir so einrichten, daß ich zur gleichen Zeit komme. Damit der Vorstand der Beerdigungsbrüderschaft sich möglichst vollzählig im Gasthaus »Zur goldenen Atmosphäre« versammelt.

In dieser Hoffnung – der einzigen, die ich mir nicht brechen lasse – harre ich Deines Flugzeugwendenden.

Immer Dein

F. T.

New York, 7. Oktober 1947

Lieber Milan,

denn er war unser. Und deshalb wollen wir uns erst gar nicht auf irgendwelche Konkurrenzen einlassen, wer da jetzt am E. P.* »mehr verloren hat«, – dergleichen Rivalitäts-Hascherei, bezogen auf mitgemacht, verloren, gefährdet und was weiß ich, ist mir in den Jahren der Emigration herzlich zuwider geworden, ich hab da keinen Ehrgeiz mehr, ich laß mich auf nix ein, ich *weiß* was ich verloren hab, ich weiß auch was ich am E. P. verloren hab, ich weiß auch was *Du* an ihm verloren hast, und dabei wollen wir's bewenden lassen, getrost, aber nicht getröstet.

Erst vor wenigen Tagen war der Hans Vetter hier, ich erkundigte mich bei ihm, ob der E. P. noch immer die »feine Angina-Platte« mit sich herumtrüge und wie er sich denn überhaupt fühle, und wir einigten uns wieder einmal darauf, daß eine gesunde, kräftige Angina Pectoris die beste Lebens-

* Ernst Polak

versicherung ist. So geht das, und dafür muß man sich dann plötzlich in Grund und Boden schämen.

Was mich betrifft, so stehe ich jetzt mit endgültig leeren Händen da: weil mir die Zuversicht entrissen ist, mit der ich all die Jahre hindurch den rationell gar nicht erklärbaren Umstand bagatellisieren wollte, daß ich gerade mit dem E. P. keinen brieflichen Kontakt unterhielt. Macht nichts, dachte ich mir, es ist gut, daß es wenigstens *einen* gibt, dem man dann eines Tags über diese Zeit von Grund auf kompletten Bericht zu legen haben wird, und es ist gut, daß dieser eine gerade der E. P. ist, denn dem kann man nichts vormachen und mit dem wird gut reden sein. Und damit ist jetzt also nichts, wieder einmal nichts, – denn er ist ja nicht der erste, auf den wir uns vergebens gefreut haben.

Für mich, in einer ganz bestimmten Reihe und Funktion, ist er der dritte, und zwar handelt es sich da um eine Funktion, die ich in meiner Privat-Terminologie ein »inneres Kontrollorgan« nenne, das sind solche, deren Kritik und Urteil mir so maßgebend ist, daß ich es bei bestimmten (und individuell unterschiedenen) Anlässen schon während der Arbeit vorwegzunehmen versuche; die beiden andern dieser inneren Kontrollorgane, die mir vor dem E. P. weggestorben sind, waren der Ernst Stern und, was Dich vielleicht überraschen wird, der Gustl Grüner. Dabei war ich von diesen dreien eigentlich nur mit dem Stern richtig »befreundet«, und in freundschaftlicher, also menschlicher Hinsicht sind mir andre Verluste viel näher gegangen, – aber die »Freundschaft« ist ja auch gar nicht das, was diese Verluste für mich zu so unersetzlichen macht.

Vielmehr bestand das Unersetzliche, und beim E. P. besonders, in einer dem Begriff der Freundschaft eher sogar entgegengesetzten Kompromißlosigkeit, in einer unerbittlich dem Gegenstand (und nicht der Person) zugewandten Insistenz, die sich von Maßstab und Forderung nichts abhandeln ließ, komme wer da wolle. Es war das merkwürdige Phänomen eines aktiv (und zwar aktiv wie eine Lauge) gewordenen Qualitätsgefühls, dessen lauernde Sprungbereitschaft in jeder sachlichen Unzulänglichkeit eine persönliche Beleidigung erblickte – und auf diesem Umweg dann auch wirklich persönlich und sogar warmherzig und rührend wurde. Denn *wenn* er sich einmal entschlossen hatte, von irgendjemandem irgendetwas zu halten, so war man dann *ihm* verantwortlich und haftbar, nicht mehr sich, so hatte man *seinem* Auftrag gerecht zu werden und nicht mehr dem eigenen. Er übte auf das Gesetz, nach dem man angetreten, durchaus die Gewalt einer legislativen Körperschaft aus, und es war nicht diese sattsame »democracy at work«, sondern es war die platonische Aristokratie, auf ihrem ureigensten Gebiet, im Geistigen...

Ich weiß, daß ich z.B. von Gide und Kafka um ein Entscheidendes weniger verstünde, wenn ich nicht mit dem E. P. über sie gesprochen hätte – und ich weiß, daß die Kompetenz und die Methodik seiner Annäherung sich bei diesen beiden *in nichts* unterschieden hat von seiner Kompetenz und Methodik etwa in bezug auf Peter Hammerschlag oder Herzmanovsky-Orlando. Ich erinnere mich, daß der einzige Briefwechsel, zu dem ich den E.P. jemals vermocht habe, im Stil des »Gaulschreck« geführt war... Und ich erinnere mich auch daran, daß eine von E. P. fürs »Sechsuhrblatt« geschriebene Besprechung der »Schlafwandler« von Broch, die schon gesetzt und abgezogen war, im letzten Augenblick vom Faktor wieder hinausgeworfen wurde, weil er sie für einen Grubenhund hielt.

Zuletzt war ich mit dem E. P. im Frühjahr 1938 in Prag zusammen, bevor er nach England ging und ich in die Schweiz. Ich machte in den paar Wochen damals ab und zu die Theaterkritik für das »Prager Tagblatt« und nahm den E. P. einmal zu einer Neuinszenierung von »Faust« mit, in der ein sicherer Valk die Titelrolle und ein sicherer Klippel den Mephisto spielte, und sie waren beide sehr nicht gut, und als sie die Studierzimmer-Szene hinter sich gebracht hatten, stand der E. P., um das Theater zu verlassen, angewidert auf und sagte: »Also das hätten sie sich wirklich auch telefonieren können!«

Mein Lieber, das alles hilft nichts und ist ein jammervoller Abklatsch, und ich werde Dir, so viel mir auch noch dazu einfallen wird, nichts mehr schreiben und werde überhaupt Schluß machen.

Es ist mir sehr mies, mein Lieber, und die Reihen lichten sich. Der alte Bassermann, als kurz vor Kriegsende der Reinhardt starb, quittierte die Nachricht mit dem Ausruf: »Nu das iss doch aber ganz ieberflissich.« Er hat so recht gehabt. Denn jeder, der's einmal *so* weit überlebt hat, müßte doch einfach dadurch schon ein Anrecht aufs Weiterleben haben.

Es ist zu blöd, daß wir den E. P. nicht mehr sehn und nicht mehr mit ihm sprechen werden. Aber über ihn werden wir hoffentlich noch sehr viel sprechen, wenigstens wir, und jeder anders, auch Du anders als ich, weil Du natürlich anders an ihn denkst und Dich anders an ihn erinnerst, aber zum Schluß wird aus der Erinnerung an den Toten doch wieder eine neue Gemeinsamkeit, und auf ihre Weise sogar eine stärkere, als die Beziehung zum Lebendigen es gewesen wäre.

Man wird immer mehr aufeinander angewiesen, es ist höchste Gulaschzeit, es sind heute auf den Tag genau sieben Jahre, seit ich Europa verlassen habe, ich kann es tragen nicht mehr – aber auch der Archibald Douglas hat es dann *doch* getragen und hat sogar noch gesungen...

Immer Dein
F. T.

Alexander Inngraf

»Es erweist sich immer mehr, daß das Kaffeehaus ein ebenso symbolischer Ort war wie der Shakespearesche Wald: was sich *dort* nicht abspielt, spielt sich *nirgends* ab. Exit Titania. Enter Puck, Oberon. Alle durch die Drehtür.«

F. T. an Alexander Inngraf, 31. Oktober 1946

Wien, 24. Januar 1946

Lieber Friedrich Torberg,

vielleicht interessiert es Sie – eingedenk vieler gemeinsamer Nachtmähler bei Moses Deutsch* – zu erfahren, daß sich aus dem Inferno 59 kg Inngraf Lebendgewicht gerettet haben. Dies ist auch so ziemlich alles. Eine breite Schilderung dieser Zeit überlasse ich dem gewandten Chronikeur Milan oder jenen, die sie nicht hier erlebten und es daher besser treffen werden.

Von Ihnen hörten wir eigentlich die ganze Zeit und wußten zu unserer Freude, daß es Ihnen gut geht.

Es wäre nett wenn Sie, einer alten Tradition folgend, uns Ihre neuesten Werke senden würden – Sie können sich denken, wie wir danach lechzen. Grüßen Sie bitte die amerikanische Sektion des Café Herrenhof, das vom braven Albert gegen alle Versuche einer Zweckentfremdung heldenhaft verteidigt wird...

Ihr Alexander Inngraf

New York, 24. März 1946

Lieber Doktor Inngraf,

das haben Sie ja sowieso gewußt: daß Sie mir mit Ihrem Brief eine große Freude machen werden; sonst hätten Sie mir wohl nicht geschrieben. Hingegen konnten Sie am 24. 1. noch nicht gewußt haben, daß ich mich in einem an Milan gerichteten (und mittlerweile hoffentlich schon überbrachten) Brief besonders eindringlich nach Ihrem Wohlergehen erkundigt hatte, – und das macht die Freude, es nun von Ihnen selbst bestätigt zu bekommen, noch größer.

*jüdisches Restaurant in Wien

Es gibt eine sehr schöne Liebermann-Anekdote aus der Zeit kurz nach dem »Umbruch« in Deutschland, als irgendein Reichskulturbonze, der ihn noch von früher her verehrte, in einem Gespräch mit ihm die beliebte Wendung verzapfte: »Ja, sehen Sie, Herr Professor, wenn alle Juden so wären wie Sie, dann wäre ja alles in Ordnung!« Und darauf soll Liebermann (damals schon über achtzig) also geantwortet haben: »Nee, mein Lieber – wenn alle *Nicht*juden so wären wie ich!« Ich möchte Ihnen anläßlich der heutigen Sentimentalitäts-Feier endlich gestehen, daß ich – für den Fall einer Dramatisierung dieser Anekdote – die Rolle des respektiven Nichtjuden schon immer mit Ihnen besetzen wollte.

Daß Sie Ihrerseits die Rolle des gewandten Chronikeurs mit Milan besetzt haben, ist mir ganz recht – nur soll er sie jetzt auch spielen; Stichworte hat er von mir in Hülle und Fülle bekommen. Auch Ihr kindliches Zutrauen zu den Schilderungsgaben derer, die es nicht erlebt haben, teile ich vollkommen, wir haben sie auch hier und ich kenn sie alle. Aber deshalb kann ich Sie doch nicht völlig und von jeglichem Bericht dispensieren.

Es gibt Fragen, von denen ich ziemlich genau weiß, daß niemand mir über sie so präzisen Aufschluß geben kann wie Sie. Ich weiß das so genau, daß ich die Fragen erst gar nicht formuliere. Sie liegen in der Gegend jener »Versuche einer Zweckentfremdung«, gegen die das Café Herrenhof vom braven Albert verteidigt wird. Es sind, fürchte ich, weit über das Café Herrenhof hinausgehende Versuche; ja ich möchte das Café Herrenhof hier schlechtweg dem Abendland gleichsetzen. Aber wenn Ihnen das zu viel ist, dann sagen Sie statt dessen nur »Wien«. Und lassen Sie mich also wissen, wie weit alles das, was wir uns unter »Wien« und »Österreich« vorzustellen liebten, seinem Zweck entfremdet wurde oder noch wird. Oder schon wieder wird. Und wie dem zu steuern wäre. Vielleicht gar: was unsereins dazutun könnte...

Von mir ist zu berichten, daß ich kürzlich auf den Umschlagklappen der Frühjahrsproduktion eines Stockholmer Verlags meinen neuen Roman angekündigt sah, den ich daraufhin jetzt auch wirklich fertigstellen und abliefern muß; er wird aber zunächst wohl nicht nach Österreich kommen. Ein Exemplar einer vor zwei Jahren hier erschienenen Novelle von mir habe ich an Milan gelangen lassen, ein Exemplar der »Neuen Rundschau« geht gleichzeitig an Stappler, – das ist alles, was ich Ihnen an »neuesten Werken« bieten kann.

Es war schön, daß Sie danach gefragt haben – es war schön, daß Sie mir geschrieben haben – und es wird noch schöner sein, wenn Sie mir bald wieder schreiben. Ich freu mich aufrichtig darauf.

Ihr Torberg

Wien, 29. April 1946

Lieber Torberg,

Ihr Brief wurde mit Begeisterung aufgenommen und auszugsweise unter dem beifälligen Gemurmel des attischen Chors der Getreuen in der Kille verlesen. Sie sind ein feiner Bursche und wollte Gott, es dächten und empfänden mehr unserer Emigranten auch nur annähernd so wie Sie. Ich habe da schwere Befürchtungen. Zu diesem Thema müssen noch Bände geschrieben werden bis alles geklärt ist. Da ich nun schon ein müder Greis bin, darf ich wohl den Vorschlag machen, daß wir uns Du sagen...

Deine Fragen kann ich brieflich nicht beantworten*, vielleicht einmal durch Stapplers gütige Vermittlung. Ganz allgemein, populär und schlicht: Ich verweise auf Kollegen Thomas Wolfe: Es führt kein Weg zurück! Auch nicht zu *unse-*

*wegen der damals herrschenden Zensur

rem Wien. Eine reich gegliederte Gesellschaft hat sich strukturell in eine Masse aufgelöst, in der man sich den ganzen Tag und überall bewegt. Reservate wie das »Herrenhof«, »Europe« oder dergleichen wird's wohl nicht mehr geben. Und wenn sich auch die wenigen Edlen zusammenfinden werden, die surroundings werden uns nicht freuen! Aber – komm sobald als möglich – dies natürlich ist kein Rat sondern ein Wunsch! Die Novelle hat Milan entweder noch nicht erhalten oder unterschlagen. Werde der Sache in aller Strenge nachgehen...

Mit mir hat es das Schicksal in letzter Zeit nicht gut gemeint. Meine Mutter ist gestorben und ich selbst mußte mich einer Operation unterziehen. Na überhaupt ist das Leben hier mühevoll und letzten Endes – exactly what we call Arsch! Da ich noch etwas klapprig bin und längeres Sitzen nicht vertrage, werde ich meinen Bericht bei besserer Stimmung fortsetzen und hoffe mehr und Erfreuliches bieten zu können...

Dein Alexander Inngraf

New York, 15. Mai 1946

Szäääärvuzs batjam –

so nämlich pflegen es die finnisch-ugrischen Nomaden jenseits der Leitha auszurufen, wenn sie die elaborierte Zeremonie des Bruderschaftstranks abgeschlossen haben. Hierauf fallen sie einander in die Arme, und am nächsten Tag wird die Angelegenheit dem Rechtsanwalt übergeben. (Beginn des ungarischen Kochrezepts: Man stehle zwei Eier...)

Nun, es war eine Riesenfreude für mich... Denn siehe, die Zahl derer, mit denen man per Du sein möchte, war immer schon sehr gering, und die Abneigung gegen den Duzfuß hat sich in den Jahren des Exils noch gewaltig verstärkt, – indem nämlich zu den zusätzlichen Widernissen des Emigrations-

Schicksals u.a. auch die Tatsache gehört hat, daß man sich plötzlich von Leuten geduzt fand, die man drüben schon deshalb nicht einmal per Sie anreden konnte, weil man ihren Namen nicht wußte.

Dieser fettige Intimitäts-Anspruch konnte bisweilen zu schaurig-schönen Blüten gedeihen. Ich erinnere mich mit besonderem Genuß an eine, – da war ich mit dem armen Werfel bei einem Bruno Walter-Konzert, wir wollten nachher in die Garderobe des Maestros, fanden sie aber von dichten Rudeln, bestehend aus lauter Geltendmachern des obigen Anspruchs, undurchdringlich umlagert, und verloren einander im Gedränge. Plötzlich wurde ich am Ärmel gezupft und blickte in ein Gesicht, das ich ganz bestimmt nicht kannte, obwohl ich es ebenso bestimmt in Wien tagtäglich in fünf Kaffeehäusern gleichzeitig gesehn hatte. »Herr Torberg«, sprach sein Inhaber mit sommersprossiger Freundlichkeit, »Sie werden gerufen«. Und um seine Vertrautheit mit allen Beteiligten zu dokumentieren, setzte er nach kurzem Bedenken noch hinzu: »Von Herrn Werfel.« Wer den Werfel gezupft hat, weiß ich nicht, wahrscheinlich derselbe. Und wahrscheinlich wird er eines Tags wieder dastehn und mich vorwurfsvoll fragen: »Wieso kennen Sie mich nicht? Ich hab doch den Schüler Gerber gelesen!« Und die Gewißheit, daß er nämlich *nur* den Schüler Gerber gelesen hat, gibt meiner zornigen Ablehnung ja erst die richtige Weihe.

Jedenfalls ist in meinem privaten Friedensvertrag auch eine Klausel enthalten, die die sofortige Aufhebung aller nach dem 11. März 1938 effektuierten Duzbrüderschaften vorsieht, einige davon mit Rückwirkung, d.h. mit völligem Abbruch der Beziehungen. Und jetzt wirst Du verstehn, warum mir ein Du wie das Deine so über alles Maß willkommen ist. Es ist mehr als eine Kompensation. Es ist, als wäre uns plötzlich Südtirol zurückgegeben.

Sonst hat Dein Brief ja leider auch viel Trauriges enthalten, und ich kann dazu kaum etwas sagen, – ich kann nur hoffen, daß Du so darüber hinwegkommen wirst, wie Du es Dir und uns schuldig bist. Hoffentlich bist Du inzwischen auch gesundheitlich wieder besser dran, – ein Paket, das Dir dabei vielleicht behilflich sein wird, dürfte bereits unterwegs sein, wenn Du diesen Brief bekommst. Durch seinen Überbringer – Prof. Altmann, ehemals Leiter des Blindeninstituts auf der Hohen Warte – konnte ich Dir leider nur die üblichen Zigaretten schicken. Aber ich höre, daß sie in Wien nicht nur Nikotinwert besitzen, sondern als eine Art Conventionsmünze gelten. Was man für sie bekommt, weiß ich freilich nicht. Vielleicht bessere Laune? Schon das wäre mir lieb und wertvoll, denn Dein letzter Brief entriet ihrer in bedrohlicher Weise. Wobei ich mir allerdings sagen muß, daß mich eigentlich nicht *das* überraschen dürfte, sondern daß es eigentlich ein Wunder ist, wenn Ihr dort drüben etwas andres seid als schlecht gelaunt.

Die Novelle, die Du freundlicherweise reklamierst, geht mit gleichem Kurier nochmals an Milan ab, ebenso wie die »Neue Rundschau«, die für Euch vielleicht auch sonst interessant ist. Auch in meinem Brief an Milan steht vieles, was sich ebenso an Dich richtet. Es war bereits geschrieben, als Dein Brief ankam, und es ist sehr merkwürdig, was sich da an nachträglicher Wechselwirkung ergibt, – von Deinem Hinweis auf Thomas Wolfe bis zum »Reservat der Edlen« und seiner Bedrohung durch die Umwelt: die ja aber, zum Teufel, erst das Problem ist. Oder?

Ich weiß nicht – manchmal krümme ich mich unter der Anerkennung, die Ihr meinen Berichten und der darin ausgedrückten Haltung zuteil werden laßt: die sich ja eben nur auf Euch bezieht und *nicht* auf die »surroundings«. Und daß ich sie *Euch* gegenüber einnehme, sollte sich doch immer von selbst verstanden haben – genau so, wie Eure Haltung gegen die Umwelt sich für *mich* von selbst verstanden hat. Anders hätten wir ja *einander* nicht so glatt und mühelos verstehen können. Aber was weiter? Das heißt doch nur, daß *Ihr* keine Hemmungen zu haben brauchtet, nach Amerika zu kommen – nicht, daß ich deshalb schon hemmungslos nach Wien kommen könnte? Darüber habe ich ja eben dem Milan geschrieben. Ich ergänze jetzt noch ausdrücklich, daß meine Hemmungen *nicht* dieser pathetisch hochgebauschten Charakterstärke entstammen, die gegen ein Zurückgehen damit argumentiert, daß man in der Tramway neben den Mörder seiner eigenen Mutter zu sitzen käme. Nun, wie man sich zu dieser Möglichkeit einstellt, scheint mir mehr eine klinische oder bestenfalls eine Nervenfrage zu sein, keinesfalls eine prinzipielle oder eine moralische.

Außerdem wäre einem dann konsequenterweise sehr bald die ganze Welt versperrt – ich für meine Person habe zum Beispiel den Mörder meiner Mutter in Prag zu suchen, ich für meine Person habe Grund zu der Annahme, daß es in Paris mehr Nazi gegeben hat als in Wien, und ich für meine Person dürfte zum Beispiel auf gar keinen Fall in die Schweiz zurückkehren, die mich als einziges Land von allen und unter Ausstoßung kehliger Respektlosigkeiten ausgewiesen hat. So kommt man zu nichts, so kommt man nirgends hin, und so dürfte man nirgends bleiben.

Zum Schluß wird man sich wohl danach zu richten haben, wo das »Reservat der Edlen« am edelsten und am reservatesten ist. Und das, so hoffe ich, wird sich bald herauskristallisieren. Nämlich: es wird sich zeigen, wo die Reservate ihren surroundings standhalten können, und wo sie hinweggeschwemmt werden. Tatsächlich: erst jetzt wird sich das zeigen. Denn es gibt tatsächlich Situationen, in denen ein Unterseeboot sicherer ist als die Queen Mary. Vineta war keine Kunst. Die Kunst ist Venedig.

Mein Lieber, und so werde ich, mit Eurer geduldigen Mithilfe, nach und nach zu einer solchen Klarheit vordringen, daß mir dann wirklich nur noch eines zu tun bleibt: nämlich das, was uns doch von Anfang an als das einzig Tunliche klar war. Nämlich an Ort und Stelle nachschaun, was los ist. Ein wahres Glück, daß es mir so an Marie wie am Passe mangelt. Sonst würde ich Dir diesen Brief am Ende persönlich überbringen, und das wäre doch schrecklich, denn dann könntest Du mir nicht mehr schreiben, was Du hingegen jetzt sofort tust.

Dein Torberg

New York, 31. Oktober 1946

Mein Lieber,

da ich mich mit gleicher Post beim Milan über Dich beschwere, ist es nur recht und billig, daß ich mich auch bei Dir über den Milan beschwere, und zwar handelt es sich beide Male um die Bestätigung des eingetroffenen Care-Pakets. Meinem hoffnungslos Talmud-verseuchten Hirn fällt hiezu sofort die »betreffende« Geschichte ein: und zwar zeigte ich einmal einem Prager Freund jenes Mädchen, welches der Heldin des »Schüler Gerber« Modell gestanden war, und er besah sie sich ausführlich, und äußerte sodann in leise singendem, pragerisch-israelitischem Tonfall: »Und wegen *der* hast du einen ganzen Roman geschrieben? Da hätt doch wirklich ein Aphorismus geniegt!«

Womit ich zaghaft angedeutet haben möchte, daß zur Bestätigung eines Care-Pakets ein P.S. genügt, und ich bitte *inständigst,* sich im etwaigen Wiederholungsfalle danach zu richten. Sowieso bin ich des Unmuts voll, weil ich Euch diesen Minimal-Tribut nicht öfter zollen kann, – aber das Leben ist wie eine Lawine (einmal herauf, einmal herunter), besonders wenn man als reichsunmittelbarer Schriftsteller in Amerika lebt und obendrein den Zelluloidtöpfen Hollywoods entsagt hat. Da geht's sich also nicht immer so aus, wie man gerne möchte. Und es ist noch ein Glück, daß ich nicht ausschließlich auf die Tantiemen von »Mein ist die Rache« angewiesen bin, sonst hättest Du Dich mit einer halb ausgeronnenen Lucky Strike begnügen müssen...

Morgen treffe ich den Ferdinand Czernin, und wenn nicht alles trügt, wird er mir einen neuen Beweis dafür erbringen, daß jeder Europa-Fahrer von drüben immer nur die Bestätigung dessen mitbringt, was er schon vorher gesagt hat. Einige sind des von ihnen Gesagten so sicher, daß sie erst gar nicht hinüberfahren. Und alle haben natürlich recht. Denn natürlich kann man in einem so unsicheren, labilen Gewürgst für *alles* eine Bestätigung finden. Mir ist ein bißchen bange vor dem Tag, an dem diese Ausrede vielleicht wegfallen könnte, an dem z.B. die Okkupationsarmeen aus Österreich abmarschieren und das Gewürgst trotzdem weitergeht.

Du ahnst nicht, wie ich Dich um die drei Zauber-Wochen in St. Wolfgang beneide. Und wenn Dir solcher Neid vielleicht grotesk vorkommt, so wolle bedenken, daß ich Dir zwar ein bisserl was zum Essen schicken kann, aber Du mir nicht das kleinste bisserl Salzkammergut. Hier liegt ja überhaupt einer der Brennpunkte dessen, was der Milan in einem unzweifelhaft vom Genieblitz erleuchteten Augenblick als »verschiedene Optik« formuliert hat. An der »Oj hab ich mitgemacht«-Konkurrenz, die eines der beliebtesten Gesellschaftsspiele der Emigration war, habe ich zwar niemals mitgewirkt, und gedenke das auch jetzt nicht zu tun, da die Emigration ihrerseits und geschlossen gegen die Zurückgebliebenen antritt. Aber es ist schon ein fürchterlicher Unterschied, ob man zuhause »leidet« oder in der Fremde, und ob man im ersten Sommer nachher St. Wolfgang hat, oder etwas, was einen (besten- und schlimmstenfalls) an St. Wolfgang erinnert. Mit dem sozusagen »spezifischen Gewicht« des beiderseitigen »Gelitten-Habens« hat das überhaupt nichts zu tun, auch mit irgendwelchen »Schuldfragen« nicht, und überhaupt mit nichts, was in Nürnberg diskutiert werden könnte. (Übrigens kann ich mich des Eindrucks nicht erwehren, daß die deutsche Volksempörung gegen den Freispruch Schachts und Papens, und das unbändige Verlangen, sie *doch* noch zu verurteilen, hauptsächlich daher rührt, daß diese beiden *keine* Nazi waren.)

Mein Lieber, das sind lauter stotternde Ansätze zu künftigen Gesprächen, die sich natürlich in der Bodenlosigkeit der nebligen Morgenstunde verlieren werden, und ich wollte, es wäre schon so weit. Laß Dich um Gottes willen auf keine Antwort ein...

Die Eva S. sehe ich eigentlich nie, weil man in einer Achtmillionen-Stadt, in der es keine Kaffeehäuser gibt, nur regelmäßigen Verkehr haben kann oder gar keinen. Es erweist sich immer mehr, daß das Kaffeehaus ein ebenso symbolischer Ort war wie der Shakespearsche Wald: was sich *dort* nicht abspielt, spielt sich *nirgends* ab. Exit Titania. Enter Puck, Oberon. Alle durch die Drehtür.

Der verstunkene jüdische Delikatessenladen, den ich mir unter unsäglicher Mühe und Geduld und mit ebenso geduldiger Mithilfe eines dem Buchenland entstammenden Kellners als Kaffeehaus ab- und eingerichtet habe, erfüllt *keine* praktischen Funktionen, sondern gleichfalls nur symbolische: weil es dort stinkt. Sonst könnten die paar Unentwegten, die sich dort treffen, ebensogut in Wohnungen zusammenkommen.

P.S. Verzeih die Anmaßung, mit der ich als jüngerer Altösterreicher Dich als älteren ausdrücklich informiere, daß »Buchenland« die Eindeutschung von »Bukowina« ist. Möglicherweise ist Altösterreich *genau* daran zugrundgegangen...

In diesem Sinne und auf diesem wehmütigen Akkord erlaube mir für heute zu schließen, als welcher ich verbleibe

Dein wolaffectionirter
Kgl. Böheimbscher Hof- und Kammer-Poet

New York, 18. Januar 1947

Herzliebes Bliemerl* mein,

wie gern, ach wie gerne würde ich Dich mit allen Würzlein ausgraben, zum Garten am hübschen Haus tragen und Dich am stillen Ort wieder einpflanzen, auf daß Du mir weiter grüntest und blühtest. Aber was tut Gott? Ich hab kein' Garten, das Haus is nicht hübsch, der Ort is nicht still, und geblüht wird hier schon gar nicht, sondern es wird verwelkt.

Also bleibst Du schön wo Du bist, und ich wer halt schaun daß ich hinüberkomm, an Dir zu schnuppern. Ob ich mich freilich mit allen Wurzeln dort eingraben werde, scheint mir immer zweifelhafter. Nicht weil der Boden, dem ich entstamme, momentan so wenig Nahrung hergibt und es kalt und steinig ist, – das fechte mich, wenn es darauf ankäme, wenig an, ich hab im Verlauf der wirren Wanderschaft ein paarmal auch auf gänzlich fremdem Boden knorriges Knieholz spielen müssen, und auf vertrautem Boden fiele mir das ganz gewiß nicht schwerer. Es liegt vielmehr an dem, daß ich mich fragen muß, ob dieser Boden jemals wieder den richtigen Dünger, diese Erde jemals wieder das richtige Salz bekommen wird, – und damit weißt Du schon, was ich meine. More Jews for Austria! sei's Panier. Sonst is g'fehlt. Ich kann jüdeln für zehn, und Stappler vielleicht gar für zwanzig – aber das genügt nicht. Jene glückhafte Symbiose, die zwischen jüdischem Dünger und wienerischem Humus dereinst bestand, ist, fürchte ich, für alle Zeiten dahin. Und sie war die einzige, die es gab. Disraeli war ein Krampf. Der Fiakerlied-Pick** war ein Naturgewächs.

*Bliemerl war Alexander Inngrafs Kosename; denn er war im 1. Weltkrieg Leutnant bei den Alpenjägern, deren Mütze ein Edelweiß zierte.

**Gustav Pick (1832–1921), Komponist und Textdichter des »Wiener Fiakerlieds«

Wehe einer Konstellation, die den Fiakerlied-Pick als Krampf erscheinen ließe. Versuch ihn Dir im heutigen Wien vorzustellen, oder das heutige Wien mit ihm – es geht sich nicht aus. Ich spreche mit Absicht vom »heutigen« Wien, weil in dieser Einschränkung meine einzige und letzte Hoffnung liegt, daß es sich eines Tags vielleicht doch wieder ausgehn wird. Aber nur so und nicht anders. Um mein eigenes Problem ist mir – ob mit Recht oder Unrecht – nicht bange. Dennoch kann es nur im Rahmen des größeren Problems gelöst werden, also nicht auf der Basis: »Ihnen, Herr Torberg, nehmen mir mit Vergnügen – aber den Herrn Schlesinger aus der Siebensterngasse hammer net gern.« Und zwar muß ich diese Basis nicht etwa deshalb ablehnen, weil sie mit meiner Offiziersehre unvereinbar ist, sondern weil erstens *ich* es bin, der über Schlesingern zu entscheiden hat, und nicht der Wottawa (genau so wie *ich* entscheide, wer ein Nazi war, und nicht die Alliierte Kontrollkommission), und weil ich zweitens ohne Schlesinger gar nicht der wäre, den man mit Vergnügen nähme. Ja ich möchte mich fast zu der Behauptung versteigen, daß ich ohne Schlesinger ein Schlesinger wäre. Ich brauche ihn. Und wer mich zu brauchen meint, werde sich klar darüber, daß er auch Schlesingern braucht...

Dein F. T.

Wien, 17. März 1947

Lieber Freund,

ich weiß alles von wegen Dankadresse und so, doch glaube ich, daß mir gestattet ist auf die große Freude, die das eingelangte Care-Paket in dieser arktischen Pein bedeutete, hinzuweisen. Herzlichen Dank.

In dieser endlosen Winterkälte ist alles erstarrt, was sich schon bescheiden geregt hatte und ich kann nur sagen – mi gfreut's net! Für einen Pessimisten wie mich ist der Beruf, in den ich geraten, höchst ungünstig – ich weiß zuviel. Uninformierter wäre mir wohler!

Über Dich höre ich nur auf Umwegen. Dein Roman ist eigentlich schon fällig – wird man irgendwie dazu gelangen können? Ich bin zu allen Opfern bereit.

Dein erstaunlich klarer Blick für die hiesigen Verhältnisse soll Dich nicht abschrecken, denn im Wesentlichen ist's die entsetzliche Dürftigkeit, die die Lage kennzeichnet und keineswegs ein Anti-Schlesingerismus – wohl aber ein Mangel an Schlesingern. Und dem und anderem wird wohl abgeholfen werden. Und schließlich gibt's das Salzkammergut immer noch und das Kaffeehaus werden *wir* wieder aufbauen. Ich hoffe sehr auf einen Spring-Time-Torberg und bin Dein herzlichst ergebener

Bliemerl

New York, 27. März 1947

Mein Lieber,

vermittels Deines eben eingelangten Briefs vom 17., obwohl ich einen viel früheren noch gar nicht beantwortet habe, bist nun auch Du zu einem beitragenden Mitglied der gegen mich gerichteten Sammel-Aktion »Glühende Kohlen aufs Haupt« geworden (wobei Du allerdings an Prominenz hinter dem Milan zurückstehst). Der Anlaß Deines Beitrags – Bestätigung des Care-Pakets – war mir diesmal ausnahmsweise willkommen, ja ich hatte in meinem vor ein paar Tagen an den Milan endlich doch abgegangenen Brief sogar von mir aus nachgefragt, was denn mit diesen Paketen los wäre. Zu Deiner Information und meiner Entschuldigung bemerke ich noch, daß die beiden Pakete termingerecht zu weihnachtlicher Ablieferung bestellt waren, und daß es bereits meiner Urgenz bei Care bedurft hatte, damit ich Anfang Januar erführe, daß sie erst im Februar zugestellt werden können. Es kommen nämlich auch bei dieser so überaus gemeinnützigen Organisation Dinge vor, die dann in der Gerichtssaal-Rubrik als »Unregelmäßigkeiten« bezeichnet werden, und ich war also schon ein bißchen nervös.

Nun bin ich es nicht mehr. Ich bin nur, wie einer unsrer einflußreicheren Zeitgenossen zu sagen pflegte, unbändig entschlossen, von Care keinen Gebrauch mehr zu machen, sondern Euch die nächsten Sendungen auf andern Kanälen zukommen zu lassen (Kanale, Auf dem, Hier zu sein, Ein großer Kahn ist im Begriffe. Müller-Göttingen, Index zu Faust II).

Ich werde Euch rechtzeitig informieren, bitte aber schon jetzt mit allem Nachdruck um Mitteilung von Spezialwünschen, deren mühelose Erfüllung ja gerade den Reiz privat zusammengestellter Pakete ausmacht. Sie, die Mitteilung, rangiere von detailliertester Schilderung bevorzugter Nahrungsmittel bis zur Nummernangabe etwa gewünschter Bleistifte. Du machst es mir damit nicht etwa schwerer, sondern leichter (ach, der ewige Kadavergehorsam in uns...), und Du solltest Dir am Milan ein Beispiel nehmen, der sich kürzlich denn doch und wenigstens dazu aufgerafft hat, mir u.a. um Schuhbandeln zu schreiben.

Er schrieb übrigens nicht Schuhbandeln, der Milan. Er schrieb »Schnürriemen«. In einem früheren Brief hatte er schon einmal »Anschrift« geschrieben statt »Adresse«. Mein Lieber, ich bitte Dich inständig, ihn dieserhalb ins Gebet zu nehmen, und zwar in ein hart an Fluch grenzendes.

Ich hätte es selbst getan, in meinem letzten Brief an ihn, aber dann war ich unversehns in eine meiner literarisch-politischen Exegesen hineingeraten, aus der ich unter zwei Seiten nicht mehr herauskonnte, und es war zuviel... Was also jene Anschrift und jene Riemen betrifft, die es zu den Senkeln nicht mehr weit haben und eines Tags wohl dazu führen werden, daß er Aprikosenklöße ißt statt Marillenknödel: so bitte ich Dich ernsthaft um Erlassung eines Gesetzes, welches die Benützung zurückgebliebenen preußischen Sprachgutes unter Strafe stellt...

Und mich benagt tiefstes Mißtrauen gegen eine österreichische Erneuerung, die sich unter »Fernruf« etwas andres vorstellt als ein verschmocktes Waldecho, unter »Erdgeschoß« etwas andres als eine Fliegerbombe, und die angesichts einer Konstruktion wie z.B. »er hat gestanden« nicht der Überzeugung wäre, daß da jemand ein Geständnis abgelegt hat. Tu das Deine dazu, resp. dagegen. Widrigenfalls...

Immer Dein

F. T.

Wien, 7. April 1947

Liebster Freund,

...Hier herrscht in gewissen Kreisen, wie nicht anders zu erwarten, ein latenter Antisemitismus, von einem aktiven ist nichts zu bemerken und wird nie etwas merkbar werden. Hauptsächlich ist es eine Angst vor den oft sehr forsch vorgetragenen und sehr hochgespannten Ansprüchen jüdischer Rückkehrergruppen. Die Leute fürchten für ihre Wohnungen und Geschäfte (auch die nicht arisierten). Auch das Verhalten der jüdischen Flüchtlinge in den hiesigen Lagern trägt zu solchen Tendenzen bei. Zu diesen Resultaten aber gelangt man nur durch eingehendes Forschen, da die Juden hier nicht Gegenstand der öffentlichen noch der privaten und privatesten Diskussion sind. Oft denke ich, die undankbaren Österreicher hätten ihrer Juden vergessen. Jedenfalls 1936 etwa war es bedeutend ärger, und es gab nicht eine so breite philosemitische Bewegung wie jetzt.

Dem Milan habe ich von wegen »Anschrift« (»Schnürriemen« ist gut wienerisch und tragbar) die Wadln firigricht. Ich hab ihm angekündigt, daß ich ihn auf ein Netzleiberl zerreiß und er ist bei meiner drohenden Annäherung a'grissen wie ein Vierzigerzwirn und unter Hinterlassung eines Kondensstreifens verschwunden.

Sprunghaft bin ich in die Klasse der Oischer* aufgerückt und diesen sozialen Aufstieg danke ich Dir! *600* Zigaretten von Dir haben meine ökonomische Lage (es entspricht ungefähr einer 100%igen Gehaltserhöhung durch ein Jahr!) und mein Ansehen grundlegend geändert. So als hätte ich seinerzeit plötzlich einen Rolls-Royce oder die blaue Mauritius bekommen.

Vielen, herzlichen Dank! Da ich aber unverschämter als der Milan bin und es mir schmeichelt den Ertrag hoher geistiger Leistung anderer für mich verwendet zu sehen, bitte ich Dich gleich um Schuh-, Rasier- und Zahncrème, Seife und ein Zahnbürstel. Du siehst – Kultura!

Dein Bliemerl

New York, 18. Mai 1947

Mein Lieber,

...Eine Schachtel mit allerlei Crèmen und Bürschteln ist an Dich unterwegs, und ich bitte *dringendst*, mir genauere Angaben über weitere noch benötigte Accessoires des Kulturlebens zu machen; dergleichen ist hier, im Lande des gehobenen Lebensstandards, tatsächlich um ein Spottgeld zu haben, und ich muß für die Anschaffung keineswegs, wie Du annimmst, »den Ertrag hoher geistiger Leistung« aufwenden, sondern bin schon mit drei bis vier Aphorismen pari. Wenn Du also zwi-

*Oischer: (jidd.) der Reiche

schen mir und der Eleonore van der Straten-Sternberg* eine klare Trennungslinie ziehen willst, dann verfehle nicht, die diesbezüglichen Angaben zu machen.

Im übrigen kann ich der Lockung, Deine Frage nach etwa von *mir* Gewünschtem zu beantworten, nicht widerstehen. Die Antwort lautet: Bücher. Und nicht vielleicht eins oder drei, sondern wenn ich Bücher sage, so meine ich eigentlich Bibliothek, und zwar jene, die mir seinerzeit in Wien und Prag verkommen ist und die ich mir bisher nur zum allergeringsten Teil habe auffüllen können...

Der Mai ist im Lande, mein Lieber, und in den Kreisen, in denen ich nolens volens herumkomme, wird nicht mehr nach kalendarischen Daten gerechnet sondern nach solchen der Schiffsabfahrt resp. -ankunft; man sagt nicht »vor zwei Wochen« sondern »die letzte Mauretania«, man sagt nicht »Anfang Juni« sondern »die übernächste Elisabeth«, sie fahren *alle*, die Zielbewußten und Planmäßigen, die ihre Zeit hier nicht damit vertan haben, der Erinnerung nach Alt-Aussee nachzuhängen, sondern im Gegenteil auf Alt-Aussee geschimpft und dafür lieber das Geld verdient haben, das es ihnen jetzt ermöglicht, sich unter irgendwelchen Ex- und Import-Vorwänden die Einreisebewilligung nach Österreich zu verschaffen, da fahren sie hin, und unsereins steht am Pier und winkt.

Der einzige Trost, den man sich da zurechtzimmern kann, bestünde darin, daß es jetzt eben noch nicht das Richtige wäre, und wer zuletzt kommt, – das brauche ich einem so gewiegten Erotiker wie Dir gewiß nicht zu sagen, – kommt am besten. In diesem Sinn bin ich Deines Baldigen gewärtig und grüße Dich in Herzlichkeit und Treue.

F. T.

* Vor 1938 ständige Mitarbeiterin beim »Neuen Wiener Journal«; Aphoristikerin und Lyrikerin.

Wien, 8. Juni 1947

Lieber Freund,

seit Du mir eine Lebensaufgabe gestellt hast und mein Leben mit Sinn erfüllt ist, bin ich voll Kraft und Optimismus, habe den Existentialisten meinen Austritt mitgeteilt und Schluß gemacht mit jeglicher »Geworfenheit« in Verzweiflung etc. Gleich habe ich mich an den leichtesten Teil der Aufgabe gemacht, lüpfte den bleiernen Arsch vom Sofa, schritt zum Büchergestell und befestigte an der Klabund-Gesamtausgabe (Phaidon) einen Zettel »ex libris Friderici T.« voll Zuversicht, daß sich die vorweggenommenen liberi bald rundum scharen werden. Meine Pfingstgabe.

Sodann hüpfte ich zum Milan, den ich zunächst einer scharfen Abfotzung unterzog, um ihm dann zu eröffnen, daß er hinfort, von mir zum Bücheraufkäufer geknechtet, sein Leben in Antiquariaten zu verbringen habe. Ich fand ihn auch sehr bereitwillig, wie dies Menschen angesichts von Fotzen meistens sind. Nach längerer grüblerischer Betrachtung seines blöden Gesichtes beschloß ich dann, jemand anderen zu suchen – und habe ihn gefunden...

Am 2. Juli begebe ich mich nach St. Wolfgang – der brave Lernet* hat mich eingeladen. Es wäre halt sehr schön, wenn Du doch aufscheinen würdest. Ich bin es müde, andauernd die Falschen hier zu begrüßen –

Dein Bliemerl

P.S. Der WAC** bleibt vom Abstieg bewahrt. Du wirst lachen – ich habe eben wieder mit großem Genuß die »Mannschaft« gelesen!

*Alexander Lernet-Holenia
**Wiener Fußballclub

New York, 19. Juni 1947

Mein Inniglicher Graf,

Dein Brief vom 8. huius hat mich gar sehr gelabt und ergetzt und mich doch auch mit der wirren Unruh des schlechten Gewissens erfüllt, mein Busen dränget sich nach Dir hin, und rücksichtl. der Pfingstgabe wird hiedurch im Hinblick auf die dortamts bereits im Gang befindlichen Erhebungen ein Entscheid bis auf weiteres sistiert: indem ja das von Dir mit der Durchführung obiger Erhebungen betraute Organ sich keinesfalls daran hindern lassen soll, irganderswo einen Klabund aufzureißen, und dann kannst *Du* Dir aussuchen, welchen Du haben willst. Also sei bitte nicht voreilig.

Das war nämlich schon ich, als ich Dir – unter dem unmittelbaren Eindruck einer Prachtbibliothek, die in Wien um schnöden Toback und noch schnödere Konserven aufgekauft worden war – jenen Wunschzettel schickte. Nicht als ob sich an meiner Büchergier etwas geändert hätte. Ich habe nur – in allerdings weniger prächtigen, aber für meine Zwecke durchaus tauglichen Editionen – die sämtlichen Werke der Hrn. Börne, Hauff, Kleist, Platen, Rückert, Uhland und Wieland mittlerweile in einem hiesigen Räumungsverkauf aufs wohlfeilste erworben, wohlfeiler sogar, als es sich vermutlich in Wien hätte machen lassen, und bitte ich Dich, selbe von der Liste zu streichen. Auf dieser verbleiben dann, nebst Büchnern, Grabben und Lenzen, die gesamten Brentano, Eichendorff, Hölderlin, E. T. A. Hoffmann und Mörike, und vor allem der Tempel-Shakespeare. Sowie alles übrige neuerer Provenienz...

Und nun genug des eklen Meritorischen, auf welches ich überhaupt nur deshalb primo loco zu sprechen gekommen bin, weil Deine prompte Bereitschaft, meinetwegen den bleiernen Arsch zu lüpfen, mich mit einem solchen Schwall von Wehmut, Dank und Freude erfüllt hat, daß ich ihm eben sofort die Schleusen öffnen mußte. Und damit gut. Auch bitte ich Dich inständigst, das Ganze nicht gar zu wichtig zu nehmen. In magnis voluisse sat.

Über Deine Mitteilung, daß Du soeben wieder die »Mannschaft« gelesen hast, werde ich keineswegs, wie Du vermutest (oder mich gar zu tun heißt) lachen, sondern im Gegenteil weinen. Habe ich doch in Deiner Person einen der sechsunddreißig Gerechten vor mir, für die dieses Buch geschrieben wurde. Es ist (und jetzt wirst *Du* lachen) für mein heutiges Gefühl genau wie für mein damaliges *mit Distanz* der beste unter jenen vier Pubertätsromanen des allzu früh verstorbenen Torberg, wahrscheinlich der einzig wirklich »gute«, und jedenfalls der einzige, zu dem man mich gebraucht hat. Infolgedessen habe ich mich mit diesem Buch *noch* gründlicher zwischen alle verfügbaren Sessel gesetzt, als mir das in den meisten andern Fällen geglückt ist (indem es von den beiden Kategorien, aus denen die Menschheit besteht, den Sportlern zu intellektuell war und den Intellektuellen zu sportlich), – und infolgedessen ist mir jeder einzelne von den Wenigen, in denen jene beiden Kategorien sich in humanistischer Ausgewogenheit verbinden, besonders lieb und teuer und meiner Thränen werth.

Wenn dieser Brief Dich noch vor Deiner Abreise nach Wolfgang erreichen soll, dann muß ich mich sputen. Deshalb habe ich vor Wolfgang auch schon das »St.« unterschlagen. Nein, nicht nur deshalb. Sondern weil *jede Silbe* solchen Ortsnamens sich wie eine Harpune im bis zur Fadenscheinigkeit abgenützten Panzer meiner Sehnsucht verfängt. St. Wolfgang am Wolfgang- oder Aber-See, Post St. Wolfgang im Salzkammergut, O.-Ö. Dort also fährst Du hin. Vom braven Lernet eingeladen, das auch noch. (Voriges Jahr ist in einer dortigen Zeitschrift ein Alt-Aussee-sehnsüchtiges Gedicht von mir erschienen, welches dem Broch zu Gesicht kam und worauf er mir ein paar wehmuts-wütende Zeilen schrieb, was ich ihm mit den Berg- und sonstigen Namen angetan hätte: »lacrimae rerum«. Das ist es.)

Und wenn Du dann also beim Lernet in St. Wolfgang bist, dann grüß ihn sehr schön von mir, und weil ich ihm schon wieder seit so langer Zeit einen Brief schuldig bin, daß ich, um die Versäumnisse gutzumachen, ihm jetzt schon wieder einen viel längeren schreiben müßte, als meine Zeit es mir erlaubt: so sag ihm, bitte, daß ich soeben sein Widmungsexemplar von »Mars im Widder« bekommen habe und es lesen werde sobald ich kann; daß ich hingegen den »Graf von St. Germain« im Manuskript gelesen habe, streckenweise fasziniert davon war (von der Pilatus-Geschichte auf eine schlechtweg atemberaubende Weise), aber am Schluß ein wenig ratlos dastand, wie vor einer täuschend echten Nachahmung eines Meisterwerks; und daß ich ihm bald schreiben werde.

Tu mir ein gleiches, ich bitte Dich. Österreicher, schreibt österreichische Ansichtskarten...

Daß die Praterleute vom Abstieg bewahrt bleiben, ist gute Zeyttung. Ist es ihnen im Entscheidungsmatch gelungen, das Leder oft genug in den Maschen des feindlichen Heiligtums zappeln zu lassen, und hatte dessen Cerberus das Nachsehen? Ich sah hier kürzlich eine palästinensische Mannschaft spielen (und gewinnen gar auch noch), in der zwei greise Avantgardisten der einstigen Hakoah-Reserve die Stars darstellten, mit einem echten runden Leder (besonders hervorzuheben, weil das beim hiesigen »Football« verwendete natürlich oval ist), auf einem echten grünen Rasen mit echten Heiligtümern aus Latten und Maschen, es war wie Hamlet in der Exl-Bühne, mit zwei Absolventen eines Semesters des Reinhardt-Seminars als Rosenkranz und Güldenstern, nicht gedacht soll es werden.

Schick mir eine Zyklame, Bliemerl. Ich grüße Dich.

Dein F. T.

New York, 26. Dezember 1947

Mein Lieber,

darf ich Dir zu der Krise, die Du Dir eigener und leider sehr dürftiger Angabe zufolge »geleistet« hast, als zu einer Leistung gratulieren? Ich weiß sehr wohl, daß ich mich damit in die Gefahr begebe, von Dir des bübischen Unverstands geziehen zu werden, wo nicht gar der dreisten Anmaßung und Oberflächlichkeit, – aber Du wirst, wenn Du meine Gratulation eines zweiten Gedankens würdigst, schon dahinterkommen wie sie gemeint ist. Las ich da etwas von »Alter«? Wirklich? Dann laß Dir von einem, der sich infolge frühreifen Lebenswandels zumindest gleichaltrig mit Dir glauben darf, autoritativ versichern, daß eben die Erkenntnis dessen, »was dem Alter gemäß ist«, sich selber (wie der Filmproduzent Glück es auszudrücken pflegte) ad surdum führt.

Alt, in diesem betrüblichen Sinne, ist man nämlich erst dann, wenn man zu solchen Erkenntnissen nicht mehr fähig und willens ist. Solange man sie jedoch noch machen und verdauen kann, ist man keinesfalls alt, sondern im schlimmsten Fall jung und im hoffentlich vorliegenden besten Fall gescheit. Jugend – und abermals bitte ich darauf hinweisen zu dürfen, daß diese Sendung, achtungachtung, von einer Station erfolgt, die ein paar ungebührlich lange Jahre hindurch ihr Programm mit der Vertretung jugendlicher Standpunkte bestritten hat – Jugend und Alter haben nämlich genau das gemeinsam, daß sie *nicht* wissen, was ihnen gemäß ist. Es ist nur bei der Jugend verzeihlicher, verständlicher, oder weniger peinlich, daß sie's nicht weiß, und man enthält sich ihr gegenüber nachsichtigerweise des Vorwurfs, den man dem Alter daraus machen würde. Wer aber von sich selbst sagen kann: »Dies ist mir nicht gemäß«, der ist nicht alt. Er ist reif, und er beginne zu leben...

In diesem Sinne, mein Lieber, ein herzliches, auf den letzten Silben zu betonendes Prosit Neujahr

von Ihrem Postboten

Idibus datum Augusti, MCMXLVIII

Mein Lieber,

ich halte ein Couvert in zitternden Händen, welches soeben, staub- und schweißbedeckt vom gewöhnlichen Postweg, hieramts eingelangt ist und dessen Porto-Freimarke den Stempel »St. Wolfgang – Die Perle des Salzkammergutes« trägt. Darinnen aber befindet sich »Die Nelkenburg«*, und wenn ich Dir sage, daß ich mich daraufhin sofort hingesetzt habe, um Dir zu schreiben, so entferne ich mich von der Wahrheit nur um jene zehn atemlosen, beseligenden Minuten, deren es zur Lektüre des ritterlichen Spiels bedurfte. Hab Dank, mein Vortrefflicher, hab tausend Dank...

Außerdem ist da noch ein Brief von Dir, vom Juli und aus Wien, den indessen Du selbst als »Zwischenbericht« stigmatisiert hast – ohne daß die angekündigte Beantwortung meines letzten noch Unbeantworteten seither erfolgt wäre. Nun, lassen wir's gut sein (aber wenigstens brauch *ich* mich nicht zu entschuldigen, daß ich diesen Zwischenbericht nicht beantwortet habe). Es wird schon nicht so wichtig gewesen sein.

Überhaupt will es mir manchmal scheinen, als wäre unsre Korrespondenz in ein bedrohlich labiles Zwischen-Stadium geraten. Denn um sie lediglich um ihrer selbst willen fortzuführen, ohne sonderliches Thema und Substanz, nur aus der Freude an der wiederaufgenommenen Verbindung: dazu dauert sie nun schon zu lange. Und für Themen und Substanzen habt Ihr offenbar (und mir sehr begreiflicher Weise) den Kopf und die Muße nicht. Das ist wahrhaftig sondern Unglimpff und Bitternus gesagt und richtet sich im Grunde mehr gegen mich, weil ich mich immer noch nicht aufgerafft habe, den brieflichen Kontakt in den überfälligen persönlichen umzuwandeln, und da für Euch zwischen meinem Nichtkommen

*ein »jüdisches Ritterdrama« von Gustav Pick

und meinem Nichtkommen kein Unterschied merkbar wird wie für mich zwischen meinem Nichtfahren und Nichtfahren; da ich Euch am Auf und Ab dieser Unterschiede nicht teilhaben lassen kann (das fehlte noch, daß ich Euch jedes Mal erzähl, wie knapp es diesmal schon wieder dran war und warum dann doch nichts draus geworden ist): so ist Euch das Ganze mit Recht nur noch langweilig, und ich habe schon mehrmals erwogen, beim Straf- und Melde-Ausschuß einen Antrag auf Disqualifikation unsrer Korrespondenz einzubringen. Aber nicht einmal dazu kann ich mich aufraffen, und so wurschtelt sich's halt weiter fort...

Es hängt von Dir ab, ob dieses hier ein Zwischenbericht gewesen sein wird oder, ich schäme mich es so zu nennen, ein Brief. Sei bedankt und gegrüßt.

Immerdar
Dein F. T.

Wien, 2. September 1948

P. T. F. T.,

bedrückt schreite ich zur Beantwortung Deines Briefes, der mir leider nicht vorliegt. Er liegt vielmehr vor dem Milan, den er ja auch angeht (Du siehst, abwälzen tu ich auch noch!), nämlich das dumpfe Grollen, das ich heraushörte, scheint mir auch für seine Ohren bestimmt.

Ich greife zunächst gierig nach dem geworfenen Rechtfertigungshölzel und gebe zu, daß mir leider wenig Muße gegeben ist, dies aber höchstens der Grund von Verzögerungen, nicht aber der gerügten Dürftigkeit meiner Schreiben ist. Vielmehr hingegen ist es der erwähnte »Kopf«, den ich zwar sehr »darauf habe«, der aber, ich bekenne es freimütig, keineswegs dem Deinigen partnerisch adäquat und auch nur hinlänglich geeignet ist, eine Dich befriedigende Korrespondenz mit Substanz und Themen zu führen.

Weiters waren meine Schreiben immer von dem Gedanken beherrscht: jetzt kommt er ja bald persönlich und da werden wir reden... Dieses, nämlich das Reden, ist es was mir, dem es sich schwer schreibt, da ich unpräcise, flüchtig und von unbeholfenem Ausdruck bin (deutsch kann ich auch nicht!), gemäßer ist, da es die ständige Korrektur und Erläuterung gestattet. Und gerade die Themen, die mir am Herzen liegen, können nicht zuletzt aus äußeren Gründen*, nur beredet werden. Dies alles hat also dazu geführt, daß wir eine Korrespondenz über die Korrespondenz führen und daß Dich meine Briefe nicht befriedigen.

Und jetzt kommt, Achtung! ein linker Gerader: mich freut unsere Korrespondenz in jeder Form, nicht nur weil ja Deine Briefe, was immer sie behandeln, höchst ergötzliche literarische Kabinettstücke sind (schließlich bist ja Du der Schriftsteller), sondern weil mich die Erfahrung der jüngsten Vergangenheit lehrte, daß auch oder vielleicht gerade das »substanzlose« stundenlange »Alltagsgerede« über Belangloses und Unwesentliches im Café oder sonstwo eine sehr wesentliche Manifestation wirklicher Freundschaft ist...

Dein Bliemerl

New York, 12. September 1948

ANNEMARIE ZATZKE sucht befriedigende Korrespondenz mit ebensolcher, womöglich Uckermark. Nichten schreiben unter »Mein Schwarm ist Albrecht Schönhals« an den Briefkasten der FIWO-Tante.

*Zensur!

So ungefähr, mein Lieber, ward mir bei der Lekture Deines letzten Briefs zu Sinn, darin Du Dich der mangelnden Fähigkeit zur Abführung einer »Korrespondenz mit Substanz und Themen« zeihest und somit eigentlich mir vorwirfst, daß ich Dir dergleichen vorgeworfen hätte. Als wäre jener mein Brief, aus dem Du dieses »dumpfe Grollen« herausgehört haben willst, nicht das Äußerste an Selbstzerfleischung gewesen, was sich jemals außerhalb eines Dostojewski-Romans abgespielt hat!

Wie? Deine Briefe »befriedigten« mich nicht? Was mich nicht befriedigt, sind meine, und daß ich sie überhaupt noch schreibe, statt sie schon längst durch das Gespräch abgelöst zu haben! Ich sage mit Fug und Vorsatz »ablösen« und nicht etwa »ersetzen«, denn das Gespräch ist kein Ersatz für den Brief, sondern ist ihm so hoch übergeordnet, daß auf die Dauer nicht einmal der Brief ein Ersatz für das Gespräch sein kann. Und daran liegt's. Es ist die Dauer unsrer Korrespondenz, nicht ihre Substanz und Thematik (oder deren Mangel) mit der ich Euch auf die Nerven zu gehen und Eure Geneigtheit zu überbürden fürchte. Ich bin nämlich, es wird Dich wundern, der schwächere Partner. Ich bin auf so prekäre wie primitive Weise in diesem Zusammenhang viel mehr auf Euch angewiesen als Ihr auf mich.

Um das an einem Beispiel zu klarifizieren (und schon daß ich mir gerade dieses Beispiel aussuche, setzt mich in Nachteil): Ihr konntet meinen Roman, einem Sodawasser nicht übel vergleichbar, lesen oder auch ungelesen lassen, und konntet Euch, wenn Ihr ihn denn gelesen habt, über ihn äußern oder auch nicht. Für mich aber war es von unabdingbarer Wichtigkeit, daß Ihr ihn lest und daß Ihr Euch über ihn äußert. Denn Ihr seid für mich was die Honoratioren von Kirchberg am Wechsel für unsern so tragisch dahingegangenen Heldenkanzler Dollfuß waren. (Du wirst Dich aus Deiner mittelmäßigen Beamtenlaufbahn vielleicht entsinnen, daß er vor denen einmal eine Rede gehalten hat, in der er ihnen versicherte, daß sie, was immer die Welt von ihm dächte, für ihn die entscheidende Instanz blieben.) Dabei wißt Ihr gar nicht wie Ihr dazukommt – und das verursacht mir eine weitere Bedrükkung.

Denn Ihr, die wenigen an Ort und Stelle intakt Gebliebenen, müßt mir jetzt die ganze völlig aus dem Takt geratene Welt ersetzen: die Euch doch so gut abhanden gekommen ist wie mir, ich weiß es, auch ich war einst ein stolzer Csárdás-Kavalier und kann mir schon ganz gut vorstellen, wie das ist. Aber Ihr habt doch wenigstens noch die Accessoires des Einstigen, wenn Ihr sie in nichts andrem habt, dann habt Ihr sie in Euch selber und aneinander, und um so viel bin ich schlechter dran, um so viel fallt Ihr für mich schwerer ins Gewicht als ich für Euch.

Wollet diese ungleiche Gewichtsverteilung zur Kenntnis nehmen, und alles, was Ihr sonst nicht verstündet (und was z.B. Dich zu so irrelevanten Hinweisen veranlaßt wie z.B. den auf die Wohlgesetztheit meiner Briefe), aus ihr verstehen, – ein für alle Mal und, wenn ich bitten darf, ohne Widerspruch. Wir möchten, was immer uns noch an geistiger Würde verblieben ist, doch nicht durch Liebesbeteuerungen verwässern. Das Päderastische versteht sich immer von selbst.

Laß mich noch sagen, daß mir sehr wohl bekannt ist, wie sehr sich Freundschaft auch und gerade an »nichtssagendem Geplauder« erweisen kann, und daß mich aus und in diesem Bewußtsein sehr oft die Lust überkommt, mich zum Behufe nichtssagenden Geplauders an die Schreibmaschine zu setzen. Aber dann wäre es eben die Schreibmaschine, und das Geplauder würde zum Geschreibsel. Wogegen ich noch immer nichts einzuwenden hätte (am allerwenigsten aus Erwägungen korrespondentieller Substanz oder gar literarischer Kabinettstückelei) – wenn ich nur wüßte, in welchem Zustand der Rezeptivität sich der Empfänger des Nichtssagenden befinden wird, wenn es dann ankommt und nichts sagt.

Damit sind wir jetzt aber schon bei der Fragwürdigkeit jedweden Briefwechsels angelangt, und damit haben wir uns ja schon, ebenso intensiv wie vergebens, zur seligen Pubertätszeit herumgeplagt, bei unsern zweiten Liebesbriefen (bei den ersten noch nicht, da hat man noch drauflosgeschrieben und sich einen himmelblauen Dreck um die Problematik solchen Schreibens gekümmert – was sich in der Literatur gerne als ein erfolgreicher Erstlingsroman bemerkbar macht).

Es will Morgen werden. Ich bin ein Nachtarbeiter, mußt Du wissen, und das ist im Lauf der Jahre (zwanziger ungefähr) so weit ausgeartet, daß ich jetzt bei Tag überhaupt nichts mehr schreiben kann, auch keine Briefe. Es will also Morgen werden, und die Silhouette des Empire State Buildings, welches ich mit einer schwachen Drehung meines von Neuralgien geplagten Nackens ins unmittelbare und allernächste Blickfeld bekomme, beginnt sich langsam aus der Dämmerung zu heben, was sie keineswegs an jedem Morgen tut; denn oft ist das Empire State von Nebel so dicht verhangen, daß es Flugzeuge zum Absturz bringt. Es ist nämlich, auch das mußt Du wissen, höher als der Kahlenberg, absolut und vom Grund auf, der seinerseits wieder nicht das mindeste mit jenem Grund zu tun hat, auf welchem ich herangeblüht bin und welcher der Thurygrund geheißen war…

Wie sagte doch neulich einer meiner besseren Verkehrspartner auf die Frage, ob ihm Amerika gefiele? Amerika gefällt mir ganz gut, sagte er. *Ich* gefall mir nicht in Amerika.

In diesem Sinne immer Dein

Torberg

Fritz Thorn

»Was mich scheltenswert dünkt, ist der Fehlschluß...: nämlich daß es ›keine kleineren Dinge‹ mehr gäbe, über die man sprechen dürfte, und daß, kurzum, der Tummelplatz des Geistes geschlossen wäre. Es gibt ... überhaupt *nur* die ›kleineren Dinge‹, und le tummelplatz, c'est moi.«

F. T. an Fritz Thorn, 7. Juli 1947

New York, 14. November 1945

Mein Lieber,

... Ich wüßte gern, ob Du inzwischen schon »Mein ist die Rache« bekommen und gelesen hast, und das Couvert mit den Ausschnitten. Und was Du zu alledem sagst. Ich könnte mir gut denken, daß Dich manches überrascht, – schließlich ist, wenn ich mich nicht ganz und gar durcheinandererinnere, der »Abschied« doch das letzte was Du von mir kennst, und der gehört also noch ganz deutlich dorthin, wo der Peter Hammerschlag einmal gesagt hat: »Der Torberg hats gut, der schreibt alle zwei drei Jahre dasselbe Buch und gibt nur einen andern Titel drüber«.

Ich *kann* Dir nicht sagen, wie völlig hinter mir diese vier ersten Romane jetzt liegen und wie völlig fertig ich mit ihrer Thematik und Problematik bin. Das soll bitte weder hochfahrend klingen noch (wenn Du diesen Ausdruck akzeptieren willst) undankbar. Ich empfinde sie anderseits als durchaus zusammengehörig, organisch, ernsthaft, und unter *ihren* Umständen richtig und in Ordnung (genau so, wie es ganz richtig und in Ordnung war, daß ich mit 18 Jahren die Hedy Bienenfeld geliebt habe).

Das Peinliche an der ganzen Sache, oder um es versöhnlicher auszudrücken: das Wehmütige daran ist, daß dieser Themen- und Problem-Kreis so verzweifelt kurzlebig und auf sich beschränkt war; wahrscheinlich war überhaupt *keine* Literatur-Spanne so kurzlebig und beschränkt wie die, in der ich also nebbich »die junge Generation« war, und der Applomb, mit dem sie sich in Szene gesetzt hat (und an dem ich nolens volens mein Teil hatte), kommt mir in der Erinnerung so grotesk vor, daß ich mich manchmal gar nicht mehr darüber kränke, mein unersetzliches Archiv mit allen Ausschnitten und Belegen und Kritiken und Interviews in Paris endgültig verloren zu haben.

Komischerweise ist der einzige Vergleich, der mir zu dem ganzen Set-Up einfällt, amerikanischer Provenienz: wenn sich nämlich hier ein Komitee auftut oder eine Propagandazentrale für eine Wahlcampagne oder sowas, dann richten sie sich sofort ein Büro ein mit drei eigenen, extra neu angeschafften Telefonnummern und mit schwer geprägtem Briefpapier und allem möglichen – und noch bevor das nächste Telefonbuch herauskommt, existieren sie nicht mehr.

Aber vielleicht war das alles ganz gut so? und vielleicht schriebe ich sonst noch immer dasselbe Buch mit einem andern Titel? *Das* ist also auf *jeden* Fall vorbei. Manchmal habe ich sogar das Gefühl (und ich möchte es viel öfter haben), daß diese fünf amerikanischen Jahre, so bedrohlich und bedrükkend ereignislos sie in äußerer Hinsicht auch waren, mir doch nur sehr gut getan haben, und vielleicht gerade deshalb, weil meine Idiosynkrasie gegen die äußeren Möglichkeiten Amerikas mich gezwungen hat, desto mehr auf meine sozusagen inneren Möglichkeiten Bedacht zu nehmen.

Wie weit diese Abwehrhaltung gehen kann, ahnst Du nicht. Einmal wurde mir hier ein paar Tage vor Weihnachten ein dementsprechend verpacktes Geschenkleinchen übergeben, mit der Aufforderung, es in den Strumpf zu tun und es erst am Weihnachtsabend auszupacken. Ich war sehr erstaunt, weil der Strumpf mir doch als ein Nikolo-Requisit bekannt war, wurde aber belehrt: nein, hier hat man den Strumpf zu Weihnachten. Und darauf fragte ich, mein Ehrenwort *ohne* die leiseste Absicht einen Witz zu machen: »Bin ich denn hier?«

Mit noch einem andern Gefühl, das ich habe, wollte ich eigentlich erst herausrücken, nachdem Du die »Rache« gelesen hast; aber es gehört so sehr dazu und hieher, daß es sinnlos wäre, »Fortsetzung folgt« zu spielen: ich habe das Gefühl, daß diese Novelle (die übrigens, in ihrem sehr eng gesteckten Rahmen und darum umso auffälliger, auch ein »Erfolg« war), ebenso wie der »Gerber« die organische Einleitung eines Zyklus war, dessen Thematik mir heute ebenso »gemäß« ist wie damals die ichglaubmirhamgesagt »Jugendpsychologie«.

Es ist nicht nur ein Gefühl sondern eine Absicht – ich weiß nur nicht mehr, welches früher da war. Und es war auch damals ganz genau so. Dieser Roman, an dem ich jetzt arbeite, ist schon der nächste Beweis, und wenns nach mir geht, so möchte ich dann etwas schreiben, was ich mir als eine Art Emigrations-Schwejk vorstelle und was leider *nie* so gut werden kann wie der Titel: »Ich heiße, wenn Sie gestatten, Kohn«.

Und dann also, endlich, in Gottes Namen, und mit Gottes Hilfe, den »Süßkind von Trimberg«...

Immer Dein

F. T.

New York, 8. Februar 1946

Mein Lieber,

...ich hab nämlich was gegen französische Lyrik.

Selbst ihre Giganten – und deren sind zahlreiche, und ich weiß natürlich daß sie es sind –, selbst die Baudelaire und Mallarmé und Rimbaud und Verlaine (um nur die garantiertesten zu nennen) sind mir im Deutsch der George und Zweig und Schaukal lieber, von der Louise Labé im Rilke-Deutsch ganz zu schweigen. Und nicht etwa um dieser meiner Idiosynkrasie größeres Gewicht zu verleihen, sondern um Dir ihre unterbewußte (und fast schon verdrängte) Herkunft anzudeuten, teile ich Dir mit, daß sie noch auf meinen Verkehr mit dem Zänkischen zurückgeht, und zwar auf jene ganz und gar beseligenden Nächte, in denen wir zu zweien waren. In einer dieser Nächte, ich denk's wie heut, kamen wir also auf die französische Lyrik zu sprechen, und niemals hat ein Ordinarius seinem liebsten Vorzugsschüler so zärtlich-wohlwollend gelauscht wie der Karl Kraus mir, als ich ihm auseinandersetzte, *was* ich gegen die französische Lyrik habe: *nämlich den Reim.* Der nämlich im Französischen keineswegs das Ufer ist, wo sie landen*, sondern ganz genau das was Schopenhauer das »Trallala und Hopsasa eines albernen Wortgeklingels« nannte (*er* freilich meinte gar den *deutschen* Reim). Der Verlag der Fackel *jauchzte* geradezu, als ich ihm dafür, daß sich im Französischen einfach *alles* reimt, mein Musterbeispiel darbot, die Eisenbahnaufschrift:

Ne tirer,
La poignée
Qu'en cas
De danger...

Und in höfl. Bezugnahme auf meine Vermutung, daß dieses Gedicht wohl am ehesten von Victor Hugo sein könnte, überbrachte er mir am nächsten Tag eines von tatsächlich diesem, das also tatsächlich *nicht einen einzigen Reim* enthielt (übrigens reimt sich auch in Deinem Peguy-Zitat »l'enfance« auf »defense«, zum Teufel) – eine Ode an Napoleon, wenn ich nicht irre, die Anfangs- und Schlußzeilen sind mir sogar noch erinnerlich:

L'avenir! l'avenir! Mys*tère!*
Toutes les choses de la *terre*,
Gloire, fortune mili*taire*

und so binnenreimt sichs weiter bis zu

Non! L'avenir n'est à per*sonne.*
Sire! L'avenir est à *Dieu*.
Et chaque fois, que l'heure *sonne*,
Tout ici-bas nous dit *adieu*.

* Karl Kraus, »Der Reim«: »Er ist das Ufer, wo sie landen, / sind zwei Gedanken einverstanden.«

Vom Verlag der Fackel aufgefordert, diese Unreime in die Reime eines deutschen Dichters zu verwandeln, der etwas auf sich und die Sprache gibt, kam ich mit folgendem:

Die Zukunft – wem wär' sie erhellt?
Ach, alles auf dieser Welt,
Wie der Ruhm und das Schlachtenglück fällt.
...
Sire! Keinem ward vorher noch Kunde.
Was wird, steht bei Gott in der Höh.
Und stets, wann sie schlägt, die Stunde,
Sagt uns alles hier unten Adieu.

Und das wurde vom Verlag Die Fackel denn auch in vorzüglicher Hochachtung zur Kenntnis genommen. (Es handelte sich programmgemäß nicht so sehr um eine gute Übersetzung, wie um gute Reime.) Und was ich *jetzt* hab ist aber *ja* ein Haupttreffer – ich wußte zwar daß ich es hab, aber ich wußte nicht wie sehr es mir gerade hier à propos käme, dieses Sonett vom Reim, welches also schließt:

Allein nicht jede Sprache hat geheiligt
Den reinen Reim. Wo sich nur deckt die Endung,
Droht leeres Spiel. Der Geist bleibt unbeteiligt.
Dieselben Silben lassen leicht sich leimen.
Doch Stamm und Wurzel spotten solcher Blendung.
Im Deutschen müssen sich *die Sachen* reimen.

Ach was gäb ich drum, Thorn, Dein Antlitz zu sehn bei der Nennung des Autorennamens: es ist von Franz Werfel, und ist noch nicht gedruckt, ich besitze das Manuskript...

Was hingegen die Sorel*, den »Gipfel von Unappetitlichkeit« betrifft, bin ich offenbar anspruchsvoller als Du. Weil nämlich, weißt, also natürlich: ich lies nämlich deutsche Zeitungen. Nämlich was in Deutschland erscheinen. Thorn, glaub mir: die Sorel ist eine harmlose alte Dame – halt ein bisserl wehleidig, wie Künstlerinnen schon sind, alternde besonders – nicht daß ich sie vielleicht in Schutz nehmen möcht – aber aufregen kann ich mich über sowas nicht.

Denn siehe, da läuft durch die deutschen Zeitungen ein Feuilleton von Ernst Wiechert, jenem ungebührlich in die Höhe publizierten »Anti-Nazi«: der also irgendwann einmal vor irgendwelchen Königsberger Studenten irgendeine Rede gehalten hat, die ihn für eine kurze Zeit ins KZ brachte, das war 1942 und ich hab mir damals unter großer Mühe seinen letzten in Deutschland erschienenen Roman verschafft, welcher »Der Wolf« hieß, und hab ihn gelesen und hab fort auf den einen Satz, das eine Wort gewartet, auf den Chiffern-Schlüssel, der der ganzen Sache den Anti-Nazi-Sinn gegeben hätte – und er kam nicht und kam nicht, und dann war ich fertig und sagte mir: wenn *das* schon ein Anti-Nazi ist, dann weiß ich nicht, was ein Nazi ist, und es war wie ich vermutet hatte: eine Fraktions-Streitigkeit, genau von jener Art, die in Rußland zur Hinrichtung der Bucharins und Rykows geführt hat...

Und von diesem Wiechert läuft da also dieses Feuilleton, und es heißt: »Was war geschehen?«, und es beginnt: »Geschehen war, daß in das heilige Haus der deutschen Nation ein Volksfremder trat, ein böhmischer Landstreicher...« – *das* probier Du jetzt einmal auszuloten, nicht die Sorel, das, den böhmischen Landstreicher als Argument, den böhmischen Landstreicher als Irrtum (den allenfalls noch der Hindenburg begehen durfte, weil ja für ihn in memoriam 1866 kein Unter-

* Cécile Sorel, französische Schriftstellerin

schied war zwischen einem Österreicher und einem Böhm), den böhmischen Landstreicher als Schimpfwort, hinter dem doch schon die Polackensau und das Judenschwein hervorlugt: daß es das gibt, daß das gedruckt und gepriesen wird, und daß der Autor ein Held und eine Instanz ist...

Oder daß der aus der Schweiz nach Deutschland zurückgekehrte Schauspieler Wolfgang Langhoff (»Die Moorsoldaten«) einen Vortragsabend veranstaltet, der natürlich mit Lessing und Heine beginnt, mit den unverfänglichen Ladenhütern des Humanismus und der Freiheit, und natürlich mit Brecht und Johannes R. Becher endet, und in der Rezension wird Brecht bezeichnet als »jener Dichter der Emigration, dem geradezu gesetzgeberische Kraft zukommt«, und wird Becher bezeichnet als »der erhabene Schrittmacher der kommenden Dinge« – und die Rezension ist von wem? die Rezension ist von Ernst Gläser, ganz richtig, vom selben Ernst Gläser, der aus der Emigration 1937 nach Deutschland zurückging und der dann im Krieg die deutsche Propagandazeitung für (und später in) Italien leitete, ganz richtig, vom selben Ernst Gläser wo die Kommunisten noch bitter bös auf mich waren als ich 1936 in der Weltbühne auf seine bedrohlichen Verwaschenheiten losging, und wo sie dann also 1937 behaupteten sie hätten es schon längst gewußt, und wo sie jetzt also doch recht haben, alle haben sie recht und es gebührt ihnen auch, es gebührt dem Becher, vom Gläser gelobt zu werden, und es gebührt dem Gläser, den Becher zu loben, und solcher Gebühren ist das deutsche Geistesleben voll – und da soll ich mich über die Sorel aufregen?

...Was Du über den Begriff der »Strömung« in Frankreich zu sagen hast, zerging mir auf der Zunge. Genau das ist es, was sie allen andern voraushaben. Übrigens befindet sich nicht Gide in USA sondern Sartre, und übrigens hab ich's nicht *gar* so sehr mit ihm. Es hat mich nur wahnsinnig aufgeregt, in einer der französischen Zeitschriften, die hier herüber kamen, plötzlich einen Aufsatz zu lesen, der »La responsabilité des Ecrivains« hieß – der bloße Titel atmete schon ganz andre Luft, als sie unterm hiesigen airconditioning gedeiht: wo der écrivain hauptsächlich die eine responsabilité hat, seine Romane nicht zu billig an den Film zu verkaufen. Was dann drinstand, beim Sartre, war gar nicht so schrecklich erschütternd, und was ich seither von ihm und über ihn zu hören bekam, würde mich, wenn ich in Frankreich und noch besser ein Franzose wäre, eher wohl in die Opposition treiben. Aber als Europäer in Amerika bin ich für ihn.

Den Louis Aragon hättest Du mir freilich *nicht* zu erklären brauchen, und da bin ich sogar schon in Amerika in der Opposition. Ich wollte zuerst sagen, daß ich ihn für den französischen Brecht halte, aber damit täte ich dem Brecht denn doch unrecht, weil der Brecht, aus dem nun freilich seit zehn Jahren nur noch die blanke Scheiße herauskommt, doch vorher wenigstens etwas war, und es so einmalig war, daß diese Einmaligkeit ihm bis heute geblieben und anzurechnen ist.

Also möchte ich den Aragon, da ich ihn irgendwie bezeichnen muß, als einen gereimten Ehrenburg bezeichnen, und das ist schlimm. Was ich *gegen* ihn hab, rührt von der Gide-USSR-Polemik her, wo er sich wirklich *keine* Ordinärheit und Banalität entgehen ließ, um den kurz zuvor noch brennend Verehrten anzukläffen (was er ja auch bis heute tut); was ich gegen ihn hab, sind solche Monstrositäten wie das hinten gereimte »Du poète à son parti«, zu finden in »La Diane Française« – das wüsteste Konglomerat von stalinistischer Linientreue und französischem Nationalismus, das sich denken läßt (»Mon parti m'a rendu mes yeux et ma mémoire... Mon Parti m'a rendu les couleurs de la France... Que mon sang fut si rouge et mon coeur fut français... geh *leck* du mich im Arsch). Was ich *für* ihn habe, ist daß er wirklich reimen kann, siehe oben, nicht klingeln sondern *reimen*, und zwar konnte er es am weitaus besten in genau jenem »Crève-Coeur«, das während des Stalin-Hitler-Paktes entstand und infolgedessen unpolitisch war...

Und damit verlasse ich Frankreich, um Dir zu künden DIE LEGENDE VOM HEILIGEN OBER, leiser Orgelklang, die Gemeinde erhebt sich.

In einem kürzlich hier eingetroffenen Brief von Milan Dubrovic findet sich folgender Satz: »Gestern im Herrenhof empfing mich der Albert mit der Mitteilung, daß Herr Stappler bereits nach mir gefragt hat.« Lies Dir das jetzt zunächst dreimal durch, wie auch ich es getan habe. Und laß Dir hierauf weiter berichten, daß der Albert, der sich zuerst noch im Herrenhof großartig benommen hat, hierauf freiwillig in das Café Johann Strauß übersiedelte (eines der drei damals noch für Juden zugänglichen Kaffeehäuser), und sodann verschwand – daß er dann also, wie sich jetzt herausstellt, ein aktiver Untergrundler wurde, und daß er jetzt das Herrenhof in Pacht hat, bis zur Rückkehr der rechtmäßigen Besitzer. Auch Hnatek ist wieder da, und sie lassen beide fragen, wann denn die anständigen Gäst wieder kommen.

Thorn: es *ist* ein Kleiner-Moritz-Wunschtraum, und es *hat* mich in der Kehle gewürgt. Thorn: auf was warten wir noch? Das ist teils eine rhetorische Frage, die keine Antwort erfordert, – teils könnte es der Beginn einer ausgedehnten Untersuchung über das Thema »Rückkehr« werden. Sonst ging aus Milans Brief fast nur Erfreuliches hervor, es haben sich *alle*, von denen man's gehofft hatte, genau so großartig benommen *wie* man es gehofft hatte...

Wahllos herausgegriffener Spielplan der Wiener Theater: Staatsoper im Theater a. d. Wien: Don Pasquale. – Staatsoper im Redoutensaal: Cosi fan tutte. – Volksoper: Verkaufte Braut. – Burgtheater: Liliom (mit Paul Hörbiger). – Akademietheater: Thunder Rock (ein ausgezeichnetes englisches Kriegsstück, zu deutsch »Leuchtfeuer«). – Volkstheater: Medea. – Kammerspiele: Wie es euch gefällt. Dazu über ein Dutzend Lustspiele und Operetten, u.a. dirigiert der alte Edmund Eysler im Bürgertheater seine »Gold'ne Meisterin«, und etwa zehn Kleinkunstbühnen und Cabarets. Ich vergaß die Josefstadt; sie spielen Hofmannsthals »Schwierigen« mit Waldau, Edthofer, Kitty Stengel, Neugebauer, etc., in Vorbereitung: »Liebelei« mit der Wessely. Thorn: auf was warten wir noch?

...Übrigens habe ich kürzlich einen in der Schweiz erschienen Neudruck der »Letzten Tage der Menschheit« erstanden sowie auch gelesen. Sehr merkwürdig. Manches ganz einfach ungenießbar und unverständlich. Manches von einer erschreckenden Ahnungslosigkeit und direkt vom »Stürmer« zu übernehmen (aber auf eine grauenhafte Weise »gut«). Und manches auf eine *noch* erschreckendere Weise großartig und gültig und gigantisch. Wenn nur von fernher ein Deutscher auftritt, stieben die Geniefunken. – Der literarische Trend in Wien geht ganz deutlich in diese Richtung, d.h. Kraus, Friedell, Polgar, *nicht* Werfel, Stefan Zweig, Joseph Roth.

Mein Lieber, ich bin schon wieder doppelt so lang und hab noch *immer* das Gefühl unendlich viel vergessen zu haben...

Immer Dein

F. T.

New York, 10. September 1946

Mein Lieber,

...also wie gesagt. Vielleicht ist Dir bekannt, daß der einstige Karsten eine nach vieler Qual und Mühe endlich gefundene und seinen Zwecken und Finanzen aufs unwahrscheinlichste entsprechende Aftermiete dann doch nicht antrat, weil die vermietende Wittib jede einzelne der an sich durchaus akzeptablen Vorschriften, um deren Beachtung sie ihn bat, mit den Worten »Also wie gesagt« abschloß.

...also wie gesagt, wollte ich Dich z.B. noch fragen, ob Du also konkret dafür bist, daß dort, wo ihnen die Hitlerschmach widerfuhr, keine Juden mehr leben sollen? Ich frage das ohne jede polemische Sprungbereitschaft, glaub mir. Ich weiß es nämlich selbst nicht. Das heißt ich weiß nicht, in welcher Kategorie diese Frage zu entscheiden ist. Nerven? Charakter? Opportunität? Historische Verantwortung?

Ich habe hier den Gottesdiensten der portugiesisch-spanischen Gemeinde beigewohnt, in denen das Hebräische sephardisch ausgesprochen wird, so wie in Palästina oder so wie in »Hakoah«, und die überhaupt sehr interessant sind, u.a. deshalb, weil die Mitglieder dieser Gemeinde eine aristokratische Sonderstellung unter allen jüdischen Gemeinden einnehmen (oder sich anmaßen). Nun, ich will Dich nicht weiter mit Kenntnissen anprotzen, die ich meinerseits zum größeren Teil der Belehrung Eingeweihter verdanke. Genug daran, daß in einem bestimmten Gebet, welches die guten Lebensvorsätze des Betenden zum Ausdruck bringt, nach jedem Absatz die Worte gesprochen werden: »Und nie zurück nach Spanien.« Da hätten wir's also.

Oder hätten wir's vielleicht nicht einmal da? Ich weiß es nicht. Im allgemeinen bin ich von »historischen Parallelen« sehr leicht zu beeindrucken, besonders von solchen der jüdischen Geschichte. Aber diese hier will mir irgendwie nicht einleuchten. Denn in der Tat – von den strukturellen, geographischen, geopolitischen und allen andern gelahrten Unterschieden nun einmal ganz abgesehn – haben die Juden mit »Spanien« nichts weiter als einen Terrainbegriff aufgegeben, und die jüdische Hochblüte, die sich auf diesem Terrain zutrug, war eben eine ausschließlich und autochthon *jüdische*, – die sämtlichen Jehuda Halevi, Moses Maimonides und Salomon ibn Gabirol schrieben *hebräisch*, unter Umständen arabisch, *niemals* spanisch, und irgendwelche spanisch-jüdischen Affinitäten hat es nicht gegeben.

Eine deutsch-jüdische Affinität *hat* es doch aber gegeben?! Willst Du sie auslöschen, und das Jiddische mit dazu? Gerade die Unauslöschbarkeit des Jiddischen – allein hier in New York gibt es vier jiddische Tageszeitungen mit einer Gesamtauflage von ungefähr einer Million – läßt es als sicher erscheinen, daß wir unsre deutsche Affinität nie loswerden können, selbst wenn wir wollten. Aber die Jiddisch-Sprechenden denken gar nicht daran, – obwohl jene, denen sie es zu verdanken haben, wahrhaftig nicht nur *einen* Hitler mitzumachen hatten, sondern Jahrhunderte hindurch deren mehrere (wenngleich in den bescheideneren Maßstäben des finsteren Mittelalters).

Das ist ja der fatale Kurzschluß, der diese ganze Diskussion an einem bestimmten Punkt unweigerlich ausdunkelt: daß Ihr den Hitler für den ersten Hitler haltet. Ich habe einmal in einer solchen Diskussion einem hämischen Fragesteller, der mich offenbar des Neozionismus überweisen wollte, auf die siegessichere Erkundigung, wann ich denn eigentlich Zionist geworden bin, sehr nachsichtig und zur Verblüffung der Ignorantenrunde geantwortet: »Wenn Sie es *ganz* genau wissen wollen – im Jahre 135, nach dem mißglückten Bar Kochba-Aufstand. Ich hab mir nämlich schon damals gedacht, daß der Hadrian nicht der letzte Hadrian bleiben wird.«

Hitler, bitte sei Dir doch *dar*über endlich klar, hat *nichts* erfunden, gerade in bezug auf die Juden nicht. Er hat nur bereits Erfundenes multipliziert, und er war, seinen zeitlichen und völkischen Voraussetzungen gemäß, gründlicher als die bisherigen Erfinder, – wobei die Gründlichkeit, wohlverstanden, *nichts* mit der technischen Organisation des Ausrottungsplans zu tun hat (diese, so unbegreiflich es ist und so schauerlich es klingt, war lückenhaft), sondern er war gründlicher in der *Konzeption:* indem er z.B. die Taufe nicht als Rettungsmittel zuließ, also programmatisch aussprach, was die Nicht-Theologen unter den Christen, also ihrer 99,9%, sich ohnehin schon immer gedacht haben, nämlich daß ein bisserl Wasser aus einem Juden keinen Christen macht.

Nun magst Du mir darauf erwidern, daß das alles recht schön und gut sei, daß Du aber trotzdem nicht mehr dort leben willst, wo Deine Eltern in die Gaskammern gekommen sind. Du weißt, und ich glaube es Dir schon ganz ausdrücklich gesagt zu haben, daß ich diesen Standpunkt wortlos und gebeugten Hauptes respektiere (und daß mein Haupt da nicht nur für *Deine* Eltern gebeugt ist, weißt Du auch). Aber es ist ein persönlicher Standpunkt, und wir führen im Augenblick keine persönliche Diskussion – die man ja überhaupt nicht führen kann –, sondern eine prinzipielle.

Wenn ich diesen Standpunkt aber prinzipiell akzeptiere, so darf ich folgerichtig *nirgends* mehr hin, wo oder von wo Juden in die Gaskammern gekommen sind, also auch nicht nach Prag (wo es meiner Mutter widerfuhr), also auch nicht nach Paris (wo es, meiner fundierten Überzeugung nach, mehr Nazi gegeben hat als in Wien), also nach dem größten Teil Europas nicht. Also: ich lasse mir von einem nach knappen zwölf Jahren kläglich hinweggefegten Regime vorschreiben, wo ich den Rest meines Lebens zu verbringen habe.

Das nämlich scheint mir ein zweites Mißverständnis in der »Rückkehr«-Diskussion zu sein: daß die negative Entscheidung, wofern sie überhaupt ernstzunehmen ist, unter Erwägungen erfolgt, die etwa dann zuträfen, wenn Hitler an der Macht geblieben wäre und eines Tags, machtgesättigt und großzügig, den Juden die Rückkehr gestattet hätte (wie es, nebenbei, sehr viele der vorherigen Hitler getan haben, u.a. die uns so liebe und teure Maria Theresia – und worauf die Juden, nebenbei, auch wirklich zurückgekehrt sind). Dem allen *ist* doch aber nicht so. Sondern den, der uns vertrieben hat, gibt es doch nicht mehr. Oder was es von ihm noch gibt, hat es auch vorher gegeben (weil es eben nicht »von ihm« war), – ohne daß wir andre Konsequenzen daraus gezogen hätten, als es zu wissen und auf Abhilfe zu sinnen. Wenn wir gescheit und charaktervoll waren, haben wir diese Abhilfe im Zionismus gesucht, wenn wir gescheit und charakterlos waren im Sozialismus, und wenn wir dumm und charakterlos waren in der Assimilation. Aber doch *niemals* im Entschluß, lieber in Frankreich oder in Amerika zu leben als dort, wo sich in den knappen 150 Jahren der Emanzipation eine der fruchtbarsten und legitimsten Wechselbeziehungen ergeben hat, die auf geistigem, künstlerischem und wissenschaftlichem Gebiet jemals zustandegekommen sind (Industriemagnaten interessieren mich nicht). Was ist damit? Vorbei? Wegen zwölf Jahren Hitler?

Hier, an dieser Stelle, bist nicht nur Du überfragt, mein Lieber, sondern auch ich. Hier wird die Diskussion auch für mich persönlich: indem ich die Frage, ob ich »dafür« oder »dagegen« bin, daß es vorbei sei, eben nur persönlich entscheiden kann. Auf eine seinerzeit von tschechischer Seite vertraulich durchgeführte Enquête, ob es in einer wiedererstandenen Tschechoslowakei deutsche Zeitungen und deutsches Theater zu geben hätte, habe ich mit Nein geantwortet. Auf eine Frage, ob es im (ohnehin deutschsprachigen) Zeitungs- und Theaterwesen Österreichs Juden zu geben hätte, würde ich ehrlicherweise nur mit Ja antworten können, weil ich mir eben mein eigenes Leben ohne österreichisches Theater und ohne österreichische Zeitungen nicht vorstellen kann noch will. Aber davon reden wir ja nicht. Oder vielleicht nächstens...

Immer Dein
F. T.

New York, 7. Juli 1947

Mein Lieber,

...Die Feststellung, daß wir die letzten Humanisten waren, kommt uns nicht zu. Nicht als ob wir der sachlichen Berechtigung hiezu entrieten, das tun wir keineswegs, im Gegenteil; aber wir entraten, da und solange wir leben, der Berechtigung zum Gebrauch des Perfektums, wir *sind* die letzten Humanisten, und es soll mich doch gleich der Teufel holen, wenn ich mich heute, im musealen Vollbewußtsein solcher Letztlichkeit (die doch, je mehr sie es wird, desto mehr verpflichtet), noch auf Untersuchungen über »Größenfragen« einließe...

Daß Du erst heute, 1947, verstehst, warum dem Zänkischen 1934 zu Hitler nichts einfallen konnte, ist eine Deiner neozionistischen Nachlässigkeiten, der sich durch rechtzeitiges Sinnieren hätte vorbeugen lassen, – aber es stünde mir, der ich ja schließlich *auch* bis 1939 gebraucht habe, um es zu verstehen, gar übel an, mich dieserhalb vor Dir aufzupudeln. Was mich scheltenswert dünkt, ist der Fehlschluß, den Du aus diesem späten und offenbar darum »in fürchterlichem Maße« über Dich hereingebrochenen Verständnis ziehst: nämlich daß es »keine kleineren Dinge« mehr gäbe, über die man sprechen dürfte, und daß, kurzum, der Tummelplatz des Geistes geschlossen wäre.

Es gibt – wem, der den Zänkischen zu verstehen behauptet, müßte das erst gesagt werden? – es gibt überhaupt *nur* die »kleineren Dinge«, und le tummelplatz, c'est moi.

Wie es mir geht (oder Dir, oder sonst unsereinem), ist, da im Augenblick keine akute Lebensgefahr vorliegt und da wir schon nicht verhungern werden, uninteressant... Interessanter ist schon das Rindfleisch. *Hast* Du es nun also gehabt, und wirklich mit Dillensauce? Das, siehst Du, wäre ein Lebenszeichen von jener Art, auf die es ankommt. Und ich finde es in der Tat außerordentlich mitteilenswert, daß ich – von ihren sonstigen Qualitäten ganz zu schweigen – in eine sehr gute Köchin eingeheiratet habe, die so Rindfleisch wie Dillensauce aufs artigste zuzubereiten versteht und die, wenn ich auf den wahren Wichtigkeiten des Daseins auch weiterhin mit der nunmehr wohl klargestellten Energie zu beharren vermag, eines Tags auch die kalte Schnittlauchsauce in der von Meißl & Schadn zum Standard erhobenen Konsistenz herstellen wird. Nur Geduld.

Solltest Du aus dem Vorstehenden schließen, daß ich vor den Problemen des Lebens in die bürgerliche Behaglichkeit und vor denen der Literatur oder des Geistes in einen unverbindlich-bescheidenen Elfenbeinturm zu retirieren trachte, so würde ich das ohneweiters hinnehmen und höchstens darauf hinweisen, daß mir der Konservativismus in jeglicher Gewandung (in persönlicher, in lebensstilistischer, in literarischer, in geistiger, in politischer) heute als die einzig revolutionäre Haltung erscheinen will; daß ich im Essen und Trinken, ja lieber noch im Fressen und Saufen, den einzig echten und unverfälschten Protest gegen die Trostlosigkeit eines Daseins kultiviere, dessen Doktoren und Doktrinäre ihre eigene Magensäure zur Moral erhoben haben; daß ich der Verwechslung von Aktualität und Problematik, die mir in meiner wirrsälig bemühten Jugend so viele bange Stunden bereitet hat, nicht länger aufzusitzen gesonnen bin; daß die Atombombe mich im gegebenen Augenblick zwar töten aber *bis* zu diesem Augenblick *nur* im Arsch lecken kann, weil ich mich bis zu diesem Augenblick mit den wirklichen Problemen zu beschäftigen gedenke, – mit der Frage, ob nach der achten Zeile eines Sonetts ein Punkt kommen muß oder nicht, – mit der Frage, ob man die Geliebte um der Liebe willen anlügen darf, soll oder vielleicht gar muß, – mit der Frage, wie man Franz Kafka vor der zeitgenössischen Literatur schützen könnte und wie die zeitgenössische Literatur vor Franz Kafka (damit doch wenigstens *bisserl* was von ihr übrigbleibt, und ich wär so gern dabei), – mit der Frage, um wie viel die Juden, die um keinen Preis nach Palästina gehen würden, hassenswerter sind als die Engländer, die sie um keinen Preis hineinließen, und um wie viel die Kommunisten, die ihre Lumpereien im Namen der Welterlösung begehen, hassenswerter als die Nazi, die die ihrigen doch schließlich nur im Namen der Erlösung Deutschlands begangen haben, und was ist das schon, – mit der Frage, wie ich dem einzigen meiner Weggefährten, der es noch immer ist, begreiflich machen könnte, daß der Weg, welcher immer, doch nur ein Vorwand für das Gefährtentum ist, – und, von da aus bis zum Schluß, mit der Frage, ob ich meiner Diskussion mit dem lieben Gott, zu der Er mir hoffentlich noch ein paar Jahre Zeit geben wird, auf eine halbwegs saubere und zulängliche Weise gewachsen bin. So, und das nächste Rindfleisch hammer justament mit Schwammerlsauce...

Immer Dein
F. T.

Paul Schneeberger

»Hingegen müssen Sie sich bitte entscheiden, wer das tückische Leder vor wem Heranbrausenden gerettet hat. Sie schreiben: Fogl II vor Cutti – und hier, wenn ich nicht irre, irrt Schneeberger. Wenn es Fogl II war, dann müßte Schloime Fischer herangebraust sein, – brauste aber Cutti, dann war es Fogl I. Ad referendum.«

F. T. an Paul Schneeberger, 26. März 1943

Hollywood, 8. August 1942

Lieber Schnee,

das war sehr aufregend, denn zuerst kam Ihr postscriptum vom 30. Mai und dann kam lange nichts, so daß mir zumut war, als wäre etwa bei Meißl & Schadn auf köstlichen Geschirren Geröste und Schnittlauchsauce aufgetragen worden, das Rindfleisch aber hätten sie in der Küche gelassen. Ein unappetitlicher Zustand, und ich konnte mich denn auch nicht entschließen zu essen. Nun, gestern kam aber das Rindfleisch, datiert vom 27. Mai, und beeile ich mich…

Ein paar Denksport-Aufgaben für die nächste Nummer: Wann und aus welchem Anlaß fand in Wien das letzte Match zweier Budapester Mannschaften gegeneinander statt, wie hießen sie, und wie lautete das Resultat? Welche tschechische Mannschaft gastierte als erste nach dem Krieg in Wien, gegen wen, auf welchem Platz und mit welchem Resultat? Welcher Mannschaft gelang es, den Siegeszug der Hakoah aus der 2. in die 1. Klasse durch ein überraschendes Unentschieden (bestimme das ziffernmäßige Resultat!) zu unterbrechen, und warum wurde dieses Match dann doch der Hakoah gutgeschrieben? Einsendungen an die Redaktion der Zeitschrift »Ihnere Sorgen«.

Sonst weiß ich aus diesem Gebiet wenig zu berichten, da ich mir nicht denken kann daß Sie von der abermals (diesmal in weiland Köln) erfolgten Niederlage Deutschlands durch die Schweiz (2:0) noch nicht gehört hatten. Hier war das größte Ereignis der letzten Zeit ein Titelkampf im Bantamgewicht, der vom Herausforderer Ortiz gegen den seit drei Jahren Weltmeister Salica nach Punkten gewonnen wurde, ohne daß ich mich besonders aufgeregt hätte, was aber auch sicherlich nicht der eigentliche Zweck der Veranstaltung war. In New York erfreut sich der Mittelgewichtler Abraham Stolz steigender Beachtung und Weltmeisterschafts-Chancen, er ist nicht nur Jude sondern gleichzeitig auch Matrose, und es wär schon langsam Zeit. Momentan, wie Sie wissen, hammer keinen einzigen, und der Schwergewichtler Abe Simon, der gegen Joe Louis bisher am längsten von allen gestanden ist (14 Runden) und den ich hier gegen den kalifornischen Meister, den Neger Turkey Thompson, boxen und gewinnen sah, ist ein Anblick gräßlich und gemein. Dasselbe erwarte ich, hier allerdings mit Recht, von dem Catch-as-catch-caner Sammy Kohen, den ich demnächst gegen Gorilla Ramos operieren sehen werde...

In diesem Sinn sehe ich Ihrem Postwendenden entgegen und verbleibe

Ihr F. T.

Hollywood, 26. September 1942

Lieber Schnee,

...Von *mir* aus sind wir hiemit in einem Briefwechsel befindlich, den ich nicht missen möchte, – sei es auch nur der kuhdummen Gesichter wegen, die mich ringsum anglotzen, wenn ich erzähle, daß ich einen Brief aus London bekommen habe und wenn ich dann auf die unfehlbar nachfolgende Frage, was es Neues gibt, etwa die Antwort erteile: Der Centerhalf des FTC zur Pataky-Zeit hat nicht Korrodi geheißen sondern Brody... Dietrich debutierte bei Rapid im Jahre 1913 bei dem Match Rapid – FTC in Pest, 2:0 für Rapid... Der rechte FTC-Flügel wurde damals – (Dies war der Augenblick, da der Schuß krachte. Fortsetzung folgt.)

Und nun, lieber Schnee, zu Ihren Antworten auf meine Denksportaufgaben. Für MTK – FTC im Jahre 1919 kommt Ihnen ein volles Bummerl, und das Resultat war nicht schätzungsweise 5:0, sondern 5:0. Die Hakoah-Anfrage beantworten zu können haben Sie ja keine Gebühren, oder jedenfalls weniger als ich: es handelte sich um ein 0:0 gegen Vorwärts 06 auf dem WAC-Platz, und die Blauweißen vergaben obendrein noch einen Elfer. Die Verifizierung mit 3:0 erfolgte wegen unberechtigter Mitwirkung eines von Sportfreunde übernommenen rechten Halfs namens Gruber. Das ganze ist mir deshalb so gut in Erinnerung, und in so peinlicher Erinnerung, weil nachher, als wir vor der Redaktion des Sporttagblatts (Stubenring) auf die Resultate warteten, in einem Einspänner(!) Iszo Gansl vorgefahren kam und den ihn umringenden Hakoah-Anhängern, darunter mir, die respektive Mitteilung machte; worauf er so bejubelt wurde, als ob er die drei Goals geschossen hätte. Mein aufrechtes Knabenherz brannte vor Scham.

Jetzt aber bitte ich Sie, Platz zu nehmen und ein Brom in Vorbereitung zu halten: denn siehe, Ihre Antwort auf die Frage »Welche tschechische Mannschaft...« ist, ich finde keinen andern Ausdruck: falsch. Es war zwar die Slavia, aber mitnichten gegen Slovan 6:1 auf dem WAC-Platz, sondern gegen Rapid 1:5 auf der alten Hohen Warte. So... schön schlucken... na? schon besser? Also. Das Slovan-Match fand frühestens ein Jahr später statt, und eben weil die Rotsterne gegen Rapid so schmählich umgeschüttet hatten, waren es diesmal nur die zweitklassigen Kohnnationalen, mit denen sie unter mehr oder weniger Ausschluß der Öffentlichkeit in die Schranken traten. (Ist Ihnen übrigens bekannt, daß der Verteidiger Raca in Wahrheit Ratzesberger hieß und ein Beschnittener war? Er hat noch mit Benes in einer Mannschaft gespielt, und ungefähr so ist es ja auch ausgefallen.)

Das Rapid-Match habe ich gesehn, das Slovan-Match nicht. Gleichfalls gesehn habe ich das von Ihnen beregte WAC – MTK 2:1, wo sich nicht nur das erste Auftreten Geyers vollzog, sondern, wenn ich nicht irre, auch das letzte von Studnicka. Außerdem begab sich bei diesem Match eine bemerkenswerte Schmockerei, die, da erfolgreich, nämlich den Siegestreffer des WAC herbeiführend, weidliche Publicity bekam: der sogenannte »kleine Corner«, indem der als Rechtsaußen spielende Kaps I den Eckstoß nicht direkt vors Tor beförderte, sondern ihn hinterwärts zu Bruder Schani paßte, dem rechten Half, und seinen Center erst verwandelte, Du sagst es, Geyer. Die Sache hat sich aber nicht durchgesetzt und man kam beim WAC viel früher davon ab als etwa beim Sportklub von der wesensverwandten Gepflogenheit, bei Freistößen den ersten Mann anlaufen und drübersteigen zu lassen, worauf dann ein zweiter durch die automatisch auseinandergestobene Mauer des Gegners hindurchschoß. Es erscheint mir bemerkenswert, daß gerade beim Sportklub, einer arischen Mannschaft, so ausgetüftelte jüdische Sachen in Schwang waren (ich verweise nur auf das One Back-System). Lieber Schnee, damit wollen wir es für heute genug der Fachkenntnis sein lassen...

Am hiesigen Platze ist in sportlicher Hinsicht wenig los, ich habe mir den Besuch der Boxkämpfe zu einer Erew Schabbes-Gewohnheit gemacht und verliere langsam den Überblick, ob da eigentlich gut oder schlecht geboxt wird. Die Namen der größtenteils Neger und Mexikaner würden Ihnen wenig sagen, also weiß ich sie nicht.

Sonst, glaube ich, war das einzige Ereignis, das mit Sport zu tun hatte, ein Wiedersehn mit Ivo Redlich, den ich als Mitglied der unbesiegbaren WAC-Wasserballmannschaft noch gekannt hatte, als ich so klein war, und gegen den ich folglich nichts aufstecken konnte, als ich Jahre später, zum Jüngling und Hagibor-Linksaußen gereift, gegen ihn spielen mußte; wir haben 5:2 verloren, in einem der niveaulosesten Spiele, die das Dianabad je gesehen hat. Späterhin hat sich das ausgeglichen, und heute sind wir beide alte Juden...

Ich bin sicher, eine Menge Fragen, die Sie beantwortet haben wollten, nicht beantwortet zu haben, und statt dessen sehr vieles mitgeteilt zu haben, was Sie teils schon längst wußten und teils gar nicht wissen wollten. Aber das ist bei diesen wirren Zeiten unvermeidlich und soll Sie nicht weiter an einer sofortigen Rückäußerung hindern, sondern im Gegenteil, womit ich verbleibe Ihr F.T.

Hollywood, 26. März 1943

Lieber Schnee,

dieses ist die Antwort auf Ihren Elfer vom 14. v. M., Elfer im Sinne von Nummero, nicht von in der 26. Minute wird der vorstürmende Wana im Strafraum unfair gelegt, den Penalty verwandelt Resch, – und ist demzufolge ein Zwölfer.

Des Kummers, den Sie mir bereiten, ist kein Ende. Daß Sie nicht Präsident sondern Captain des Hockey-Verbandes waren, nehme ich mit einem müden »So what?« zur Kenntnis – jedenfalls waren Sie ein *Funktionär*, und wenn ich schon die *aktiven* Mitglieder dieser Gilde verachtet habe: wie erst die Funktionäre! *Das* war es, was ich andeuten wollte; und zwar beziehe ich das Recht zu solcher Verachtung selbstverständlich *nicht* von meiner Aktivität als Wasserballer, die ja beinahe genau so verächtlich ist, sondern von zwei aktiven Saisonen in der blauschwarzen Dress des F. C. Unitas, Jungmannschaft, und von zwei obSiesglaubenodernicht *Meisterschaftsspielen* für die Erste von Hagibor Prag, Frühjahr 1927, in der damaligen II. Amateurklasse des Böhmischen Zentralgaues, und zu einer Zeit, wo ich anderseits kurz zuvor von Schwimmen auf Wasserball umgesattelt hatte.

Es war, wie ich for the benefit of coming biographers an dieser Stelle eindeutig feststellen möchte, ein letztes Aufflackern meiner Jugendträume, und es ging den Weg allen letzten Aufflackerns. Der breiten Masse gegenüber pflege ich als Grund meines hierauf erfolgten endgültigen Rückzugs vom Fußball eine Knieverletzung anzugeben, die zwar wirklich vorliegt und mich in der Tat am Skifahren verhindert hat – aber das ist mehr für die Fan-Magazines und in Wahrheit nebensächlich, nicht anders als die Tatsache, daß ich damals einerseits mit dem Wiederaufblühen der blauweißen Wasserballmannschaft, anderseits mit den Vorbereitungen zu meinem Durchfall bei der Matura beschäftigt war.

Papperlapapp und Possen! Ich hätte es auf *jeden* Fall aufgeben müssen, und daß ich überhaupt ein zweites Mal aufgestellt wurde war nur auf Not am Mann zurückzuführen. Wenn ich Ihnen sage, daß für dieses zweite Spiel sogar Erich Juhn reaktiviert wurde, wissen Sie alles. Sehr genau und mit Wehmut erinnere mich eines erstklassigen Durchlegers, den ich ihm in die rechte Verbindung schickte (eine typische »schmale Gasse« nach spartanischem Vorbild), und den er nach einem stilisierten Startversuch laufen ließ. »Zu spät!« rief er aus, und: »Wieso zu spät?« begehrte ich dawider. »Das war doch genau im richtigen Moment?!«, und »Nein«, schüttelte er müde den Kopf, »ich meine: um zehn Jahre zu spät.«

... Gehen wir weiter. Ihre Erläuterungen der Fußballernicknames sind zweifellos richtig, die Begründungen Ihres Tadels hingegen entraten jeglichen Sinnes. »Bumbas sollten Sie kennen, weil er von Nürnberg war« – wieso? Meine einzige Verbindung zu Nürnberg ist, daß ich mit dem Sohn des aus Fürth stammenden Jakob Wassermann befreundet bin. Oder: »Patschas ist Ihr Landsmann Kurpiel« – was er zwar zur Zeit seiner Aktivität wirklich war, aber nicht anders als etwa Imre Schlosser auch, bei dem Sie diesen Hinweis nicht anbringen. Wirtschaft, Horatio...

Was Froitzheim betrifft, so kann ein gewonnener Satz gegen Kinzel wohl schwerlich als »internationaler Erfolg« gewertet werden. Hier liegt denn doch ein Fall von Lokalborniertheit vor – die übrigens (und jetzt *weiß* ich was ich gegen die Stockballer hab) auch Ihrer Mitteilung anhaftet, daß Hakoah im Jahre 1925 »ja auch die Hockey-Meisterschaft« gewann. Als ob es damit schon sein Bewenden hätte! Sie gewann in diesem Jahr der Christenverfolgung nämlich außer Fußball und Hokkey noch die Mannschaftsmeisterschaften im Ringen und im Schwimmen, *alle* Kategorien des Schwimmens »Quer durch Wien«, und auf Grund irgendeiner abstrusen Durchschnitts-Punktwertung auch das gleichnamige Laufen.

Kleine Apropos-Frage: Wer war der Sieger des ersten Q. d. W.-Schwimmens nach dem Krieg? Welcher im Jahre 1921 aufgestellte Leichtathletik-Rekord steht noch heute (öst., versteht sich)? Wieso hat wer für einen andern Klub Hockey-spielen und für einen andern laufen können? Setzen.

In Sachen Halpern und Iszo Gansl möchte ich mir, damit in Hinkunft keine Irrtümer entstehen, also je ein ausdrückliches Bummerl markieren, wenn Sie gestatten. Die Frage nach dem indirekten Freistoß ist zufriedenstellend beantwortet, alle Namen stimmen, ich hatte leise gehofft, daß Sie Boas mit dem gleichnamigen Mutters verwechseln würden, der ja *auch* ein Holländer war und folglich *auch* mit den indirekten Freistößen nur so umanandwarf. Die Geschichte von Amsels sinnloser Parade ist äußerst eindrucksvoll, und ich zweifle nicht, daß Sie da den restlichen 59999 Zuschauern tatsächlich weit voraus waren. Hingegen müssen Sie sich bitte entscheiden, wer das tückische Leder vor wem Heranbrausenden gerettet hat. Sie schreiben: Fogl II vor Cutti – und hier, wenn ich nicht irre, irrt Schneeberger. Wenn es Fogl II war, dann müßte Schloime Fischer herangebraust sein, – brauste aber Cutti, dann war es Fogl I. Ad referendum.

Hier bricht der Bericht unvermittelt ab.

Die Ehre gewünscht zu wünschen

F. T.

Richard Révy

»Der Österreicher ist so deutsch wie seine Donau blau ist.«

Alfred Polgar

»Denn genau darum handelt es sich: um diese Weite und Aufgeschlossenheit, um diesen unendlich größeren Reichtum an Farben und Skalen, der den Begriff ›österreichisch‹ vor dem Begriff ›deutsch‹ auszeichnet. Und genau das ist es, wogegen wir uns zu wehren haben: daß all diese kulturelle Eigengesichtigkeit, dieser größere Umfang-Reichtum zunichte werden soll vor einer teilweisen Sprach-Gleichheit.«

F. T. an Richard Révy, 12. Januar 1943

Hollywood, 27. Dezember 1942

Lieber Herr Doktor Révy,

ursprünglich wollte ich Ihnen diesen ganzen Brief zum Thema »Österreichisch – Deutsch« zweisprachig schreiben, links in meiner Muttersprache, rechts in der Übersetzung, ungefähr so:

Einen Moment, Herr Doktor.	Augenblick mal, Doktorchen.
Mir ist heute früh tatsächlich von selbst etwas eingefallen, und ich möchte zu unsrer Diskussion vom Samstag abend gerne noch Verschiedenes nachtragen.	Heute morgen fiel mir doch richtig ganz von alleine etwas ein, und da will ich Ihnen bloß ganz rasch noch allerhand zu unsrer Wechselrede von Sonnabend abend sagen.
Ein paar von Ihren Behauptungen waren nämlich nach meiner Meinung ein bißchen riskant.	Einige Behauptungen Ihrerseits waren m. E. denn doch ein wenig gewagt.
Darf ich Sie also um Ihre Aufmerksamkeit bitten.	Mal herhören.

Ungefähr so. Aber dann hätten Sie mich wahrscheinlich einer Verzerrung ins Preußische verdächtigt – nach wie vor ohne einzusehen, daß solche Verzerrung ja *für* mich spricht und nicht gegen mich –, oder mindestens einer subjektiven Attitude (einer parteilichen Haltung). Außerdem will ich ja gar nicht mich selbst ins Treffen führen, sondern mich auf namhafte Zeugnisse berufen, – genau das ist mir ja eingefallen (»fiel mir ein« ist zwar deutsch, aber falsch).

Zum untergeordneten Thema der rein sprachlichen Differenzierung – also daß »deutsch« nicht einmal unbedingt eine einhellige *Sprache* bedeutet (geschweige denn eine einhellige Kultur) – verweise ich auf ein ebenso interessantes wie ahnungsloses Büchlein, betitelt: »Die Theaterstücke der Weltliteratur, ihrem Inhalte nach wiedergegeben«, herausgegeben von Leo Melitz, Oberregisseur am Städtischen Theater zu Basel, Berlin und Leipzig, Wiener'sche Verlagsbuchhandlung, 1893. Dort findet sich folgendes unter B:

> *Berg, O. F.* (recte Ebersberg), geb. 10. Oktober 1833 zu Wien, gest. 16. Januar 1886. Seine Werke fallen in die Blütezeit der neueren Possenliteratur und rmgten David Kalisch zur Schaffung der *norddeutschen* Posse an. Viele Werke Bergs sind in *norddeutscher* Bearbeitung erschienen... Am Bekanntesten wurden... »Wiener Dienstboten« (*norddeutsch* von Kalisch: Berlin wie es weint und lacht), »Der Aktiengreisler« (*norddeutsch* von Kalisch: Der Aktienbudiker), »Die Probirmamsell« (*norddeutsch* von Jakobson) ...

Hier tritt also »norddeutsch« mit Selbstverständlichkeit als Sprachbezeichnung auf, und zwar mit der Selbstverständlichkeit eines gewissenhaften Bibliothekars, der die übliche Schlamperei, statt »deutschsprachig« einfach »deutsch« zu sagen, eben nicht mitmacht. Genau um diese Schlamperei und ihre verwirrenden Folgen handelt es sich aber. Natürlich wirkt es komisch, das Gedicht Werfels als »eines der größten österreichischen Gedichte« zu bezeichnen. »Eines der größten Gedichte in deutscher Sprache« wäre schon nicht mehr komisch. Es wäre bloß schwerfällig, und um dieser Schwerfälligkeit zu steuern, sagt man also: »eines der größten deutschen Gedichte«. Das Steuer aber gleich *so* weit herumzuwerfen, daß aus Werfel ein »deutscher« Dichter wird und aus jedem Menschen deutscher Muttersprache ein Deutscher: das ist ein Totalitätsanspruch, der schon lange vor Hitler unerlaubt war. Er wäre selbst dann unerlaubt, wenn sie alle tatsächlich *ein* Deutsch sprächen.

Nun ist aber der Unterschied zwischen dem Deutsch das in Hamburg und dem Deutsch das in Wien gesprochen wird mindestens so groß wie der Unterschied zwischen flämisch und holländisch oder (hier spreche ich aus eigener Kenntnis) zwischen tschechisch und slowakisch. Der Unterschied an Kultur und Tradition, der sich hinter diesem Sprachunterschied verbirgt, ist sogar viel größer. Sie würden es sich auch sehr überlegen, z.B. einem Antwerpner mitzuteilen, daß er eigentlich ein Holländer sei. Wenn Sie anderseits einem Wiener mitteilen, daß er eigentlich ein Deutscher sei, so liegt eben die Vermutung nahe, daß Sie hiezu von Hitler animiert wurden... (hier tritt eine kurze Pause ein, und der Briefempfänger wird gelabt).

Eine treffliche Formulierung für das, was hier gemeint ist, findet sich bei Grillparzer; er schreibt in seiner Selbstbiographie über die Geschichte der »Sappho« u.a.:

> »Für den Druck des Stückes erhielt ich Anträge von den meisten deutschen Buchhandlungen; ich gab es aber... demselben Wiener Buchhändler, der die Ahnfrau gedruckt hatte... weil es mich verdroß, daß ein *österreichischer Dichter* durchaus eine *fremde, wenn auch deutsche* Protektion nötig haben sollte.«

Fremd, wenn auch deutsch: da haben Sie es in nuce, und daran wollen wir uns halten für und für. Nicht »deutsch, wenn auch fremd«, sondern »fremd, wenn auch deutsch«. Nicht die Gemeinsamkeit der Sprache ist das Übergeordnete, sondern die Fremdheit in allem Andern. Und wenn es eines Beweises bedürfte, daß Grillparzer das nicht etwa »nur so« geschrieben hat, so findet er sich in den Tagebüchern, wo er über seine Begegnung mit de la Motte-Fouqué berichtet und auf dessen Aufforderung, »ein deutsches Lied« zu singen, die Antwort erteilt: »Ich verachte euer deutsches Wesen nicht, aber ich kann es nicht brauchen« (1819). Natürlich kann er es nicht brauchen: weil er eben ein Österreicher ist und kein Deutscher. Und weil er, als Österreicher, vermöge gemeinsamer mediterraner Einflüsse z.B. mit den Griechen viel mehr zu tun hat als mit den Deutschen. Daß er dieser Gemeinsamkeit in deutscher Sprache Ausdruck gibt, schrumpft hier schlechtweg zu einem politischen Zufall herab.

Was nun ferner diesen politischen Zufall betrifft, so habe ich bei Grillparzer nichts gefunden, was auf irgendwelche großdeutsche Sehnsucht schließen ließe oder gar darauf, daß er lieber in Deutschland gelebt hätte als in Österreich, weil es dort »freier« zuginge. Das end- und vollgültige Epigramm:

> »O Gott, laß dich herbei
> Und mach die Deutschen frei,
> Damit endlich das Geschrei
> Danach zu Ende sei!«

spricht eine ebenso deutliche (und zwar österreichische) Sprache, wie die folgende Stelle der Selbstbiographie (die außerdem noch für den klaren und kritischen Blick spricht, den er sich bei alledem wahrt):

> »Abgerechnet die Schönheit der Natur rings um die östreichische Kaiserstadt, ist, wie in Wien zu wenig Bildung, in Berlin zu viel. Nun hat aber die deutsche Bildung das Eigenthümliche, daß sie sich gar zu gern von dem gesunden Urtheile und der natürlichen Empfindung entfernt. Oft habe ich mich in Wien gefreut, wenn mir jemand sagte, er finde Goethe langweilig und Shakespeare roh; nicht als ob ich ihm rechtgegeben hätte, sondern es war mir angenehm, daß ich bei meiner Frage die Antwort nicht schon voraus wußte ... In Deutschland dagegen ... werden die Meinungen der Nation gewalttätig aufgedrungen.«

Das ist ziemlich klar, und trifft ziemlich genau eine Situation, die doch Ihrer Meinung erst 1870 entstanden ist (oder gar vorbereitet wurde). Was werden Sie jetzt aber sagen, wenn ich Ihnen etwas zitiere, was noch weitere 100 Jahre früher geschrieben wurde und den politischen Unterschied zwischen Deutschland und Österreich gleichfalls zugunsten Österreichs entscheidet? Bei Grillparzer ist das ja mehr oder weniger selbstverständlich, – das folgende jedoch stammt aus einem Brief Lessings an Moses Mendelssohn:

> »Wie kann man auch in Berlin gesund sein? Alles, was man da sieht, muß einem ja die Galle ins Geblüt jagen... Lassen Sie doch einmal einen in Berlin versuchen, über andere Dinge so frei zu schreiben, als Sonnenfels in Wien geschrieben hat. Lassen Sie es ihn versuchen, dem vornehmen Hofpöbel so die Wahrheit zu sagen, als dieser ihm gesagt hat. Lassen Sie einen in Berlin auftreten, der für die Rechte der Untertanen, der gegen Aussaugung und Despotismus seine Stimme erheben wollte... und Sie werden bald die Erfahrung haben, welches Land bis auf den heutigen Tag das sklavischeste Land von Europa ist.«

Bis auf den heutigen Tag, Herr Doktor. Und nicht erst seit 1870. Ein mieses Volk, Herr Doktor. (*Nicht* mir jetzt kommen mit der Elite, die das natürlich weiß und auch sagt; dafür ist es ja die Elite.)

Zum Abschluß – und damit Sie, wenn es eines Tags erscheint, es nicht auf unsre Wechselrede von Sonnabend abend zurückführen – möchte ich Ihnen eine Stelle aus dem Manuskript eines Romans* wiedergeben, an dem ich seit drei Jahren arbeite und wohl noch weitere drei Jahre arbeiten werde (diese

* aus dem unveröffentlichten Roman »Auch das war Wien«

Stelle, zusammen mit ein paar ähnlichen feuilletonistischen Einstreuungen, war schon in einem Vorabdruck veröffentlicht, aber ich habe keine Belege mehr). Sie ist eingestreut in die Schilderung eines Besuchs des Helden in der Redaktion einer großen Wiener Tageszeitung:

> Djehre, Djehre, Djehre...
> Dreimal in kurzer Aufeinanderfolge klang es dem Besucher entgegen, kaum daß er das große Verlagsgebäude am Fleischmarkt betreten hatte. »Djehre« sagte der erste Portier aus seiner Loge heraus, »Djehre« aus einer nächsten der eigentliche Redaktions-Portier, und bis zum Treppenansatz begegnete man zuverlässig noch irgendjemand Drittem, der gleichfalls »Djehre« sagte.
>
> In korrektem Schriftdeutsch heißt das: »Ich habe die Ehre«, und müßte ganz vollständig sogar heißen: »Ich habe die Ehre, Sie zu begrüßen.« Es wird jedoch »Djehre« ausgesprochen, und wird viel häufiger ausgesprochen als jene andern Grußformeln, in denen man zum Beispiel das Kompliment macht, oder die Verehrung ausdrückt, oder sich als ergebenster Diener zu bekunden wünscht, – wovon im allgemeinen »Kompliment!«, »Verehrung!« und »Ergebenster!« übrigbleibt.
>
> Doch siehe: weil das ja nicht zwecks Zeitersparnis geschieht, sondern aus Gründen der Bequemlichkeit, der Annehmlichkeit, und zwar der wechselseitigen, – so sind auch diese verkürzten Formen noch immer lang genug, bieten auskömmlichen Spielraum dem Tonfall und der Nuance, laden breiter aus und behaglicher ein als so mancher komplette Gruß, und lassen sich gar nicht vergleichen etwa mit dem zu schnarrigem »Tach!« abgeknappten »Guten Tag«.
>
> Wahrlich, nur finstere Böswilligkeit kann behaupten, daß »Tach!« zur selben Sprache gehört wie »Djehre«.

Nur nackter Unverstand kann übersehen, daß »Djehre« mit Stamm und Leben der gleichen Wurzel entsproß wie »Má ucta« oder »Alá szolgája«: was ja auch keine bloßen Übersetzungen sind, sondern vollkommene Übereinstimmungen. Und nur barbarische Gefühlslosigkeit kann sich der Erkenntnis verschließen, daß es nicht auf »gleichlautend« ankommt sondern auf »gleichbedeutend«.

Es ist ganz einfach ein Aberwitz, aus der papiernen Gleichheit grammatikalischer Grundregeln eine innere, eine Wesens-Gleichheit abzuleiten; auf die äußeren Ähnlichkeiten eines Verständigungs- und Verkehrs-Mittels den monströsen Trugschluß zu bauen, daß Wien eine »deutsche Stadt« sei. Ist etwa Olmütz, weil dort die Straßenbahn annähernd so blau lackiert ist wie in Zürich, eine schweizerische Stadt? Was heißt da »deutsch«, und was heißt da überhaupt »Sprache«? Prag oder Budapest sind viel österreichischer, als Wien jemals deutsch sein kann, Brünn oder Agram haben mit Wien viel mehr Gemeinsames als Graz mit Leipzig. Welch teuflische Mißdeutung ist hier am Werk! Und welch verhängnisvolle Schlamperei hat verabsäumt, rechtzeitig und wenn es denn schon sein muß den Begriff einer »österreichischen Sprache« zu lancieren! Er wäre – da doch auch ein Begriff wie »nordische Rasse« unleugbar seinen Weg gemacht hat – allenthalben freudig begrüßt worden; in Österreich und vor allem in Wien zweifellos mit »Djehre«...

Mit diesem Djehre, Herr Doktor; und indem ich mich standhaft weigere, mit Wagner annähernd so viel zu tun zu haben wie mit Mozart oder Schubert; mit Paul Lincke annähernd so viel wie mit Johann Strauß; mit Schiller annähernd so viel wie mit Grillparzer, mit Hebbel annähernd so viel wie mit Raimund oder Nestroy, mit Fontane annähernd so viel wie mit Schnitzler und, last not least, mit »Ochsenfleisch mit Meerrettich« annähernd so viel wie mit »Rindfleisch mit Essigkren« –: verbleibe ich Ew. Liebden wolaffectionirter

Friedrich Torberg

zu Wien geboren; herstammend von Böhmen väterlicherseits, von Ungarn mütterlicherseits; ein Israeliter obendrein; in deutscher Sprache schreibend zwar, doch ganz gewiß kein Deutscher.

Westwood Hills, 28. Dezember 1942

Lieber Freund Torberg,

Djehre und G'schamsterdiener. Das ist ein Brief an einen Freund, kein Manifest.

Mit dem ehrlichen Vergnügen eines Austrian Citizen in USA, der plötzlich »sehr etwas Österreichisches« vor Augen hat, habe ich Ihren streitbaren Brief vom 27. Dezember gelesen.

Ich halte es nicht für möglich, daß ein Sterblicher im Stande ist den blutigen Schmutzfink von Braunau mehr zu verachten und zu hassen, als ich es tue; ein gesunder natürlicher Haß, der aus dem Verstand, aus dem Gemüt und aus dem Instinct kommt. Ich springe in den Mittelpunkt der Discussion, wenn ich bedauernd feststelle, daß von sagen wir zwanzig Eigenschaften, aus denen der Braunauer zusammengekötert ist, wenigstens zwölf typisch österreichisch sind. Man lese »Mein Kampf«, ein Buch, das seinen ersten Platz – nicht in der Weltliteratur, aber in dem Weltmülleimer menschlicher Gemeinheit – immer behaupten wird. Spricht das gegen Österreich? Ein bißchen vielleicht. Ich liebe Österreich trotzdem.

Worte wie französisch, englisch, deutsch, chinesisch versuchen einen Begriff abzugrenzen, dessen Grenzen nicht mit der Reißfeder zu ziehen sind. Aber es sind gute nützliche Worte der Verständigung und mehr: Worte, die nicht nur etwas abgrenzen, sondern Worte die etwas *bedeuten*. Das Wort »deutsch« ist so viel älter und so viel umfangreicher als das Wort »österreichisch«! Das Wort »österreichisch« ist eine Provinz des Wortes »deutsch«, aus dessen »Ost« und »Reich« es erwachsen ist. Ich liebe mit Ihnen diese Provinz mehr als die Provinz Hamburg, oder die Provinz Bayern-München; mehr als Weimar. Aber es wäre »provinziell« in einer *fatalen* Bedeutung, wenn ich dieses mit tausend Fäden dem Sammelbegriff »deutsch« verbundene Ostarichi als an und für sich *gegensätzlich* oder nur »fremd« zu »deutsch« bezeichnen würde. Provinziell. Gemütvoll, aber eng wie die Thermopylen.

Sprache – o Dichter Torberg! – ist kein politischer Zufall. Muttersprache ist nicht etwas das wir lernen, sondern etwas das wie die Milch der mütterlichen Brust unseren Organismus aufbaut, unsere Seele und unser Gehirn entscheidend *bildet*. Davon kann man sich nicht lösen. Laß Adolf den Unflat in Marseille oder Ankara aufwachsen und er wird vielleicht ein ebenso großer, aber sicher ein völlig *anderer* Schweinekerl sein, *grundanders*.

Franz Werfel ist ein *deutscher Dichter*, Gott sei Dank! Genau so wie Heinrich Heine ein deutscher Dichter ist.

Wenn Sie glauben, daß Sie die »Norddeutschen« Kant und Schopenhauer *nicht* verehren, dann irren Sie sich. Sie verehren und lieben beide; und Lessing und Lichtenberg, Dürer, Grünewald und die ganze Glorie.

Gottfried Keller preist den Ort am geliebten Rhein, wo er »Schweizer darf und Deutscher sein«, der alte herrliche Knabe wußte was er damit meinte.

Im Jahre 1842 schreibt Grillparzer nieder: »Ich bin froh ein Deutscher zu sein.« Das hindert ihn natürlich nicht, sich immer als Österreicher zu fühlen. Es sind eben zwei konzentrische Kreise, und »deutsch« ist der größere Kreis. Grillparzer, obwohl Beamter, hat den gelassenen Mut im Stammvater des Hauses Habsburg den *Deutschen* zu verherrlichen. Kaiser Rudolf: »In diesen Adern rollet Deutschlands Blut / und Deutschlands Pulsschlag klopft in diesem Herzen.« (Ottokar, 3. Act)

Und Grillparzer hat einen Dienstplatz beim Kaiser von Österreich – heikel!

Aber: da ist eine sehr häßliche Stelle in dem Tagebuch der Reise nach Griechenland, wo unser lieber Franzl die Reisegesellschaft auf dem Donau-Dampfschiff beschreibt: »... ein einäugiger Berliner, wol gar ein Jude, ohne jedoch die doppelte Berechtigung unangenehm zu sein, zu benützen.«

Hören Sie dieses »wol gar«? Das klänge dem Braunauer Tapezierer köstlich in den Ohren. Bei Schiller finden Sie so etwas nicht.

Ich habe beobachtet, daß viele gute Europäer durch die Nazi-Pest eine partielle Beschädigung am Hirn erlitten, sofern es um den Begriff »deutsch« geht. Verständlich, aber unrichtig. Amicus Plato (= Torberg, in diesem Fall der Fälle) magis amicus veritas.

Es ist barer Unsinn wenn der lebhafte Ludwig Marcuse, der sich gründlich mit Wagner beschäftigt hat und der viel Interessantes darüber sagt, Wagner ohneweiters als »Hitler-Vorläufer« bezeichnet. Wagner, der gewaltig begabte, feuergeistige Erz-*Schauspieler* ist ein complicierter Problem.

Die forsche Simplification von complicierten Problemen ist als Methode Hitlerisch. Weil Torquemada sich einen Christen nennt, ist Christus kein Vorläufer der Inquisition; und wenn Hitler für Wagner schwärmt, ist Wagner noch lange kein Nazi. Und die Identität der Nazis mit dem Begriff »deutsch« – ein Begriff, der zwanzig Jahrhunderte umfaßt – zu behaupten, ist objectiv unhaltbar, und ist practisch nur ein Gewinn für Hitler, der im Trüben solcher schiefen Feststellungen zu fischen gewohnt ist.

Es ist aber richtig, daß kein Volk so *disponiert* ist für Hitlerismus als das deutsche; und daß der Köter Hitler großenteils ein *typischer* Österreicher ist, macht diese Feststellung noch bitterer.

Ich schreibe hier einen Brief an einen Freund. Bitte lesen Sie meine rasch hingesetzten Worte mit dem guten Willen, meine Meinung zu verstehen.

Daß Hitlers Denkweise *mich* zu irgendetwas »animieren« könnte, ist eine »Vermutung« die des Vermutenden Urteilsschärfe nicht gerade ehrt. O Torberg! Freunde, nicht diese Töne – sagt der deutsche Großmusiker Beethoven. Über solche »Vermutungen« kann ich nicht discutieren. Der Torberg hat homerisch geschlafen, als er diese Zeile auf das Papier fingerte.

Dieser Brief soll nicht Meinungsverschiedenheiten betonen, sondern die Gemeinsamkeit der Gesinnung, aus der unserer beider Meinungen kommen, bestätigen und befestigen. In Freundschaft

Ihr
Richard Révy

Hollywood, 12. Januar 1943

F. T. AMICO SUO DOCTORIQUE R. R. SALVE!

Dies aus zweierlei Gründen: erstens um schon durch die Anrede zu dokumentieren, daß ich in einer alten Römersiedlung

geboren bin und daß ich mit den nachmaligen »Deutschen« auch *diesen* Teil meines kulturellen Pedigrees nicht gemeinsam habe; zum zweiten aber behufs Klarstellung und Unterstreichung der AMICITIA aus der dieser unser Briefwechsel entstanden ist und in deren Geist und Sinn er forgeführt werden möge wie der Sand am Meer.

Einige Zeilen Ihres sehr Geehrten nämlich schienen mir auf eine bedrohliche Weise anzudeuten, daß Sie dieses Geistes und Sinnes nicht ganz so sicher wären, indem Sie z.B. an einer Stelle meinen guten Willen anzweifeln, Sie zu verstehen, an einer andern ausdrücklich konstatieren, daß Ihr Brief »ein Brief an einen Freund, kein Manifest« sei, und an einer dritten allen Ernstes vermuten, ich hätte allen Ernstes vermutet, daß Hitler Sie zu irgendwelchen Gedankengängen animiert hätte (wo ich doch durch die in Klammern angefügte Regie-Bemerkung: »An dieser Stelle muß der Adressat gelabt werden« vollkommen deutlich gemacht haben wollte, daß es sich hier um einen »Scherz« resp. »Spaß« handelte).

Nein, mein Herr: so einfach, daß Sie meiner Polemik einen unfreundschaftlichen Geist unterschieben – so einfach dürfen Sie sich's nicht machen... Und nun zu Ihrem Brief, den ich tunlichst in einer der Reihenfolge des dortamts erhobenen rücksichtlich entsprechenden Weise antwortlich behandeln werde, gez. Gasselseder m. p., Steuer-Revisor.

Ich zitiere:

> »...daß von sagen wir zwanzig Eigenschaften (des Braunauers) wenigstens zwölf typisch österreichisch sind...«

Wenn dem so ist – und ich wäre der letzte, die Existenz »typisch österreichischer Eigenschaften« zu bestreiten, jedoch ganz gewiß nicht der erste, den Braunauer als »typischen Österreicher« zu empfinden – wenn dem so ist: scheint es Ihnen dann nicht noch viel typischer, daß ein typischer Österreicher nach Deutschland gehen muß, um dort Erfolg zu haben, und zwar einen typisch deutschen Erfolg? Und scheint Ihnen nicht auch das, zum guten Schluß, eher ein Beweis da*für*, daß zwischen »österreichisch« und »deutsch« ein Unterschied besteht, zu dessen selbst scheinbarer Überbrückung es eines so perversen Ausnahmefalls bedarf? Besagt es Ihnen nichts, daß alle in Österreich entstandenen Vorläufer der Hitler-Bewegung (und nicht nur die unmittelbaren wie Jung und Krebs*, die, ebenso wie Hitler selbst, lieber gleich nach Deutschland gingen) – daß sie alle groß-deutsch waren und nicht nur nicht groß-österreichisch, sondern ganz programmatisch *anti*-österreichisch? Weil sie den Unterschied zwischen »deutsch« und »österreichisch« eben sehr genau spürten, und weil sie sehr genau wußten, daß sie mit dieser Ideologie in Österreich, auch unter den deutsch sprechenden Österreichern, nichts aufstecken würden, sondern zum Erfolg eben den massiven Rückhalt eines verpreußten Sklavenvolks brauchten (was eigentlich ein Pleonasmus ist).

Zu dieser groß-deutschen und anti-österreichischen Tendenz sahen all diese Schönerer und Wolf** sich gehalten, *obwohl* sie es historisch leichter gehabt hätten, eine *groß-österreichische* Bewegung zu lancieren. Und damit bin ich bei einer andern, sehr verwirrenden Bemerkung, die ich des klareren Augenscheins halber wörtlich aus Ihrem Brief zitiere:

> »Das Wort ›deutsch‹ ist so viel älter und so viel umfangreicher als das Wort ›österreichisch‹! Das Wort ›österreichisch‹ ist eine Provinz des Wortes ›deutsch‹, aus dessen ›Ost‹ und ›Reich‹ es erwachsen ist…«

Das könnt Ihnen so passen! würde ich ausrufen, wenn Sie mich nicht durch den Vorwurf mangelnder Freundschaft der

*Rudolf Jung und Hans Krebs, Mitglieder der 1904 gegründeten »Deutschen Arbeiterpartei«

**Georg Ritter von Schönerer, Gründer und Führer der »Deutschnationalen Partei« in Österreich; Karl Hermann Wolf, Gründer der »Deutschradikalen« (einer Splitterpartei der Deutschnationalen)

gestalt verschüchtert hätten, daß mir das Jüdeln vergangen ist. Also rufe ich lediglich »Erratum« aus (wie das mein früherer Hausherr Marc Aurel getan hätte), und stelle fest, daß hier zumindest eine verhängnisvolle Unklarheit vorliegt, die dringend der Aufklärung bedarf. Nämlich:

Ob das Wort »deutsch« tatsächlich um so viel älter ist als das Wort »österreichisch«, kann ich im Augenblick nicht kontrollieren, gebe es aber schon deshalb mit Freuden zu, weil es ja nur *in einer einzigen Bedeutung* älter ist und älter sein kann: als *Sprach-Bezeichnung*. Und zwar wurde mit »tiutsch« (von »theodiscus«) eine Sprachfamilie bezeichnet, der u.a. das Gothische, das Altnordische, das Angelsächsische und das Isländische angehörten. Ein gelehrter Freund verwies mich auf Richard Spechts »Geschichte der deutschen Sprache«, in der ein angelsächsischer Mönch namens Strabo noch im 9. Jahrhundert nachhause berichtet, daß die von ihm besuchten Westgothen »lingua nostra, id est lingua theodisca« sprächen.

Wir wissen, wie das mit dieser Sprach-Familie weitergegangen ist, welche Zweige abstarben, und welche sich zu eigenen Sprachen entwickelten. Eine davon ist die deutsche. Und in *dieser* Bedeutung ist »deutsch« nicht nur »älter« als »österreichisch«, sondern es braucht sich auf irgendwelche Vergleiche überhaupt nicht einzulassen: indem es ja eine »österreichische Sprache« nicht gibt und das Vorhandensein einer solchen von mir auch nicht behauptet wurde.

Was ich behaupte ist, daß die Österreicher bloß deshalb, weil sie *auch* deutsch reden, noch nicht dasselbe Volk sind wie die Deutschen – genau so wenig, wie die Westgothen damals dasselbe Volk gewesen sind wie die Angelsachsen, obwohl sie »lingua nostra« gesprochen haben. *Nur* dann aber, wenn ich das Vorhandensein einer österreichischen Sprache behauptet hätte, wäre Ihrer oben zitierten Feststellung der Gehalt eines

Arguments zugekommen, und dann erst recht wäre ihm dieser Gehalt wieder verloren gegangen, weil Sie zum »älter« noch das »umfangreicher« hinzufügen.

Genau das ist es nämlich *nicht*, und wenn ich nicht befürchten müßte, Sie abermals zu verstimmen, so begänne ich aus homerischem Schlaf heraus zu vermuten, daß Sie sich bei der Wahl gerade des Wortes »umfangreich« von derzeitigen geographischen und machtpolitischen Verhältnissen beeinflussen ließen. Denn wenn von diesen beiden Bezeichnungen eine die umfangreichere ist, dann ganz gewiß die Bezeichnung »österreichisch«, die keineswegs eine »Provinz« des Wortes »deutsch« ist, aus dessen »Ost« und »Reich« erwachsen (was schon sprachlich nicht ganz klar erscheint) – : sondern Ostarichi, das Ostreich, die Ost-Mark, war ein Teil (nicht eine »Provinz«) des Fränkischen Reichs (nicht »Deutschlands«), und die damaligen Ostreicher hätten es sich ganz genau so energisch verbeten, als »Deutsche« bezeichnet zu werden, wie es die heutigen tun, und wie es damals die gleichfalls zum Fränkischen Reich gehörigen Basken oder Burgunder getan hätten.

Sie waren nämlich, diese Ostreicher, auch damals schon unverkennbar lateinisch beeinflußt und noch unverkennbarer slawisch (unter den ersten Babenbergern wurde dort viel mehr slawisch gesprochen als tiutsch), und sie besaßen genug historische Klarsicht um zu wissen, daß sie, die Ostreicher, bereits ein Volk waren als man mit »deutsch« lediglich eine Sprache bezeichnete, und daß erst beträchtlich später, zu Ende des 9. Jahrhunderts, auch von einem »deutschen Volk« gesprochen wurde (dem sie *nicht* angehörten). Sie wußten, kurzum – und ich bitte, das nicht *mir* als Gehässigkeit auszulegen sondern der Geschichte – sie wußten, daß das Wort »österreichisch« viel älter und umfangreicher ist als das Wort »deutsch« (als *Volks*-Bezeichnung, versteht sich: denn die Existenz einer »österreichischen Sprache« haben auch sie, in weiser Vorahnung späterer Polemiken, nie behauptet).

Ebenso unzweifelhaft also, wie in sprachlicher Hinsicht der Begriff »deutsch« nicht etwa bloß der »ältere« und »umfangreichere« ist, sondern schlechthin der einzig existente, ebenso unzweifelhaft ist in jeder andern Hinsicht der Begriff »österreichisch« der übergeordnete, – eine historische Tatsache, die nun wahrlich in jedem Geschichtsbuch nachgelesen werden kann; auf die noch Thomas Mann in seinem Buch »Vom künftigen Sieg der Demokratie« im Zusammenhang mit dem von Hitler getriebenen Mißbrauch des »Anschluß«-Gedankens hinweist; und deren realpolitische Basis fast bis in unsre Tage hereingereicht hat: indem nämlich erst ein Herrscher, unter dessen glorreicher Regierung wir beide noch gelebt haben, Franz Joseph I., davon Abstand nahm, Deutschland als eine österreichische Provinz zu betrachten, nach dem verunglückten Krieg gegen eben jenes Preußen, dessen Machtanstieg das Unglück der Welt bedeutet hat – was ein paar Leute schon lange vor dem kulminierenden Hitler wußten, der Prinz Eugen z.B. (ein Savoyarde zwar, aber ein Österreicher wie wenige): »Die Canaillen von Ministern«, schrieb er, »welche die Erhebung des Kurfürsten von Brandenburg zum König von Preußen zugelassen haben, gehören gehenkt«.

Item und abschließend: die Auffassung, daß Österreich eine östliche Provinz Deutschlands wäre (vielleicht so wie Westphalen eine westliche), ist historisch vollkommen unhaltbar, und ich muß Sie bitten, von den tausend Fäden, mit denen Sie dieses Österreich »dem Sammelbegriff deutsch« verbunden wissen wollen, mir mindestens fünfhundert zwecks Verbindung mit slawischen, romanischen und mediterranen Sammelbegriffen zu bewilligen.

Denn genau darum handelt es sich: um diese Weite und Aufgeschlossenheit, um diesen unendlich größeren Reichtum an Farben und Skalen, der den Begriff »österreichisch« vor dem Begriff »deutsch« auszeichnet. Und genau das ist es, wogegen wir uns zu wehren haben: daß all diese kulturelle Eigengesichtigkeit, dieser größere Umfang-Reichtum zunichte werden soll vor einer teilweisen Sprach-Gleichheit. Wenn Sie das nicht wahrhaben wollen oder es gar für eine »partielle Beschädigung am Hirn« halten, so gehen Sie, fürchte ich, in Ihrem Bestreben, sich von Hitler nicht irritieren zu lassen, doch etwas zu weit. Denn solche Expansion in der Deutung des Begriffes »deutsch« *ist* Hitler, *ist* Pangermanismus, *ist* eine Kultur-Barbarei.

Und wenn Sie mein obstinates Festhalten an dem Begriff einer übernationalen, österreichischen Kultur als eng und provinziell bezeichnen und sich auf den Standpunkt stellen, daß alles, was deutsch spricht, auch deutsch sei, so weiß ich nicht, wer von uns beiden sich da in die Thermopylen begeben hat. Sprache *ist* ein politischer Zufall, ich beharre darauf; ja es gibt Sprachen, die ihre Entstehung überhaupt nur politischen Zufällen zu verdanken haben. *Mutter*sprache freilich ist und bedeutet etwas andres. Es stimmt schon: man kann sich seine Muttersprache so wenig aussuchen, wie man sich seine Mutter aussuchen kann. Und beide, so Muttersprache wie Mutter, üben organisch mannigfachen Einfluß auf das, was später aus einem wird. Aber es wäre ein kultureller Ödipuskomplex, wenn man sich deshalb, weil man deutsche Muttersprache hat, auch schon als Deutscher fühlen müßte – ohne es im übrigen zu sein.

Grillparzer und Raimund, Hofmannsthal und Werfel ganz einfach als »deutsche Dichter« zu bezeichnen, ist nur solange angängig, als man diese offenkundige Lässigkeit der Ausdrucksweise zu keinen unerlaubten kulturpolitischen Amplifikationen ausnützt und sich darüber klar bleibt, daß »deutsch« hier in seiner *ursprünglichen* Bedeutung verwendet wird, nämlich als Sprachbezeichnung, *nichts* weiter. Denn in *allem* weitern sind es dann österreichische Dichter, die deutsch schreiben.

Gewiß liebe und verehre ich die »Norddeutschen« Kant und Schopenhauer, Lessing und Lichtenberg »und die ganze Glorie« – aber ich liebe sie doch gewiß nicht deshalb, *weil* sie

Norddeutsche sind. Nota bene: auch nicht, obwohl sie Norddeutsche sind. Sondern ich liebe und verehre sie jenseits und unabhängig von ihrer Provenienz, nicht anders als den Engländer Shakespeare oder den Italiener Dante, nicht anders als den Franzosen Flaubert oder den Russen Dostojewski, und nicht anders als jenen größten Deutschen, Goethe, den ein andrer großer Deutscher, Nietzsche, einen »Zwischenfall ohne Folgen« nannte. Und damit hat er wahrlich ins Schwarze getroffen.

Lieber und verehrter Doktor Révy, es ist mittlerweile wieder ein artiger Batzen Zeit von der Ewigkeit verschluckt worden, und mein Brief würde in alle diese nicht fertigwerden, wenn ich jetzt nicht bald Schluß mache. Ich hätte noch vieles zu sagen – zu Heine beispielsweise, der kein guter Präzedenzfall ist, oder wenn, dann einer für mich: weil er in allem, was er schreibt, so unverkennbar ein Jude ist wie Grillparzer ein Österreicher (aus dem Sie mir, halten zu Gnaden, doch wirklich keinen Großdeutschen machen dürfen, was immer er den Kaiser Rudolf oder sonstwen auf jambisch sagen läßt; denn Grillparzers ganzes Oeuvre ist zum Schluß nur die Abwandlung eines seiner lapidarsten Epigramme: »Deutschland ist weniger, als es meint – Österreich ist mehr, als es scheint«).

Nur auf eine, wie ich glaube unhaltbare Argumentation in Ihrem Brief möchte ich noch ganz kurz reagieren. Sie schreiben:

> »Weil Torquemada sich einen Christen nennt, ist Christus kein Vorläufer der Inquisition; und wenn Hitler für Wagner schwärmt, ist Wagner noch lange kein Nazi.«

Nun wäre ja der Gedanke, daß Christus ein Vorläufer Torquemadas sei, für mich als Juden nicht a priori und unbedingt ein blasphemischer Keulenschlag. Ich bin trotzdem weit entfernt von solcher Denkweise, und halte sogar die unleugbare

Tatsache, daß Torquemada ohne Christus nicht möglich gewesen wäre, für irrelevant. Mir scheint da etwas andres entscheidend. Nämlich ist es unvorstellbar, daß Torquemada die Billigung und den Beifall Christi fände.

Hingegen ist es nicht nur vorstellbar, sondern es bestehen verdammt viele Anhaltspunkte dafür, daß Hitler die Billigung und den Beifall Wagners fände, daß also hier eine reziproke Schwärmerei vorliegt, eine Ähnlichkeit in der Wesensart, – und ich kann es keineswegs als eine »unerlaubte Simplifikation« empfinden, das auch zu sagen.

Eine solche Simplifikation ist es viel eher, die Nazi als »eine zwanzig Jahre alte Schmutzbande« zu bezeichnen und Deutschlands organisch schuldhaften Anteil an Hitler auf die Nachkriegszeit zu begrenzen. Deutschlands Schuld an Hitler ist viel älter – wenn auch nicht ganz so alt wie der Begriff »österreichisch«; den ich selbst dann als einen köstlichen und unverwechselbaren Eigenwert hochhielte, wenn der Begriff »deutsch« gänzlich schlackenrein und unproblematisch wäre.

Submissest

Ihr F. T.

Hollywood, 22. September 1943

Herr Doktor – ich hab schon wieder was für Sie. Aber *nicht* wieder bössein, bitte.

Also der Fritz Mauthner ist Ihnen doch sicherlich ein Begriff (»Zur Kritik der Sprache« und vieles andre, Philosophisches und Philologisches). Und mindestens dem Titel nach kennen Sie auch seine Parodien-Sammlung »Nach berühmten Mustern« – übrigens die ersten deutschen Parodien, die diesen Titel wirklich verdienen. Und da kommt also ein (damals offenbar sehr namhafter) Geschichtsforscher vor, und der hält einen Vortrag, und da heißt es:

»Die Deutschen sind nicht chauvinistisch. Sie begnügen sich mit dem Bewußtsein, daß sie das schönste, stärkste, gesündeste, tapferste, gelehrteste, mildeste, gerechteste, begabteste, mächtigste, größte und erhabenste Volk unserer Erde sind, und daß sie verdienen, überhaupt das einzige Volk zu sein... Wenn erst auf dem Nordpol eine feste Station deutscher Panzerschiffe den Handel der Nordseevölker beherrscht und magnetische Untersuchungen deutscher Professoren vor störenden Eingriffen ausländischen Ehrgeizes schützt, wenn erst die Grenzen deutscher Macht hinweg über die schwarze Haut, die weißen Zähne und das rote Blut des Negers bis an den Südpol reichen, wenn erst deutsche Wissenschaft den Hering zwingen wird, nur in deutschen Gewässern zu laichen, den Büffel, nur auf deutschen Prairien zu grasen, die Trauben, nur unter der deutschen Sonne zu reifen, wenn erst der Regenbogen seine unlogisch und bunt schillernden Farben auf dem Altar der Vaterlandsliebe opfern und schwarz-weiß-rot auf seinen fabelhaften Schüsseln von deutschem Golde stehen wird, dann werde ich dem Germanen ein befriedigtes ›Genug!‹ zurufen und der Germane wird mir antworten: ›Es sei!‹ Denn der Germane ist nicht chauvinistisch...«

Erscheinungsjahr: 1878.

Lassen Sie sich von der Tatsache, daß es außerdem auch etwas beweist, die Freude am Spaß nicht vergällen!

Ew. Deutschlaucht Submissester:

F. T.

Westwood Hills, 30. September 1943

Lieber Friedrich Donnerberg:

Dem alten Gewittergott verschworen, schleudern Sie ergötzliche Blitze auf das Haupt der Deutschen. Blitze zerschmettern nicht nur, sie bringen auch Licht. Darum Dank für die mir freundlich übersandte Mauthner-Quotation, die ihren besonderen Reiz empfängt durch die Jahreszahl 1878. O du vorschauender Fritz!

Ich muß gestehen, daß mir Mauthner kein Begriff ist; gute Feuilletons in der »Neuen Freien Presse« sind meine ganze (etwas nebelhafte) Erinnerung.

Aber es gibt ja viele andere, auch ganz wackere deutsche Autoren zu diesem Thema:

Goethe:

> »...aber wenn man die Unredlichkeit der Deutschen in ihrer ganzen Größe kennen lernen will, muß man sich mit der deutschen Literatur bekannt machen.«
> (Gespräch mit Schopenhauer)

Nietzsche:

> »Es kostet mich keine Mühe ein guter Europäer zu sein. Andererseits bin ich vielleicht mehr deutsch als jetzige Deutsche, bloße Reichsdeutsche es noch zu sein vermöchten – ich der letzte antipolitische Deutsche. Und doch waren meine Vorfahren polnische Edelleute: ich habe von daher viele Rassen Instinkte im Leibe... Aber meine Großmutter hieß Erdmuthe Krause.«

> »So weit Deutschland reicht, verdirbt es die Kultur.«

> »So wie ich bin, in meinen tiefsten Instinkten allem was deutsch ist, fremd, so daß schon die Nähe eines Deutschen meine Verdauung verzögert.«

»Was ich Wagnern nie vergeben habe... daß er reichsdeutsch wurde.«

»Ich nenne Wagner den großen Wohltäter meines Lebens... und so gewiß Wagner unter Deutschen bloß ein Mißverständnis ist, so gewiß bin ichs und werde es immer sein.«

Ich glaube doch, »deutsch« ist ein zu komplexer Begriff, um von Mauthnern beweiskräftig zur Strecke gebracht zu werden. Wäre es nicht helfend, wenn Sie das, was Sie als »deutsch« hassen, verachten, bekämpfen einfach »reichsdeutsch« nennen wollten? Das träfe doch einen großen Teil Ihres, unseres Problems. Nietzsche deutet in diese Richtung.

Und so grüßt Sie der Balkangeborene Österreicher R. R. der mit dankbarem Gemüte auf dem Wege ist ein amerikanischer Bürger zu werden, der aber ein fünfkontinentales Bürgerrecht jedem anderen vorzöge und der dieselbe Muttersprache wie Sie schreibt und spricht und liebt: Deutsch.

Ihr Richard Révy

Hollywood, 3. Oktober 1943

Mein Herr,

ich kann nicht anders als Ihnen ausdrücklich mitteilen, daß Sie der charmanteste und zuverlässigste Diskussions-Partner sind, den man sich wünschen kann, – besonders einer Diskussion, die so garantiert zur Endlosigkeit verurteilt ist wie die unsre. Daß Sie mir jetzt gar noch mit deutschfeindlichen Zitaten deutscher Autoren unter die wild fuchtelnden Arme greifen wollen, ist ein Edelmut, den ich kaum noch akzeptieren kann.

Im übrigen verweise ich hiezu auf den »Deutschenspiegel«, erschienen 1936 bei Oprecht in der deutschen Stadt Zürich; er enthielt einige hundert Seiten solcher Zitate: die selbstverständlich nichts beweisen, weil selbstverständlich jede Elite die Defekte des Materials durchschaut, dessen Elite sie ist. So daß, wer über die Deutschen Bescheid wissen will, nicht Goethe und Nietzsche lesen soll (auch nicht das, was Goethe und Nietzsche gegen die Deutschen sagen), sondern jene deutschen Autoren, die sich *un*freiwillig entlarven – also z.B. die mittelklassige deutsche Lyrik der letzten hundertfünfzig Jahre, die »Preußischen Barden«, denen ein Ihnen bekannter zeitgenössischer Autor* das folgende Epigramm gewidmet hat:

> Von Wildenbruch und Dingelstedt will ich euch Kunde geben,
> Von Stolberg, Strachwitz, Schenkendorf, Fouqué und Fallersleben,
> Von Arndt und all dem heldischen, freiherrlichen Gelichter –
> Der Gott, der Preußen wachsen ließ, der wollte keine Dichter.

Und damit wären wir ja wohl beim Kernpunkt, nämlich bei der »Verpreußung« Deutschlands – die nur eben schon so weit vorgeschritten und von Deutschland so willig und geradezu gierig akzeptiert wurde – bis hinein in ihre grausige Übergipfelung durch den Nazismus –: daß die feinen Unterscheidungen zwischen »deutsch«, »reichsdeutsch«, »groß-

*nämlich F. T.

deutsch«, »preußisch« usw. sich auf den brutalen Tatbestand nicht länger applizieren lassen. Man kann lediglich versuchen, die von der Verpreußung nicht erfaßten Kultur-Bestände in einer möglichst deutlichen Selbständigkeit (und notfalls Opposition) zu erhalten. Mit genau diesem Versuche bin ich ebenso hartnäckig befaßt, wie Sie ihn sabotieren.

Mauthnern, im übrigen, dürfen Sie nicht nach Feuilletons in der »Neuen Freien Presse« beurteilen oder einreihen – er stand um einige Stufen höher als selbst die höchste, etwa durch Kürnberger oder Daniel Spitzer repräsentierte Feuilleton-Stufe, hat außer der schon erwähnten »Kritik der Sprache« ein sehr bedeutendes Werk über den »Atheismus und seine Geschichte im Abendlande« geschrieben, und galt um die Jahrhundertwende als einer der namhaftesten Erkenntnis-Theoretiker Deutschlands.

Er hat also Anspruch darauf, daß man auch den Späßen, bei denen er sich erholt hat, Gewicht und Hintergrund zuerkennt. Das Erscheinungsjahr 1878 war mir deshalb so wichtig, weil es ihn eben *nicht* als »vorschauend«, sondern durchaus als zeitgebunden manifestiert – weil die von mir zitierte Parodie eben *nicht* die Ausgeburt einer Zukunfts-Phantasie war, sondern weil sie den *damaligen* deutschen Geisteszustand widerspiegelte – wenige Jahre nach einem *gewonnenen* Krieg... Sagt Ihnen das wirklich gar nichts, daß deutsche Professoren nach einem gewonnenen Krieg genau so gesprochen haben wie die Nazi nach einem verlorenen?

Hoffentlich nicht – denn sonst wäre die Diskussion zu Ende und ich käme um das ehrenvolle Vergnügen, mit dem Repräsentanten eines nicht vorhandenen Edeldeutschtums um den Bart eines nicht vorhandenen Kaisers zu streiten.

Es lebe das fünfkontinentale Bürgerrecht! (Selbstverständlich unter Ausschluß der Deutschen...)

Ihr Torberg

Victor von Kahler

»Was Sie meine ›österreichischen Gefühle‹ nennen, und wofür ich die Bezeichnung ›österreichische Sehnsucht‹ vorzöge – das habe ich und hege ich ja nicht *obwohl* sondern *weil* es vorbei ist, *weil* es sich da um eine *garantiert unerfüllbare* Sehnsucht handelt, um eine garantiert nie wieder realisierbare Konzeption. Und das ist ein Haupttreffer. Denn siehe die Beulen, damit mein Schädel bedeckt ist, als er anrannte wider die realen Mauern meiner republikanischen, demokratischen, sozialistischen, kommunistischen, zionistischen Wunschträume. *Da*vor ist meine österreichische Sehnsucht gefeit – und Sie werden zugeben, daß das das weitaus Beste ist, was einer Sehnsucht passieren kann.«

F. T. an Victor von Kahler, 16. März 1944

Hollywood, 12. Januar 1944

Ew. Lieben und Liebden,
Ew. Träger einer ausgelöschten Kultur,
Ew. Boten einer bessern Welt!

Solchermaßen den Kontakt mit dem Publikum hergestellt habend, lande ich sofort einen meiner trockenen, linken Schwinger, und zwar wider das Ihrige, Herr Kahler, Hebräisch. Im Zusammenhang mit der an Werfel berichteten Anekdote stellen Sie fest, daß »Ich weiß es nicht« auf Hebräisch »ejnenu jejdaja« heißt. *Ich* stelle demgegenüber fest, daß »Ich weiß es nicht« auf Hebräisch *nicht* »ejnenu jejdaja« heißt – und zwar vor allem deshalb nicht, weil das *»nu«* am Ende unter allen Umständen einen Plural ausdrückt – Elauhe*nu: unser* Gott; Owi*nu* Malke*nu: Unser* Vater *unser* König; indessen die Singular-Endung, alles in der 1. Person, ein »i« ist – El*i: mein* Gott; Lecho daud*i* likras kallo: Komm, *mein* Freund, der Braut entgegen; Solacht*i* (die Kehrzeile einer der schönsten Jom Kippur-Melodien): *Ich* habe vergeben; oder wenn Sie sich an Reb Jonas zu erinnern belieben, der, aus dem Walfisch-Magen gerettet, auf alle Fragen seiner Retter nur die eine Antwort hatte: Iwri onauch*i* – ein Hebräer bin ich.

Was Sie wiederum, wenn Ihre Assoziations-Maschinerie richtig funktioniert, an den Mendel Singer erinnern müßte und an seinen Bericht über seine Audienz bei Franz Joseph: »...und es war so ein großer Saal... und wohin man geschaut hat alles Gold und Purpur... und da ist gestanden der Montenuovo mit seine roten Lampassen... und da ist gestanden Seine Erhabene Apostolische Majestät... mit dem Goldenen Vlies um den Hals... und da hab ich nicht gewußt was ich machen soll und bin auf die Knie gefallen und hab gesagt: Majestät – ich bin ein Jud!«

Zum Abschluß unserer Sendung stellen wir der Ordnung halber fest, daß »Ich weiß es nicht« auf Hebräisch »Ejneni jodea« heißt, ich *kann's* Ihnen nicht billiger machen, es hat mich selbst mehr gekostet – nämlich ein längst vergangenes, nach kurzem Anlauf aufgegebenes Hebräisch-Studium, von dem ich den oben beregten, ach wie so häufig anwendbaren Satz (der nämlich auch »Ich verstehe nicht« bedeutet) als eines der wenigen zuverlässigen Relikte im Gedächtnis bewahre. – Das Viertelstündchen zur Unterhaltung und Belehrung ist beendet. Radio Wien kommt in fünf Minuten wieder mit einer heiteren Vorlesung aus dem Sommerfahrplan der Donaudampfschiffahrtsgesellschaft.

Briefeschreiben, wie Sie wissen, hat u.a. den Vorteil, daß einem der andre nicht nur nicht dreinreden sondern nicht einmal antworten kann, und meine Anfrage, ob Ihnen jetzt vielleicht schon mies vor mir ist oder ob ich noch weiterschreiben soll, beantwortet sich demzufolge von selbst, nämlich gar nicht. Ich muß übrigens – was ich selten und ungern tue – vor Ihnen das Rapier senken: die Werfels haben mir einige der Ihrigen, Herr Kahler, Briefe zu lesen gegeben, und es erfüllt mich mit einer makabren Genugtuung, daß es also noch Menschen gibt, die diese mit dem Aussterben der Postkutsche gleichfalls zum Aussterben verurteilte Kunst beherrschen...

Werfel, kaum daß er wieder ein bißchen zu Kräften kommt, platzt natürlich von Lebens- und Arbeits-Gier, und man weiß da nicht recht, was man machen soll. Vor allem weiß *ich* nicht, wie ich ihm (*und* der Alma) beibringen soll, daß es der blanke Aberwitz wäre, ihn irgend jemals wieder für »gesund« zu halten, d.h. für gefeit gegen solche Anfälle. Das *gibt's* leider nicht, ich weiß es aus nächster und traurigster Erfahrung (mit meinem Vater). Sondern das Äußerste, worauf man hoffen kann, ist: daß der Kranke immer wieder genügend Kräfte sammelt, um den nächsten Anfall zu überstehen. Wenn man das weiß, ist es gut. Wenn man es nicht weiß, kann es geschehen, daß man dann so einem nächsten Anfall seelisch und willensmäßig nicht gewachsen ist – und das ist dann schon fast mit dem

Verhängnis identisch. Ich bin ziemlich ratlos, und ich glaube auch gar nicht, daß es da überhaupt Rat gibt. Es gibt nur Hoffnung.

Dabei sieht es (und er) äußerlich so gut aus als man sichs nur wünschen kann, er gewinnt zusehends an Farbe und Straffheit, hat gerade heute zum ersten Mal eine kleine Ausfahrt gemacht, und wird wohl auch bald wieder zu arbeiten beginnen. Ein paar unerhört schöne Gedichte sind schon da. Sie sollten ihm oft und viel schreiben, Ihre Briefe sind immer eine der großen Freuden im Haus...

Auf die Prunkworte, die Sie für mein Büchlein* zu finden wußten, kann ich überhaupt nur deshalb zu sprechen kommen, weil wir uns inzwischen ein bißchen kennengelernt haben und weil ich also weiß, daß Sie das alles ehrlich meinen. *Selbstverständlich* ist Ihre Reaktion die wahre und erwünschte und legitime – nämlich die, die das Entstehen und Erscheinen einer solchen Geschichte legitimiert. *Selbstverständlich* wünsche ich die Menschen zu beunruhigen – jeder mit ehrlichem Gewissen Schreibende muß das wünschen, und ein jüdischer Gewissens-Inhaber erst recht. Es hat mir, obwohl ich tatsächlich und nachweisbar seit meinem 12. Lebensjahr Inhaber eines solchen Gewissens bin, bisher immer davor gegraust, mich unter Berufung darauf dem mischpochalen Beifall der Israelitischen Schwesternvereinigungen und Beerdigungsbrüderschaften auszusetzen, und wenn man nicht sehr genau hinschaut, so müßte man, bild ich mir ein, meinen bisherigen vier oder fünf Bücheln nicht einmal anmerken, daß ich ein Jud bin (geschweige denn ein »bewußter«).

Aber jetzt *muß* man ganz einfach die Pappen aufmachen und losbrüllen, ja man dürfte eigentlich überhaupt nichts andres tun. Ich stehe nämlich *nicht* auf dem Standpunkt, daß die Juden diesen Krieg, weil Hitler ihn *jeden*falls verliert, *jeden*falls

*»Mein ist die Rache«

gewonnen haben werden. Im Gegenteil fürchte ich, daß gerade wir die einzigen Verlierer sein werden. Das Mißverhältnis, das z.B. heute schon zwischen der liebevollen Besorgnis um die Zukunft der Deutschen und der penetranten Unbekümmertheit um die Zukunft der Juden besteht, ist so kraß und grotesk, daß man nur noch mühsam Luft bekommt. Als ob *wir* die Welt ins Unglück gestürzt hätten und die Deutschen wären unsre Opfer gewesen… Na ja. Und dann setz dich hin dichten…

In diesem Sinne
Ihr ergebener
Friedrich Torberg

New York, 23. Januar 1944

Lieber Herr Torberg,

in einem kleinen Häuschen in Princeton, New Jersey, leben zusammen meine Tante Antoinette Kahler, ihr Sohn Erich und Hermann Broch. Mein Cousin und Hermann Broch verbringen ihre Tage damit, schwere, unnötige Bücher zu schreiben und Konfusionen zu machen. Sie lieben einander sehr. Deshalb wollen sie ihre wiederholten Reisen nach New York so einrichten, daß zwar immer Einer von ihnen zuhause ist um auf die Briefe und Telefon-Anrufe des Andren aufzupassen, daß sie aber möglichst viel gleichzeitig zuhause sind um einander zu genießen. Dieses Problem hat eine gewisse Ähnlichkeit mit dem der Quadratur des Zirkels, wäre aber trotzdem lösbar, würde nicht Beiden, Broch und Erich, der Begriff von Zeit und Raum fehlen. So kommt es eben dazu, daß einesteils Briefe und Telefonanrufe verschlampt werden und daß sich die beiden Freunde ständig verfehlen.

Vor einigen Tagen sagte sich mein Cousin Erich zum Lunch an. Er wollte uns sofort nachher verlassen, weil er schon um 2 Uhr irgendwo sein wollte. Als er uns verließ, war es 5 Uhr.

»Das muß Broch lesen!«, sagte er, und steckte Ihren Brief zu sich, nachdem er ihn mit breitestem Behagen gelesen hatte. Ich versuchte, ihm die highlights Ihres Prachtbriefes einzupauken, damit er sie dem Broch weitergeben könne, aber vergebens. Er wiederholte nur: »Das muß Broch lesen!« Denn die Beiden lieben einander sehr.

So zog er ab, mit dreistündiger Verspätung. Ich weiß, daß sie sich lawinenartig vergrößern wird, daß er in Princeton den Broch versäumen wird und daß ich den Brief erst nach Wochen zurückbekomme. So lange kann ich aber mit der Antwort nicht warten...

Was soll ich mit dem Einwand anfangen, daß es nicht »jejdaja« sondern »jedao« heißen soll? Lassen Sie mich Ihnen, mein junger Freund, darauf Folgendes erwidern:

Einer der Helden der Vorzeit war der Rebbe Knöpfelmacher. Er unterrichtete sowohl im Graben-Gymnasium als auch im Altstädter Gymnasium. *Hier* nannten ihn die Schüler »Knoppitz«, *dort* aber nannten sie ihn »Kneppitz«. Viele Diskussionen hatten die Frage zum Thema, welche Bezeichnung die richtige sei, denn die Schüler beider Gymnasien trafen einander sonntags beim Fußballspiel. Wir aber, die wir seither Weltkriege und Inflationen und Revolutionen erlebt haben, wir wissen es: das sind Nuancen, Fragen des Dialekts, und turmhoch steht über ihnen die Heldengestalt des kleinen, verkrümmten Rebbe Knöpfelmacher.

Nicht nur diese zwei Gymnasien gab es in Prag, es gab auch noch das Gymnasium auf der Kleinseite, das in der Weinberge und das in der Stefansgasse, alle fünf »mit deutscher Unterrichts-Sprache«, von den vielen Realschulen nicht zu sprechen. Überall gab es so einen Rebbe, überall träumten die Schüler vom Fußballspiel am nächsten Sonntag und überall wurde Schiller auswendig gelernt.

Meine Mutter erzählte: zu Purim pflegte man Besuche in befreundeten Häusern zu machen und kleine Geschenke mitzubringen. Überall wurde einem Schokolade und Gugelhupf angeboten. Und nachher wurden dann immer irgendwelche kleine Kinder hereingerufen, mußten Guten Tag sagen und Schillers Glocke aufsagen.

Glückliche Zeiten! Die Synthese von Schillers Glocke, Purimfeier und Franz Joseph hielt ihre schützende Hand über uns und Jeder trug den Prokuristen-Stab der Länderbank in seinem Tornister.

Ob die Raunzer von damals eine Ahnung davon hatten, was uns Allen bevorstand? Denn es gab auch damals, in der Zeit der Kreuzersemmeln und der 2%(!) Einkommensteuer, Kassandras, ahnungslose Miesmacher, man sollte es nicht glauben!

Tief im Ghetto, auf einem kleinen Plätzchen, ungefähr dort, wo jetzt die Mitte der Pařížská ist, stand die Große Hof-Schul und V. S. Bondy, mein Großvater, war ihr Vorsteher. Dort gab es einen alten Schammes von großer Weisheit, allerdings auch von großer Bosheit. Er hatte viel an den Gemeinde-Mitgliedern auszusetzen und auch viel an den Anordnungen des Vorstehers. Wenn er mit seinen Vorschlägen nicht durchdrang, pflegte er resigniert mit den Achseln zu zucken und diese ganze jetzige Generation zu verdammen. Und schließlich sagte er: »Es gibt keine alten Leute mehr; die paar, die noch da sind, sind noch von früher.«

Diese ganze Welt ist eingestürzt. Es wird keine k.k. Mittelschulen mit deutscher Unterrichts-Sprache mehr in Prag geben und zu Purim wird nicht mehr Schillers Glocke aufgesagt werden. Den ersten Axthieb gegen dieses Paradies führte Franz Joseph, als er 1914 das Manifest »An meine Völker« unterschrieb, der dumme, alte zupák.

Wissen Sie, was ein zupák ist? Das sollten Sie wissen!

Die deutsche Sprache ist viel zu arm um den Bedarf an Ausdruck zu decken, den die k. u. k. Armee hatte, daher gab es seit jeher das sogenannte Armeedeutsch, in dem nicht nur einzelne Worte aus andren Sprachen sondern auch ganze Floskeln exotischer Herkunft beheimatet waren. »Es ist sich anher zu melden…« war eine dieser Floskeln, aus deutschen und slavischen Elementen gemischt, und ich habe sie sowohl in der Eskadronskanzlei geschrieben wie später als Gruppenleiter im Kriegsministerium. Die Worte aber, die Begriffe, die aus andren Sprachen übernommen wurden, sind zahlreich und unübersetzbar.

Gattje hieß offiziell die Unterhose, aus dem polnischen katě stammend, cvilinky hieß auch bei den Tiroler Kaiserjägern die Zwilchgarnitur, bištuntály hießen die Bestandteile, und zwar des Mannlicher-Repetiergewehres M 88, ebenso bei den 15er Dragonern in Wiener Neustadt als bei den 2er Ulanen in Krakau. Und der längerdienende Unteroffizier, der dann später als »Zertifikatist«, nach 12 Dienstjahren, zur Post kam oder zu Gericht oder aufs Steueramt oder zur Bahn, es dort bis zum Offizial bringen konnte (mit 3 Rosetten), der Mann, der diensteifrig und verläßlich, polyglott und charakterlos, diszipliniert und dumm – kurz: in dessen Lager Österreich war, dieser längerdienende, routinierte Unteroffizier – *das* war der zupák.

Und was der zupák von der Märchenwelt der alten Monarchie übriggelassen hatte, das hat dann, später, ein Zimmermaler vollends vertilgt. Und die Juden sind wieder einmal über die ganze Erde verstreut und keine Schillers Glocke gibt es um sich daran anzuhalten, und keine Purim-Schokolade und keine k.k. Tabakregie, wo man wußte, was man raucht…

Kennen Sie die exotische Novelle von Johannes V. Jensen, in der sich der holländische Arzt auf Java seine Zigarre je nach dem Sujet des Gesprächs auswählt? Und wie er dann, in einer tropischen Nacht, am Bett eines kranken Native-Mädchens, von Heimweh gepackt wird und sich eine kleine, holländische Zigarre anzündet? So habe ich mir mein Briefpapier ausgesucht: es ist aus Cannes, einer der ersten Fluchtstationen, vor vier Jahren gekauft. Und ich werde auch absichtlich ein ganz europäisches Couvert verwenden. Denn Sie sind ein Verstehender.

Und ich bekenne mich dazu, ein Optimist zu sein. Ich behaupte, daß die Helden der Vorzeit, nach denen ich gerufen habe, wiedererstehen werden. Nicht, daß sie in irgendeinem Kyffhäuser sitzen und warten – nein! Aber ich weiß, daß die Prager Erde neue solcher Helden produzieren wird. Ich kannte solche unter Juden und Christen, unter Čechen und Deutschen. »Jeder aus der alten Monarchie, aber besonders Jeder aus Prag ist ein Neurotiker«, sagt der Dr. Neutra, und er muß es wissen.

Mit unsrem Landhaus in Böhmen ist der Gestapo auch unsre »Kartothek« in die Hände gefallen, an der wir jahrzehntelang gearbeitet haben. Sie bestand aus einer wirklichen Kartothek von Begriffen und Schlagwörtern und aus einigen Heften sogenannter »Legenden«. Alles, was die alten Leute, die von früher und die von jetzt, zu erzählen wußten, war da aufgehoben und wenn Gott mir gnädig ist, läßt er mich eines Tages die »Kartothek« wiederfinden.

Meine Frau und ich haben die »Legenden« im Geiste durchgedacht um etwas für Sie zu finden, ein Bijoux, das würdig wäre, der Antwort auf Ihren Brief beigeschlossen zu werden. Wenn ich Ihnen, in unserer Beider Namen, als die Reinkultur des Pragerischen, das Epos »Matzka und die Buchten« präsentiere, so bitte ich Sie, eine Minute Stillschweigen zu bewahren zur Ehrung Aller, die über die Erde verstreut sind oder in Lagern hungern oder zu den Guerillas gegangen sind und die eines Tages herrlich auferstehen werden. Amen!

Mit herzlichen Grüßen, auch von Bettina

Ihr ergebener
Victor K.

MATZKA UND DIE BUCHTEN

Ich hatte oft bei der Prager Firma Seligman Elbogen zu tun. Stets sah ich dort Sigmund Matzka, die Brille auf der Stirn, über seinen Geschäftsbüchern sitzen. Er war ein alter, dicker Mann mit geröteter Nase, farblosen bösen Augen, farblosen borstigen Haaren, sein Gang war schwankend und seine Stimme hatte infolge chronischen Katarrhs etwas Grunzendes. Man nannte ihn, und das mit Recht, das Stachelschwein.

Matzka war wohlhabend und kinderlos. Aus diesem Grunde umgirrten den alten Mann seine Geschwister. Matzka aber durchschaute das und behandelte seine Verwandten darum umso schlechter.

Wenn ich zu den Chefs von Seligman Elbogen gehen wollte, mußte ich an Sigmund Matzkas Schreibtisch vorbeigehen. Auf meinen freundlichen Gruß hin schob er die Brille auf seine Nase herab, sah mich aus bösen farblosen Augen an und sagte: »Happ…«

Ich hatte dann ein Zimmer zu durchqueren, in dem zwei Sekretärinnen arbeiteten, um zu den drei Stufen zu gelangen, die in das Chefzimmer hinaufführten. Ungefähr um diese Zeit gelangte Matzkas Gruß mit einem leicht grunzenden »tieeeehre« zur Vollendung.

Dr. Friedrich Elbogen, gestorben 1938 in Prag, erzählte mir 1923 folgende Geschichte:

Wenn es abends vom Heinrichsturm sechs schlägt, klappt Matzka seine Bücher zu, zieht sich an, spuckt und geht nachhause.

Es ereignete sich aber, daß Matzka einmal abends um sechs nicht nachhause ging, sondern zu seiner Schwester Marie Goldberg in die Goldschmiedsgasse, denn an jenem Tage war ihr Geburtstag. Viele Baben* saßen um den Jausentisch herum

*alte Weiber

und mitten auf dem Tisch stand ein silberner Aufsatz mit Buchten.

Matzka begrüßte die Anwesenden und setzte sich neben seine Schwester.

»Sigmund«, fragte sie, »willst Du einen Kaffee?«

»Wo werd' ich einen Kaffee wollen – um halb sieben!«

»Sigmund«, fuhr Marie Goldberg fort, »willst Du lieber einen Tee?«

»Schon garnicht.«

Aber Marie Goldberg wollte ihrem Bruder unbedingt etwas bieten und sagte:

»Dann wirst Du wenigstens eine von den Buchten nehmen.«

»Meschugge müßt ich sein: um halb sieben Buchten essen.«

Da wuchs Marie Goldberg über sich selbst hinaus und sagte in beschwörendem Ton:

»So soll ich nicht leben, wie Du keine Buchte essen wirst!«

Aber da wurde das Stachelschwein böse: Matzka stand auf, nahm Hut und Mantel und verließ, ohne eine der Anwesenden zu beachten, Wohnung und Haus.

Um halb zwei Uhr morgens läutete es an Marie Goldbergs Wohnungstür. Marie Goldberg wachte auf. »Wer kann jetzt läuten«, fragte sie sich. »Am Ende eine verspätete Depesche zu meinem Geburtstag?« Es läutete zum zweiten Mal und diesmal recht heftig. Da stand Marie Goldberg auf, drehte im Eßzimmer das Licht an und ging zur Eingangstür im Vorzimmer. Sie öffnete vorsichtig das Guckloch und sah hinaus.

Draußen stand ihr Bruder Sigmund Matzka. Sie öffnete. Matzka schob sie, ohne ein Wort zu sprechen, beiseite und ging ins Eßzimmer. Dort blieb er stehen und sah sich nach allen Seiten um. Er schien etwas zu suchen und schließlich fand er es auch: auf der Kredenz stand der silberne Aufsatz mit den Buchten.

Matzka ging zur Kredenz, nahm eine Buchte und biß sofort hinein. Dann schob er seine Schwester Marie Goldberg zur Seite und verließ, abermals wortlos, zum zweiten Mal Wohnung und Haus.

Hollywood, 12. Februar 1944

My Fellow Europeans!

Ich weiß zwar nicht, warum dieses Briefpapier sich in meinem Besitz befindet, aber ich weiß genau, warum ich es jetzt – nachdem ich es, warten Sie, über 4 europäische Grenzen, 1 Atlantischen Ozean, 1 Nordamerikanischen Kontinent bis ans Ufer des Pazifischen Ozeans mit mir geführt habe – seiner ursprünglichen Bestimmung zuführe, die selbstverständlich *nicht* die eines Briefpapiers war, sondern die eines in Amerika zu einem Brief an Sie zu verwendenden Briefpapiers.

Das Ganze ist über die Maßen rätselhaft und geheimnisvoll. Zugegeben (wenngleich ungern): ich habe einmal im Baur en Ville gewohnt. Zugegeben (schon etwas lieber): ich nehme aus jedem Hotel, in dem ich wohne, sowie auch aus manchen, in denen ich nicht wohne, Briefpapier mit. *Wie*, frage ich, ist es aber zu erklären, daß in dem sattsam bekannten einen Koffer, mit dem man dann zum Schluß die letzte Grenze überschritt und den man seither ungezählte Male verflucht hat, weil natürlich in den andern, an der Grenze zurückgelassenen, die viel wichtigeren Sachen drin waren –: wie kommt es, daß gerade in diesem Koffer gerade dieses Briefpapier...?

Beachten Sie jedenfalls auf dem Briefkopf das C im »Centrum der Stadt«. Es spricht Bände. Es atmet Jahrhunderte (oder doch *ein* Jahrhundert). Zurück zur C-Orthographie! Das ganze Unglück kommt davon, daß die Menschen heutzutage auf Konzerte abonniert sind statt auf Concerte abonnirt...

Und da muß ich Ihnen denn, bevor ich auf irgendetwas andres zu sprechen komme (und die Zahl der Irgendetwasse ist Legion!) – da muß ich Ihnen denn sagen, daß die Geschichte von Matzka und den Buchten wahrlich eines der kostbarsten Kronjuwelen im reichen Diadem israelitischer Anekdotik darstellt. Wenn Sie das einem Ungarn erzählen, macht er sofort einen Dreiakter draus, und wenn Sie es ein *bißchen* früher *mir* erzählt hätten, so hätte der levantinische Tabakschmuggler Zsolnay die größte Mühe gehabt, es mir als einen von feiner psychologischer Einfühlung zeugenden Roman auszureden, – denn allein von dem, was sich zwischen 7 Uhr abends und 2 Uhr nachts in Matzka abspielt, hätte der frühe Torberg gute 50 Seiten lang leben können.

Es ist also für alle Beteiligten, Sie, mich, Zsolnay und vor allem die Anekdote selbst, ein wahres Glück, daß Sie sie mir erst jetzt mitgeteilt haben – oder, um mit dem Talmud zu sprechen: »Gam zuh letauwoh – Auch dieses ist zum Guten« – eine der gefährlichsten Prägungen dieses von Mißverständlichem schlechthin strotzenden Konvoluts, und eine, nebenbei, in der das Orientalische in uns aber schon *sehr* in die angrenzenden Gebiete Reb Mohammeds und seines Kismets hinüberfluktuiert. Laßt uns hoffen, daß Sie Ihre Kartothek wiederfinden!

Gestatten Sie anderseits, daß ich nochmals auf »Ejneni jodea« (*nicht* »jedao«, ich bittsie um Gotteswillen hören Sie schon auf in die Berichtigungen wieder neue Fehler hineinzumachen, weil sonst kommt wirklich das heraus, was unsre ungarischen Fellow Refugees mit Recht einen zirkulusch vizjosusch nennen) zurückkomme, etsch. Sie sind sich nämlich an allem selber schuld. Ich wäre über den Irrtum in der an Werfel mitgeteilten ersten Fassung stillschweigend hinweggegangen, wenn Sie ihn nicht in Ihrem Brief an mich berichtigt und zwar falsch berichtigt hätten. *Das* war die Provokation. Beinahe eine ebensolche wie Ihre Frage, ob ich denn gar keinen Respekt vor dem Kunstwerk an sich hätte. Ich hab überhaupt keinen andern…

»Knoppitz« und »Kneppitz« gehört in Kluges Etymologisches Wörterbuch der Niederdeutschen Mundarten, das dann vermutlich beide Formen als »nachgewiesen« bezeichnen würde. Es wäre übrigens ebenso interessant wie aussichtslos, den wahrscheinlich unterbewußten phonetischen Assoziationen nachzuforschen, bestehend zwischen Rebbe Knöpfelmachers Spitznamen einerseits, und anderseits der noch mir, dem Spätgeborenen völlig unanzweifelbaren Tatsache, daß man in seinen Stunden natürlich geschlafen hat, also »geknapitzt« oder »geknupitzt«, wozu ich *sofort* und noch ehe Sie den Fehler begehen, mich eines Fehlers zu zeihen, nachdrücklichst bemerken möchte, daß die im böhmisch-mährischen Gesenke verbreitete Lesart »napezen« durchaus irrig ist, ganz zu schweigen von der unhaltbaren Laien-Etymologie, die es mit »na peci – am Ofen« in Zusammenhang bringen will (wo man gerne ein bißchen döst).

Das ist ein ähnlicher Dilettantismus wie die vom »Prager Tagblatt« mit schöner Regelmäßigkeit (wenngleich unter immer wechselnden Namen) gebrachte »Zuschrift aus dem Leserkreis«, in der uns irgendein Dr. Bruno Karpe aus Teplitz-Schönau beinahe alljährlich die Mitteilung machte, daß »nebbich« sich vom tschechischen »ne buh« herleite, im Sinne von »möge Gott es verhüten« – worauf sich ebenso pünktlich die platonische Idee eines Ing. Siegfried Natscheradetz einstellte, der hartnäckig an der vorgeblich mittelhochdeutschen Wurzel »ne bi uch – nicht bei euch« (d.h. »möge es euch nicht betreffen«) festhielt. Beides ist natürlich blanker Unsinn und »nebbich« (womit ich Ihnen vermutlich nichts neues mitteile) ein einwandfrei hebräisches Wort, »nachgewiesen« an sogar sehr prominenter Stelle, nämlich im Titel eines Chef d'Oeuvres der hebräischen Literatur, des »Moreh Nebuchim« von Maimonides (von seinen Freunden vertraulich »Rambam« geheißen) –

was bekanntlich »Führer der Verirrten« heißt, und »nebbich« heißt also der Verirrte, der Ratlose, der arme Teufel. »Knupitzen« hingegen – und jetzt, meine Damen und Herren, kommt das Beste was der Prater bietet, stammt aber *ja* aus dem Mittelhochdeutschen und findet sich in der Form »knullpitzen« bei niemand geringerem als Abraham a Santa Clara, woselbst auch die Urform unsres »krebetzen« als »grellpitzen« belegt ist.

Ich habe die nötigen Belege nicht zur Hand, glaube jedoch mit einem Zitat aus dem Gedächtnis nicht sehr weit fehlzugehen, – es handelt sich jedenfalls um eine Predigt wider Völlerei und Ausschweifung, und der wackere Megerle (im Nebenberuf übrigens ein ganz ein schöner Rosche*), eines seiner gewohnt kräftigen und sprachschöpferischen Bilder entwerfend, spricht also von jenen, die so viel fressen daß ihnen hernach das Aufstoßen kommt oder daß sie vor Erschöpfung alsbald zu schnarchen beginnen: »so daß man in all dem Grellpitzen und Knullpitzen sein eigen Wort nicht hört«...

Ich wende mich jetzt einem Gebiet zu, auf dem Sie mir zweifellos überlegen sind, und das mit womöglich *noch* besserem Grund als dem daß Sie früher als ich zur Torah aufgerufen wurden: dem lang entschwundenen K.u.K. (Wollen Sie in Form eines Nachtrags noch frdl. bedenken, daß ich doch erst 1921 im Müllnertempel zu Wien Bar Mizwah wurde, geschult von niemand Geringerem als dem greisen Heinrich Pollak, damals noch Religionsprofessor am Wasa-Gymnasium und Mitverfasser des nicht nur an diesem sondern an den Unterklassen der Österreichischen Mittelschulen schlechthin zum Unterricht zugelassenen sogenannten Wolf-Pollak – »Geschichte Israels«, also vielleicht auch Ihnen noch ein Begriff, und jedenfalls war von diesem Manne unterwiesen zu werden ein ähnlich betäubendes Erlebnis, wie wenn man z.B. vom Herrn Aspirin persönlich ein Pulver bekäme.)

* Antisemit

Das K.u.K. also. (Mir *san* vom*, ob wir wollen oder nicht – aber in camera caritatis wollen wir ja sogar...) Mit besonders wohligem Behagen genieße ich, was Sie über die bištuntály der österreichischen Sprache aussagen – die es nämlich *gibt*, natürlich gibt es sie, und ich habe noch im Jahre 1943, in der tiefsten Kalifornei, in einem für präsumptive amerikanische Okkupations-Offiziere abgehaltenen Deutsch-Kurs an der hiesigen Universität mit wehem Stolz darauf hingewiesen.

Der Mustersatz, den ich zur Illustration des Unterschieds an die Tafel schrieb, lautete: »Sonnabend gibts Blumenkohl und Schnittbohnen zum Abendbrot – Samstag haben wir Karfiol und Fisolen zum Nachtmahl.« Weiter, Gott sei's geklagt, gehts ja heute nicht mehr. Von zupák, Gott sei's geklagt, von Gattjen und klenksibunky kann man ja heute nichts mehr erzählen. Auch vom »Tolpatsch« nicht, dem ich erst kürzlich dahinter gekommen bin, daß er aus der »österreichischen Armeesprache« stammt, und zwar aus dem ungarischen bištuntál derselben: indem er im Ungarischen schlechtweg »Plattfuß« bedeutet.

Gern würde ich weiterschweifen und weiterträumen. Gern würde ich Ihnen von der besonderen und verräterischen Wirkung erzählen, die gerade Ihre ärarische Reminiszenz-Masse auf mich ausübt – denn gerade zum k.u.k. Ärar unterhalte ich sorgsamst gehegte Kindheits-Beziehungen: indem nämlich die Brüder meiner Mutter, sechs an der Zahl, Abkömmlinge ungarischer Talmudjuden, allesamt wilde Krieger waren und unsre Wiener Wohnung mir aus vieren Kindheitsjahren als eine Mischung von Offiziers-Messe und Spital in Erinnerung ist, und einer von ihnen, Dr. Leo Berg, dazumalen Hauptmann beim Inf.Reg. Nr. 84, carmoisinrote Aufschläge, Inhaber Frh. v. Bolfras, Ergänzungs-Bezirkskommando Eger in

* »Mir san vom k.u.k. Infanterie-Regiment, Hoch- und Deutschmeister Nr. 4...« (Marschlied)

Böhmen, ist erst vor wenigen Monaten in New York gestorben, und auf einen andern, der als Major i.R. schon vor Hitler gestorben ist und dem schon angedeuteten k.u.k. Infanterie-Regiment Nr. 4 »Hoch- und Deutschmeister« angehörte, himmelblaue Aufschläge, Inhaber Erzherzog Eugen – auf den also bin ich in der camera der gleichfalls schon angedeuteten caritas so stolz, daß ich Ihnen kein größeres Vertrauensvotum darbringen kann als davon zu sprechen – und das könnte ich also noch stundenlang weitertun – aber ich kann es eben leider nicht.

Denn siehe, es ist mittlerweile der 15. Februaris geworden, und hart dräuen die Zeitläufte wider meine Vorstellung von Ausgesorgtheit, die bekanntlich darin besteht, den wenigen Kahlers, die es gibt, die vielen Briefe zu schreiben, die ich ihnen schreiben möchte...

Mit den allerbesten Grüßen und Empfehlungen an Sie und Madame

Ihr ergebener
Torberg

New York, 27. Februar 1944

Lieber Torberg,

der Teufel muß mich geritten haben, als ich mich auf eine polemische Korrespondenz mit einem Polyhistor einließ, einem Mann, der den Blick des Dichters mit der polemischen und satirischen Kraft eines Karl Kraus und mit dem erbarmungslosen Wissen eines Zettelkastens verbindet. Denn ich kann ihm nur mit dem fernen Grellpitzen einer Bildung begegnen, die mir im Getümmel des Lebens verloren ging, dessen beste Jahre ich auf Fabriks- oder Gutshöfen, am Klavier und auf der Jagd verbrachte. Aber noch ist es nicht zu spät um zu lernen. Cyrano von Bergerac aber sagt – in der deutschen

Übersetzung von Fulda, die viel schöner ist als Rostands Französisch:

> Schlägt man sich nur in Hoffnung auf den Sieg?
> Viel schöner ist ein aussichtsloser Krieg!

Es ist demnach vollkommen aussichtslos, und es geschieht nur um Sie zu haranguieren, wenn ich behaupte, daß zwischen Knullpitzen und Napetzen kein Unterschied besteht und daß sich bloß das U in ein A gewandelt hat und daß sich die Bewohner des böhmisch-mährischen Gesenkes an die Musik und nicht an die Orthographie hielten. In den tugenden, deren ich pflâg, verweise ich auf das synkopierte K im Englischen, wo man z.B. das Wort knowledge ja wie Nollitsch ausspricht. Aber an dieser Stelle macht meine Maschine eine Pause von einer Minute zur Ehrung des Andenkens an Pollak Viktor aus Lochovic.

Pollak Viktor aus Lochovic gehörte – gleich mir – dem Klassen-Underground in der Mittelschule an. Als er eines Tages einen englischen Text vorzulesen hatte, in dem die Phrase »to acquire knowledge« vorkam, ging das Ressentiment des Underground-Kämpfers mit ihm durch und er las laut vor: »...to acquire knoflíčky«, wobei ich sagen muß, daß knoflíčky Knöpfchen im Plural bedeutet. Die Klasse barst vor Lachen, der Professor aber sagte: »*Das* werd' ich Ihnen einsalzen – Feder her!« und trug Pollak Viktor aus Lochovic ins Klassenbuch ein.

Ins Klassenbuch eingetragen zu werden, bedeutete im alten Österreich den ersten Schritt zum Galgen. Es erschien auch wenige Tage nachher der Direktor in der Klasse, Friedrich Hopfner hieß er, er war ein schöner Mann mit weißem Vollbart und er trug stets einen schwarzen Kaiserrock und auf dem Kopf den Cylinder. Beachten Sie, bitte, das C des Cylinders: es ist dasselbe wie im Centrum der Stadt, wo sich das Hotel

Baur en Ville befindet, das hohe C des Großbürgertums, das versungen und vertan sein wird nach diesem Kriege. Der Schulrat Friedrich Hopfner beschuldigte damals Pollak Viktor verbrecherischer Instinkte und warnte uns Alle vor den Fallstricken der Unmoral. Er schloß seine Ansprache, wie immer, mit den Worten: »Es hüte sich ein Jeder.«

Jetzt aber ist es an der Zeit, das Briefpapier zu würdigen, auf dem Sie mir schrieben. Baur en Ville, Zürich, im Centrum der Stadt. Zehn Prozent der Beträge wünsche ich Ihnen und mir zusammen, die dort, in einem einzigen Jahre, zwischen 1920 und 1940 geschoben worden sind! Aber dieses Briefpapier ließ mich, ohne Ihr Geständnis erst abzuwarten, einen tiefen Blick in Ihre Seele tun. Denn nie noch begegnete ich einem Manne, der von Berufs wegen Papier beschmierte, der nicht vom Schreibmaterial besessen gewesen wäre. Ihr Dichter, Ihr Schriftsteller, Ihr Journalisten – Ihr Alle, mit denen mich das Leben zusammengeführt hat, Ihr hattet stets, obzwar manch ein überdimensionierter Schlampen unter Euch war, trefflich gespitzte Bleistifte aller Farben- und Härtegrade um Euch, stets war Papier in allen Farben und Glätten zur Hand und ich weiß, daß für Euch die Stationary zur Andachtsstätte wurde. Auch Sie, mein Herr, sind ein Fetischist des Schreibmaterials...

Ich will hoffen, daß Sie die Geschichte von »Matzka und den Buchten« auch Franz Werfel zugänglich gemacht haben, denn sie würde es verdienen...

Und jetzt lasse ich wieder die Familien-Kartothek sprechen:

Eine entfernte Verwandte brachte eines Tages meiner Mutter ihren Bräutigam ins Haus zwecks Begutachtung und Beschnupperung. Sie zeigte ihm Park und Meierhof und Haus. Sie gelangten schließlich zum großen Gartenzimmer, dessen Wände voll mit Bildern meines verstorbenen Bruders hingen, der ein Maler war, wo am Fenster der große Blüthner-Flügel stand und dessen Wänden entlang auf Regalen ein paar Tausend Bücher standen. »Das ist die Bibliothek«, flüsterte die Braut. Als aber der Bräutigam bewundernd den Kopf bewegte, fühlte sie sich verpflichtet, seine Bewunderung zu dämpfen und damit gleichzeitig ihre Vertrautheit mit dem Milieu und seinen Schwächen kundzutun. Also sagte sie: »Aber *unvollständig*!«

Nur als Überleitung zu einem künftigen Briefe, in dem das K.u.K. die Priorität besitzt und um darzutun wie unsre Vorfahren es verstanden, der Zukunft mit Gelassenheit zu begegnen, lasse ich nochmals die Kartothek zu Worte kommen. Fünf Goldkronen bekam ich vom Humoristischen Militär-Witzblatt »Die Muskete« ausgezahlt für die Geschichte, die sich 1909 ereignete, bei der Eröffnung des Proviantoffiziers-Kurses in Josefstadt. Die Geschichte könnte auch aus der Ilias sein oder ein Gedicht des Li-Tai-Po, denn jedes Kunstwerk ist zeitlos. Aber bleiben wir beim Kommandanten in Josefstadt und seiner Eröffnungs-Ansprache. Sie lautete:

Meine Herren – ich bin
Der Verpflegsoffizial Michalek.
Nicht zu verwechseln
Mit dem Rechnungsoffizial
Gleichen Namens.
Alles Weitere
Wird sich finden.

Good luck to you!
V. K.

Hollywood, 4. März 1944

Sofortissimo – weil es so schön ist, daß es Sie gibt und daß Sie sich's nicht verdrießen lassen. Nein, mein Herr: kein Teufel hat Sie geritten, sich auf eine »polemische Korrespondenz« mit mir einzulassen, sondern ein Engel (wofern einem solchen überhaupt hippische Fähigkeiten eignen).

Und wenn da jemandem recht geschieht, dann mir. Denn der Beginn Ihres Ihrigen vom 27. Februar erteilt mir sogleich eine derartige Anzahl polemischer Ohrfeigen, daß ich, wie meine (inzwischen vermutlich schon selige) Tante Tina zu sagen pflegte – denn sie hatte den mörderischen Ehrgeiz, den banalen Redewendungen, deren sie voll war, eine Art persönlicher Note zu verleihen – daß ich also nur sagen kann: »Ich zitter' an Leib und Seele!«

In *einem* Satz zeihen Sie mich, den »Blick des Dichters« mit der »polemischen und satirischen Kraft eines Karl Kraus und mit dem erbarmungslosen Wissen eines Zettelkastens« zu verbinden! Ich frage Sie, wodurch ich mir das verdient habe. Wir wissen, daß schon Knoblauch mit Schokolade ein anfechtbares Gericht ist; aber über das Ganze noch saure Milch drüberzuschütten... Und zwar ist es wirklich der Anwurf »Zettelkasten«, mit dem Sie mir Saures geben. Was den von Prof. Lutz Steiner so genannten zänkischen Publizisten Carl Krause betrifft, so möcht' ich mich auf nix einlassen (nicht einmal auf den naheliegenden Hinweis, daß seine polemische Kraft sich mit dem »erbarmungslosen Wissen eines Zettelkastens« keineswegs »verbunden« hat, sondern mit diesem identisch war).

Aber was mich betrifft, weise ich den Zettelkasten zurück, und zwar mit Bedauern. Wollte Gott, ich wäre mit einem solchen verbunden! Ich bin es *nicht,* mein Herr. *Leider* nicht. Und die respektive Wendung an der Sirk-Ecke hieße, nachdem Pokorny, Powolny und Novotny ihr Servus ausgetauscht haben, etwa: »Also du, was sagst zum Torberg seiner Bildung?« – »Bluff.« – »Also natürlich.« Jawohl, mein Herr: Bluff. Natürlich kein gewöhnlicher Bluff, sondern ein Bluff zweiten Grades. Sie werden gleich verstehen, was ich meine.

Es gibt eine Novelle, ich weiß nur daß sie von einem Franzosen ist, weiß aber *nicht* von welchem (merken Sie was? und merken Sie vor allem, daß ich noch immer zu groggy bin, um ganz einfach und mit sonorer Selbstverständlichkeit von »jener französischen Novelle« zu sprechen?) – und sie handelt von einem Mann, der in einem sehr eleganten Gespräch die Gelegenheit zu einer sehr eleganten Antwort verpaßt, und am Nachhauseweg so hündisch darunter zu leiden beginnt, daß er nicht früher ruht, als bis er unter unsäglichen Mühen die ganze Gesellschaft von damals wieder zusammenarrangiert, das Gespräch mit kunstvollster Umsicht wieder auf das gleiche Thema führt, und endlich seine Antwort anbringt. So auch ich.

Das Merkwürdige und für den Partner Verwirrende ist, daß ich mich offenbar gar nicht anstrengen muß, um die gewünschten Stichworte zu bekommen. Und *hier* ergibt sich in der Tat eine Parallele zu dem oben beregten Karl Kraus, der, wie Sie sich vielleicht erinnern, immer mit Nachdruck behauptete, daß er eigentlich gar keine Zeitungen liest, sondern daß ihm das Material »von selbst« zufliegt. Ganz so war das natürlich nicht, sondern er saß, wann immer man ins Café Parsifal (oder bei Nacht ins sogenannte »Falsche Schellinghof«) kam, hinter einem Berg von Zeitungen. Aber aus der persönlichen Erfahrung jener drei Jahre, in denen ich auf die Frage: »Was sind Sie?« rechtens hätte antworten müssen: »Vorzugsschüler beim Kraus«, *weiß* ich, daß er eine Zeitung nur aufmachen mußte – und *schon* hatte er genau das gefunden, was er gerade brauchte. *So* auch ich.

Nehmen Sie zum Beispiel – und Sie werden zugeben, daß das ein naheliegendes Beispiel ist – Ihren letzten Brief. Kaum daß Sie mir also die Bildung vorgeworfen haben, zitieren Sie, um sich in Ihrer Eigenschaft als »selber aner« die nötige Rükkendeckung zu schaffen, aus dem Cyrano:

Schlägt man sich nur in Hoffnung auf den Sieg?
Viel schöner ist ein aussichtsloser Krieg!

und bemerken hiezu, daß die Fulda'sche Übersetzung viel schöner sei als Rostands Französisch.

Was dann geschah, war das Werk weniger Sekunden. Hätten Sie mich nicht zu dieser Selbstentlarvung gezwungen (auf deren tiefere Motive ich zu Ihrem namenlosen Entsetzen noch zurückkommen werde), so hätte ich sofort eine Diskussion über Rostand und Fulda vom Zaune gebrochen, hätte mich, discussionis causa, auf den Standpunkt gestellt, daß im Gegenteil Rostands Französisch viel besser ist als Fuldas Deutsch, und hätte zum Beweise dessen die Original-Fassung der von Ihnen zitierten Zeilen angeführt:

Je sais, qu'à la fin vous me mettrez à bas –
N'importe: je me bats, je me bats, je me bats!

Und schon hätten Sie geglaubt, daß ich den ganzen Cyrano auswendig kann.

Was ist indessen der Sachverhalt? Ich habe vor kurzem Koestlers dubiose Neuerscheinung , »Arrival and Departure«, gelesen, und dort finden sich die obigen zwei Zeilen als Motto. Daß ich zufällig wirklich und zufällig lang vorher den Cyrano im Original gelesen habe, hat damit gar nichts zu tun. Ich gebe Ihnen mein Ehrenwort, daß ich ohne Koestler *nicht* gewußt hätte, wie die von Ihnen zitierten Zeilen im Original lauten.

Ich halte sie, for that matter, übrigens *wirklich* für besser als die Fulda'sche Übersetzung, die ihrerseits, als ganze, wiederum wirklich besser ist als das Original. Aber dazu bedürfte es jetzt einer langen Abhandlung über die Monstrosität der französischen Reim-Technik – ein seinerzeit sehr beliebtes Gesprächsthema zwischen dem nun schon allzu mehrmals erwähnten Karl Kraus und mir.

Oder welches Wasser auf meine Mühle hat Sie geritten, aus dem Nibelungen-Lied gerade die gepflâgten tugenden zu zitieren – eine der wenigen Zeilen, die ich daraus kenne?! Auf *die* Weise, lieber Herr, werden Sie den wilden Falken nit zuomen – sondern es wird immer so ausschaun, als quölle, wo Sie auch antippen, sogleich die Bildung aus ihm hervor. Aber, wie schon gesagt: ich zuome mich ja schon selber. Und wie noch *nicht* gesagt: ich tue das aus einem atavistischen Hang zur Fairness, – ein Relikt meiner langjährigen Sport-Tätigkeit, an dessen Ausmerzung ich bis heute vergebens arbeite.

Ich bin, was Sie vielleicht wundern wird und womit ich Sie auch nicht weiter zu behelligen plane, allen Ernstes der Meinung, daß der Sport die einzige menschliche Betätigung ist in der es kein »fake« gibt – man *kann*, wenn man 50 m Freistil in 33 Sekunden schwimmt, eben nicht sagen, daß man nur 32 braucht: weil einem jede hergelaufene Stoppuhr das Gegenteil beweist. Und aus dieser jahrelang genossenen (und sehr ernstgenommenen) Erziehung ist mir eine an Hysterie grenzende Empfindlichkeit gegen jede Art von »fake« zurückgeblieben, ich kann mir nicht helfen, und Ihnen leider auch nicht (denn ein *so* ausführliches »Pater bluffavi!« haben Sie gewiß nicht hören wollen)...

Und wenn ich mir vorstelle, was Sie mit all dem alles *nicht* anfangen können, überkommt mich die große kalifornische Riesen-Scham und ich begebe mich magnis itineribus (»in eilenden Tagmärschen«; von einem Schulmann) zum Nibelungenlied zurück und zu den tugenden, deren wir pflâgen, und frage mich, ob nicht in unsrer aller Bildung eine geheimnisvolle Parallelität obwaltet, derzufolge wir uns tatsächlich *dieselben* Zeilen, *dieselben* mathematischen Formeln und *dieselben* Geschichts-Fragen merken mußten: denn selbstverständlich wird in der Geisterstunde auch *mir* der Westfälische Friede lebendig, und allenfalls noch »Die Zeit der Gegenreformation in Deutschland«; in Geographie könnte ich Ihnen mit dem »Geologischen Aufbau des Karpathensystems« dienen und würde hierauf mit dem Aufschrei: »Gneis, Granit und Glimmerschiefer« schweißgebadet aus dem Schlaf hochfahren.

Vielleicht, wenn wir uns erst einmal an ein richtiges Research machen, vielleicht stellt sich gar noch heraus, daß wir beide in jenen mittleren Bankreihen saßen, die vom »Kampf mit dem Drachen« die zweiten 8 Strophen auswendig zu lernen bekamen, von »Ist nur der Sarazen es wert« bis zu »Und Gott empfehl ich meine Seele« – denn nicht einmal ein Deutschprofessor hätte es über sich gebracht, einem dieses ganze Monstrum auswendig abzufordern. Und so gehen denn, ich bin dessen ganz sicher, Tausende von absolvierten Mittelschülern durchs Land, die zwar wissen, daß der Ritter gegen den Drachen, nicht aber, daß er dann auch noch gegen sich selbst gewonnen hat – andre wieder kennen nichts weiter als den Kampfverlauf, Runde für Runde – am besten sind, wie immer, die Zumschlußkommer dran, weil sie ja zur Moral auch noch eine kurze Synopsis der ganzen Handlung bekommen – denn es handelt sich um eine musterhaft schlechte Ballade.

Daß der oben zitierte Sarazen sich an den Prager Mittelschulen unfehlbar in einen Satrazen zu verwandeln pflegte, wissen Sie sicherlich besser als ich. Wissen Sie aber auch, daß es dem Schüler Lemberger Georg am Wasagymnasium zu Wien tatsächlich gelungen ist, die Zeilen: »Mut zeiget auch der Mameluck – Gehorsam ist des Christen Schmuck« *unbemerkt* von Prof. Keyl in der Fassung: »Mut zeiget auch der lahme Muck – Gehorsam ist ein Christbaumschmuck« zu deklamieren?

...Daß jener Lemberger Georg glimpflicher davonkam als Pollak Viktor aus Lochovic, ist nur ein weiteres Zeichen einer damals eben schon aus den Fugen geratenden Zeit, in der man solcher Lappalien wegen nicht mehr ins Klassenbuch eingetragen wurde, und wäre man es worden, so hätte es keinen Schulrat zu mahnenden Ansprachen veranlaßt – denn es bedurfte

»zu meiner Zeit« mindestens dreier Eintragungen, damit man einen Karzer bekäme, und zweier Karzer, damit man aus Sittlichem Betragen gerügt würde. Daß es »Rüge« hieß und nicht, wie in den Unterrichtsgegenständen, »Ermahnung« oder »Tadel«, ist eine schöne Parallele zur unterschiedlichen Klassifizierung von »Betragen« und »Fortgang«: der bis zum »Gut« noch gemeinsame Weg gabelte sich alsdann in »entsprechend« und »nicht entsprechend« für jenes, in »genügend« und »nicht genügend« für diesen. Mein Freund Peter Heller, der Sohn der sel. Konzertdirektion und Buchhandlung gleichen Namens, hat mir kürzlich eine ausführliche Dissertation übermittelt, in der er diesen unterschiedlichen Bezeichnungen auf den Grund zu kommen versucht, und zwar vergebens...

Können Sie mir im übrigen erklären, wieso »Viktor Pollak« *nichts* bedeutet und »Pollak Viktor« *alles*? Können Sie mir erklären, wieso der Schulrat Friedrich Hopfner am Schluß seiner Ansprache gar nichts andres sagen *kann* als: »Es hüte sich ein Jeder« – nicht etwa »möge...« und nicht etwa »Jeder soll...« sondern nur und ausschließlich und unabdingbar *»es* hüte sich...«? *Das*, sehen Sie, sind die wahren Geheimnisse, die jene, die es nicht fühlen, nicht erjagen werden, und deren Leben darum um ein urkräftiges Behagen ärmer ist als das unsre.

Die letzte Octava des Altstädter Realgymnasiums (ehe es nämlich mit dem von mir besuchten Smichower fusioniert wurde, im Jahre 1926) gab eine besonders geglückte Matura-Zeitung heraus, die auch das traditionelle »Schüler-Alphabet« enthielt. Nun besaß aber jene Octava keinen Schüler mit A, sondern begann erst bei B – das gleich durch drei Bloch repräsentiert wurde. Ein Alphabet kann doch aber nicht mit B beginnen. Wie ging also das A dieses Schüler-Alphabets? Es ging:

Ein »A« fehlt unsrer Klasse noch –
Sonst hieß' es: Abeles – Bloch – Bloch – Bloch.

Machen Sie *das* jemandem begreiflich, der es nicht versteht!

Zum Schluß dieses Kapitels (glauben Sie wirklich, daß es der Schluß ist? glauben Sie überhaupt, daß solche Kapitel Schlüsse haben können?) – gleichviel, und da ich Ihnen keinen Hopfner zu bieten habe, greife ich auf meinen Freund Kurt Kanitz zurück und den von ihm überlieferten Anstaltsleiter Hödl. Dieser Hödl wurde eines Tags aus Oberhollabrunn nach Wien versetzt, und zwar gleich als Direktor des von Kanitz be- und heimgesuchten Piaristen-Gymnasiums in der ebensolchen Gasse im achten Wiener Gemeindebezirk. Es war ein namhaftes, traditionsgesättigtes Institut, und auf einen Mann, der mit einem Lodenmantel und einem Rasierpinsel-Hut aus Oberhollabrunn kommt, mußte es respektgebietender wirken, als es seinem direktoralen Selbstbewußtsein gut tun konnte.

Das hatte nun sehr sonderbare Zwiespältigkeiten zur Folge. Zum Beispiel beschloß Hödl – um von Anfang an Klarheit darüber zu schaffen, daß er zu einem Regime der starken Hand entschlossen sei –, die zuspätkommenden Schüler vor dem Schultor persönlich abzufangen; andrerseits aber, weil es doch Schüler des ehrwürdigen Piaristen-Gymnasiums waren, zog er vor ihnen den Rasierpinsel-Hut und begrüßte sie mit dem im Verkehr zwischen Lehr- und Schülerkörper wahrlich ungebräulichen Gruße »Guten Tag«, was laut Kanitz »Hn-Tag« ausgesprochen wurde. Kanitz seinerseits, damals in der Septima, kam schon seit vielen Jahren pünktlich 10 Minuten nach acht in die Schule, und eine Änderung dieses Brauchtums stand außerhalb jeder Denkbarkeit.

So sah er sich denn am ersten September-Morgen einem hutziehenden Direktor gegenüber und der Frage: »Hn-Tag – wie heißen Sie?« Kanitz, obschon der Wahrheit im Prinzip eher abhold, antwortete wahrheitsgemäß: »Kanitz, Herr Direktor.« – »So so«, bemerkte Hödl. »Wo wohnen S' denn?« Kanitz wohnte in der Laudongasse. Die Laudongasse ist, in bezug auf das Piaristen-Gymnasium, geradezu die platonische Idee von »um die Ecke«. In Kanitzens Hirn überstürzten sich die Gedanken. Jeder, in dessen Hirn sich einmal auf die Frage eines Gymnasialdirektors Gedanken überstürzt haben, kann sie sich ausrechnen. Dann spielte er vabanque und sagte abermals die Wahrheit: »In der Laudongasse, Herr Direktor.« Dann senkte er den Kopf und erwartete das Fallbeil der Hödl'schen Empörung darüber, daß einer, der in der Laudongasse wohnt, ins Piaristen-Gymnasium zu spät kommt.

Aber nichts dergleichen geschah. Sondern Hödl bemerkte abermals »So so«. Und erkundigte sich hierauf, warum Kanitz denn so spät daherkäme. In diesem Augenblick wußte Kanitz, daß er obgesiegt hatte und daß er einem Menschen, der nach dem Wort »Laudongasse« überhaupt noch weiterfragt, einfach *alles* erzählen könnte. Das tat er denn auch. »Bitte, Herr Direktor«, sagte er, »ich bin mit der Straßenbahn gefahren und da ist ein Mann aufgesprungen und hat sich den Fuß gebrochen und dadurch ist eine Verzögerung entstanden und deshalb bin ich zu spät gekommen.« Abermals murmelte Hödl »So so«, dann fügte er noch hinzu: »Alsdann daß mir das nicht wieder vorkommt – Hn-Tag«, zog den Rasierpinsel, und wandte sich ab.

Am nächsten Tag, pünktlich 10 Minuten nach acht, kam Kanitz, und pünktlich kam Hödls: »Hn-Tag – wie heißen Sie?«, kam Kanitzens Antwort: »Kanitz, Herr Direktor«, Hödls: »So so, und wo wohnen S' denn?« und so weiter bis zum Straßenbahnunfall – nur daß diesmal kein Mann aufgesprungen war sondern eine Frau. Am dritten Tag war es ein Kind, und in dieser alternierenden Besetzung wiederholte sich der Dialog jeden Tag pünktlich 10 Minuten nach acht. Am 24. *November*, als Kanitz die Eröffnungs-Frage »Hn-Tag – wie heißen Sie?« maschinell beantwortet hatte und nun mit der gelangweilten Routine des en suite-Spielers sein nächstes Stichwort abwartete, begann sich nach dem »Kanitz, Herr Direktor« die Stirne Hödls bedrohlich zu umwölken. »Kanitz...«, wiederholte er nachdenklich, »Kanitz...« – und dann brach das Licht durch die Wolken und es wurde ein Blitz: »Kanitz! Sie sind ja schon *ein* Mal zu spät gekommen!!«

Wenn wir uns nächstens sehen, fragen Sie mich bitte sofort: »Hoffmann, warum lachen Sie?«, und ich erzähle Ihnen sofort die Geschichte, zu deren Wiedergabe der Sprachfehler Hoffmanns absolut unerläßlich ist; schon die Kanitz-Geschichte scheint mir jetzt verhängnisvoll darunter zu leiden, daß man Hödl mit der Schreibmaschine nicht nachmachen kann. Ob solcher Defekt durch das Elaboriert-Literarische der schriftlichen Wiedergabe ausgeglichen werden kann, scheint mir zweifelhaft: weil die Pointe nicht kräftig genug ist, um eine so lange Exposition auszubalancieren. Denn natürlich ist nicht die Kürze des Witzes Würze, sondern die richtige Balance...

Ich muß Ihnen der Ordnung halber bestätigen, daß Ihr Verdacht in bezug auf meinen Schreibmaterial-Fetischismus vollinhaltlich zutrifft. Jawohl, die Papierhandlung (gegen den Ausdruck »Stationery« möchte ich mich denn doch verwahrt haben) ist eine Andachtsstätte, und noch heute überkommt mich heiliger Schauer, wenn ich mich an den großen, weichen, sanft ziegelroten AKA-Radiergummi erinnere, den man hin- und herbiegen konnte ohne daß er brach, nur der aufgedruckte Elefant verzerrte sich grotesk und furchterregend. Noch heute wüßte ich selbst in tiefster Dunkelheit (die uns ja auch wirklich umgibt) zwischen Rond- und Rhedis-Feder zu unterscheiden, ja ich mache mich sogar anheischig, die blaue Frosch-Feder nicht mit der goldenen zu verwechseln. Noch heute ziehe ich den graublau kleinkarierten Einband der dickeren Wichsleinwandhefte einem einfach schwarzen bei weitem vor, und abgerundete Ecken sind mir lieber als scharfkantige, und ein Kohinoor HB lieber als ein Hardmuth No. 2, und Reithoffers gute Wasserfarben lieber als Günther Wagner, und, kurzum: damals lieber als heute...

Selbstverständlich habe ich Werfeln die Geschichte von Matzka und den Buchten sofort erzählt. Seine Begeisterung verstieg sich bis zu einem gemurmelten »Dickens...« Alma, nichts weiter apperzipierend als daß die Geschichte unter Juden spielt, saß verständnislos daneben...

Darf ich zum Schluß (wer lacht da?) noch bemerken, daß die iliadische Ansprache des Verpflegsoffizials Michalek ein wahrer Haupttreffer ist. Ich kann mich demgegenüber nur auf ein horazisches Versmaß berufen, das ich als Anhängsel der bekannten Hexameter auf den Öffentlichen Bedürfnisanstalten der Gemeinde Wien entdeckt habe. Dort also stand, nach

> Patent Öl Urinoir, ohne Wasserspülung geruchlos.
> Man bittet um Reinlichkeit und Ordnen der Kleider in der Anstalt.
> Wilhelm Beetz, Wien III, Erdbergstraße Numero 17

noch das folgende, welches soviel bedeutete wie »Österreichisches Patent – Ungarisches Patent – Italienisches Patent – Deutsches Reichs-Patent – Englisches Patent – und Französisches Patent«:

OEPUPIPDEREPEPUFP

Üben Sie, mein Herr, üben Sie. Ich kann nicht weiter. (Er stirbt.)

Immer Ihr
Torberg

New York, 12. März 1944

Mein andächtiger Zuhörer,

bitte hören Sie jetzt nicht *mir* sondern der Militärkapelle zu, die soeben begonnen hat, das »Gott erhalte« zu spielen. Alle haben sich von ihren Plätzen erhoben und die Männer haben die Hüte abgenommen. Das ist so wie einst, nicht? Nachher spielt die Kapelle das »Kde domov můj« und das »Nad Tatrou se blýská«*. Dann marschiert die Kapelle fort und ein marineblau gekleideter Jüngling pfeift lange und gebieterisch auf einer schrillen Signalpfeife. Alle Blicke richten sich auf einen blonden Haarschopf: auf der weißen Mittel-Linie, die sich quer über den grünen Rasen zieht, steht Šindelář, der Papierene, und vor seinen begnadeten Füßen liegt der zitronengelbe nagelneue Lederball. Der Blaugekleidete pfeift abermals, diesmal kurz und beiläufig. Dann schupft Schindi den zitronengelben Ball nachlässig nach links zu Gschweidl und dieser schupft ihn ebenso nonchalant zu dem hinter ihnen stehenden Mock. Und dann geht's los, das Länderspiel. Und das ist Alles, was von der k. u. k. Herrlichkeit übriggeblieben ist...

Wie ist es nun mit dieser k.u.k. Herrlichkeit gewesen, wie konnte sie entstehen und warum mußte sie verschwinden? Diese Frage drängt sich dem Leser Ihrer Révy-Briefe auf. Diese Briefe sind das Geistreichste an Polemik und das Stärkste an Stilistik, das ich so bald kenne. Ich schalte die Kräfte eines Provinz-Polgaroids, über die ich lediglich verfüge, nachträglich in die Révy-Korrespondenz ein, um aus den kleinen Liedern die großen Schmerzen zu machen, unter denen eine Welt eingestürzt ist; eine Welt, die Sie für echt ansehen und die in Wirklichkeit eine Scheinwelt gewesen ist, an deren Realität nur die Bewohner von Wien, Nieder- und Oberösterreich und Salzburg und die deutschsprechenden, liberalen Juden glaubten... Aber – und jetzt kommt für Sie etwas Neues – auch die österreichischen Deutschen waren, mit obigen Ausnahmen – keine Österreicher mehr.

* »Wo ist mein Heimatland« (böhmisch) und »Über der Tatra blitzt es« (slowakisch); bilden gemeinsam die tschechoslowakische Nationalhymne

Die Sudetendeutschen waren ihrer Gesinnung nach reichsdeutsch und haßten Wien. In jedem deutschböhmischen Nest gab es eine Bismarckstraße. Das Tragen einer Kornblume im Knopfloch – das Abzeichen der Deutschnationalen – war ein viel sicherer Karzer als das Tragen von rotweißen Nelken, das Abzeichen der Klofáč-Anhänger*, welche ganz offen antiösterreichisch waren, das Militär mit Steinen bewarfen und im Deutschen Kasino die Scheiben unter Absingung des Liedes »Der Russe ist mit uns« einschlugen. Natürlich haben Schönerer und Wolf großdeutsche Ideen gehabt und keine groß-österreichischen (Révy-Brief vom 12. Januar). Denn 1. waren sie Alldeutsche wie alle Sudetendeutschen und 2. gab es keine großösterreichischen Ideen auf deutscher Basis. Der Einzige, der das versuchte, der Außenminister Aehrenthal, ein perfider Renegat (die Lexas von Aehrenthal waren Judenstämmlinge) und zwar mit seiner törichten Annexion von Bosnien-Herzegowina, hat nur den Tod der Monarchie beschleunigt. Wirkliche österreichische Ideen hat es nur unter Čechen gegeben. Österreich war eben nur slavisch-föderalistisch haltbar. Das wußte Franz Palacký** und lehnte es ab, zum Frankfurter Reichstag zu fahren und das wußte Dr. Karl Kramář***, der den Dreibund als »Abgespieltes Luxusklavier« bezeichnete, die Anlehnung an Rußland wollte und dem man dafür den Hochverratsprozeß machte.

Die Alpendeutschen waren ebenso anti-österreichisch als die Sudetendeutschen. Die junge Generation von Tirol und Steiermark und Kärnten war deutschnational und nazistisch, noch bevor die Reichsdeutschen es waren. Nach dem Untergang des

* Václav Klofác, Gründer und Führer der tschechischen nationalsozialistischen Partei

** František Palacký, böhmischer Politiker und Historiker, Vertreter der Idee des Austroslawismus

*** Karel Kramár, Vertreter der »Jungtschechen«, Gründer der tschechischen nationaldemokratischen Partei (1918)

Kaiserjägerkorps in der ersten Schlacht bei Lemberg war Tirol der Revolution nahe. Um die Jahrhundertwende war Graz eine der gefürchtetsten Garnisonen, weil kein Offizier auf der Straße seines Lebens sicher war, so hatten es die Studenten auf die Offiziere abgesehen.

Heinrich Wescher von Piberau war mein Schwadronskommandant: der Sohn eines Grenzer-Obersten, als Rittmeister jahrelang präteriert, weil er in Graz einen deutschnationalen Studenten erschossen hat. Das wurde späterhin der beste Nährboden für den Nazismus und es ist einfach nicht wahr, wenn man uns einreden will, daß der Alpendeutsche fromm und bieder und eher monarchisch als nazistisch gesinnt ist. Bis auf die drei Länder um Wien herum, die vom Hof-Lakaientum gelebt haben, und Wien selbst, das stark jüdisch war, waren alle Österreicher, und das seit Dezennien, Nazis.

Es ist ein Stück österreichischer Tragik, daß der einzige Habsburger, der eine blasse Ahnung von all dem hatte, und der bestimmt den Versuch einer kleinen Föderalisierung unternommen hätte, wenn auch too little and too late, nämlich der Franz Ferdinand, ansonsten ein grausamer und bösartiger Bursche, grad von Südslaven ermordet wurde und damit zum Fanal für die ganze Welt wurde.

Materialisten werden behaupten, daß es das Gesetz der Trägheit war, das die Monarchie von 1867 bis 1918 noch zusammenhielt. Ich aber behaupte, daß es die zwei größten, ja die beiden einzigen Errungenschaften dieser Kulturwelt waren, die das vermochten: die Speisekarte und die Tabakregie. Und vieles davon ist unsterblich.

Sie müssen sich damit abfinden, lieber Torberg, daß es nie wieder einen Mozart oder Schubert in Österreich geben wird. Es wird dort noch Genies geben (warum nicht?) und wir wer'n nimmer leben – aber nie wieder wird sich dort deutscher Kontrapunkt mit italienischem Barock begegnen, wie bei Mozart. Nie wieder wird ein neuer Schubert seine Klangvisionen aus allen umliegenden Königreichen und Ländern alimentieren können. »Reichtum an Farben und Skalen...« nannten Sie im Révy-Brief vom 12.1. die Buntheit der deutsch-österreichischen Kultur. Dieser Reichtum kam aus dem Italienischen, Ungarischen, Slavischen. Nehmen Sie das dem Österreicher, was bleibt übrig? Ein Gamsbart.

Den Erben laß verschwenden
An Adler, Lamm und Pfau
Das Salböl aus den Händen
Der toten alten Frau!

Die Habsburger haben das Erbe verschwendet bis auf den letzten Tropfen Salböl, und Adelige, Bischöfe und Hofräte haben ihnen dabei geholfen. Solch ein Hofrat war auch der Grillparzer. Und einen Hofmannsthal wirds auch nicht mehr in Österreich geben, der so ein »dekoratives Gedicht«, wie Beer-Hofmann es nennt, schreiben würde. Man ist nicht dekorativ in Ecuador oder Venezuela. Vorbei!

Halten Sie mich, lieber Torberg, nicht für einen Sadisten, weil ich immer wieder betone, wie vorbei das Ganze ist und Ihren österreichischen Gefühlen damit nahetrete. Aber Sie wissen es ja selbst, daß die österreichischen Erblande im Allgemeinen und Wien im Besonderen nichts Anderes waren als eine entzückende Form, die erst durch den Reichtum an Farben und Skalen der andren Völker Inhalt bekam. Diese zu dividieren und zu imperieren war die Staatskunst und es wurde so lange dividiert bis nichts mehr fürs Impera vorhanden war als das Hotel Imperial, in dessen Foyer die letzten Schieber die letzten Kronen transferierten.

Ich hab's leichter als Sie, denn ich war nie ein österreichischer sondern immer nur ein böhmischer Patriot, und schon 1915 kam ich in strafgerichtliche Untersuchung wegen Russophilie – das war beim Militärstations-Kommando in Josefstadt, als ich den russischen Gefangenen Musikinstrumente kaufte und ihre Chöre aufschrieb. Aber darum setze ich doch der verstorbenen k.u.k. Kultur tausend Denkmäler in meinem Innern, jedes von ihnen ein kleines Lied von der bunten Welt, die meine Jugend war, und ich kann sagen: es war eine sehr glückliche Jugend...

V. K.

Hollywood, 16. März 1944

LETZTER AKT – LETZTER AUFTRITT

Der Vorige; später *Der Graue*

Der Vorige: (hat die Lekture des Briefs beendet und setzt sich an die Maschine, um ihn sofort zu beantworten. Hinter ihm *knurrt* es. Der Vorige, ohne sich umzuwenden) Knurre nicht, Pudel.

Der Graue: (ist unbemerkt eingetreten)

Der Vorige: (spannt das Papier ein)

Der Graue: Ich warne Sie.

Der Vorige: (mit gekünsteltem Gleichmut) Wovor, wenn ich fragen darf?

Der Graue: Vor den Folgen.

Der Vorige: Dacht' ich's doch. Immer dasselbe. Daß Ihnen das nicht langweilig wird... Oder glauben Sie wirklich: wenn Sie mich vor den Folgen warnen, werde ich den Warnungen folgen? Betrachten Sie sich von diesem geschliffenen Wortspiel durchbohrt, und lassen Sie mich in Ruh. (Er beginnt zu tippen, kommt aber nicht weiter als »Lieber Herr K«.)

Der Graue: Ich warne Sie. Je vous préviens, cher Myrmidon. (Für sich) Jetzt wird er mir gleich erzählen, daß die Übersetzung von Fulda besser ist.

Der Vorige: (tut nichts dergleichen)

Der Graue: Also *nicht?* Sie lassen sich also *nicht* warnen? Sie werden jetzt also *doch* einen Brief an den lieben Herrn K schreiben?

Der Vorige: Natürlich. Und was geht das *Sie* an?

Der Graue: Nichts. Da haben Sie recht. Mit mir hat das nichts zu tun.

Der Vorige: Dann halten Sie gefälligst die Goschen.

Der Graue: (unbeirrt) Es *sollte* aber mit mir zu tun haben. *Alles*, was Sie machen, sollte mit mir zu tun haben...

Der Vorige: Warum? Wer sind Sie überhaupt?

Der Graue: Wenn Sie weiter solche Dialoge schreiben, in denen der eine Gesprächspartner sich erst nach fünf Minuten erkundigt, wer der andre überhaupt ist, dann werden Sie es nie zu etwas bringen. Und *das*, sehen Sie, *hat* mit mir zu tun.

Der Vorige: Ich gebe zu, daß die Frage ein wenig spät gestellt wurde. Das enthebt Sie aber nicht der Beantwortung.

Der Graue: Da, Sie Dilettant: jetzt muß ich die Frage natürlich wiederholen, weil das Publikum schon längst vergessen hat, um was es sich handelt. (Höhnisch) Sie wollen also wissen, wer ich bin? Ich bin Ihr gebrochenes Ehrenwort. Ich bin Ihr guter Vorsatz und Ihr schlechtes Gewissen. Ich bin Ihre gestern nur zur Hälfte gezahlte Income Tax. Ich bin Ihr Bankkonto, das zum Unterschied von Ihrem Kopfpolster frisch überzogen ist. Ich bin Ihr Vorschuß vom Ljus Ferlag in Stockholm. Ich bin Ihr gestern versäumtes Appointment mit einem Producer. Ich bin die seit Wochen nicht begonnene Story, die Sie für ihn schreiben sollen. Ich bin der Schlaf, den Sie am Tag schlafen müssen, weil Sie in der Nacht arbeiten. Ich bin die Arbeit, zu der Sie in der Nacht nicht kommen, weil Sie lieber einen Brief an den lieben Herrn K schreiben. Ich bin ein Übermaß von Coffein und Nikotin, ich bin eine Kombination von Empirin, Sedormit, Peralga und Paralipomena. Ich bin die Zukunft, die Sie hinter sich haben. Ich bin die höchste Zeit, die es für Sie ist. Genug?

Der Vorige: Zu viel. Können Sie das alles nicht kürzer sagen?

Der Graue: Gut denn. *Ich trete an Sie heran!* (Er tritt an ihn heran und schlägt die Kapuze zurück.)

Der Vorige: (erbleichend) *Der Ernst des Lebens*...

(Die Szene verfinstert sich. Blitz und Donner. Der Vorhang fällt rasch.)

★

Lieber Herr Kahler,

abermals beantworte ich Ihren Brief mit einer Pünktlichkeit, von der ich fürchten muß, daß sie nachgerade sprichwörtlich zu werden droht. Wie könnte ich auch anders! Jeder Satz – was sage ich – jedes Wort das Sie schreiben löst in mir einen derartigen Katarakt von Antworten, Apropos und Assoziationen aus, daß ich mich eben nur durch sofortige Antwort vor dem Ertrinkungstod retten kann (und in *meinen* Assoziationen zu ertrinken wäre gewiß eine der grauenhaftesten Todesarten).

Eigentlich dürfte mein Brief nur aus einer Duplik in Sachen Österreich bestehen (sagte ich »nur«?), und eigentlich müßte ich, damit es eine richtige Duplik würde, mit System und Konzeption vorgehen. Aber dem bin ich jetzt wirklich nicht mehr gewachsen, und ich werde deshalb – Ihr Verständnis, ja geradezu Ihre Mitarbeit höfl. erbittend und erhoffend – das Verwegenste tun, was man in einem solchen Fall tun kann: ich werde, *während* ich Ihnen antworte, *noch* einmal Ihren

Brief lesen und immer auf das antworten, worauf ich, wäre das Ganze kein Brief sondern ein Gespräch, eine Antwort am wenigsten hätte unterdrücken können. Ich werde also Zwischenrufe machen.

Gleich der erste wäre in einem Gespräch gar nicht möglich, denn er bezieht sich auf eine Schreibweise. Sie schreiben: »Šindelář«, und das ist falsch, obwohl es richtig ist. Ich stelle das natürlich *nicht* aus jener üblen Verbesserungs-Pedanterie fest, der Sie schon anläßlich »jodea« so gründlich die Leviten gelesen haben. Sondern ich stelle es fest, weil mir gleich hier eine bemerkenswerte Wurzel des österreichischen Zaubers vergraben scheint. Denn siehe, obwohl er sich »Sindelar« schrieb, wurde er selbstverständlich von jedem Wiener, der ihn kannte, also von jedem Wiener, »Schindelar« ausgesprochen, und wäre wahrscheinlich vollkommen korrekt »Schindelarsch« ausgesprochen worden, wenn solcher Endsilbe nicht eine verräterische Eigen-Bedeutung innegewohnt hätte.

Uridil, der seinerzeitige »Tank« des Rapidsturms, auch Ihnen vielleicht noch erinnerlich aus dem Volkslied »Heute spielt der Uridil«, und jedenfalls der einzige, den man als Vorgänger des Papierenen bezeichnen könnte (*nur* was die Popularität betrifft – in Technik, Witz, spielerischem Können, kurzum: in kultureller Hinsicht verhielt er sich zu ihm tatsächlich wie ein Tank zu Papier) – Uridil also, obwohl auch er sich nicht »Uřidil« schrieb, *wurde* »Urschidil« ausgesprochen, genau so selbstverständlich wie Sindelar mit Sch – denn diese Kenntnis oder dieser Sprach-Instinkt *ist* dem Wiener eben selbstverständlich. Und so wird Sindelar in einem höheren Sinn tatsächlich zu einem Überbleibsel der »k.u.k. Herrlichkeit«. (Daß er nach dem Einzug der Nazi Selbstmord begangen hat, wissen Sie wahrscheinlich; wenn ich brav bin, erlaube ich mir einmal, Ihnen die »Ballade auf den Tod eines Fußballspielers« zu schicken, die ich damals geschrieben habe.)

...Setzen wir fort, und stellen wir zunächst einmal fest, daß Sie meinen »Révy-Briefen« natürlich viel zu viel Ehre erweisen. Nicht mit Unrecht, jedoch zur Freude Freuds, gerät Ihnen gleich in der nächsten Zeile die Prägung des »Provinz-Polgaroids« über das Farbband, und genau darum dürfte es sich auch handeln. Es ist eine durchaus feuilletonistische Polemik, und mehr wollte sie auch nicht sein. Mit Ihnen, Ew. Wohlinformiertheit, hätte ich mich auf sowas gar nicht erst eingelassen. Und ich bin jetzt (wie der Yankee leider unübersetzbar sagt) at a loss, was ich machen soll.

Vieles in Ihrem Brief ist so richtig (um auch das Tschechische zu unübersetzbarem Recht kommen zu lassen: jasně jako facka*), daß man darüber gar nicht diskutieren kann, jedenfalls nicht im Ernst, also nur feuilletonistisch. An andern Stellen wiederum fühle ich mich ganz einfach mißverstanden, oder vielleicht habe ich mich in den Révy-Briefen nicht klar genug ausgedrückt. Zum Beispiel hätte es doch völlig klar sein müssen, daß ich Schönerer und Wolf niemals einer »groß-österreichischen Idee« für fähig gehalten habe, und daß ich meinerseits niemals für eine »groß-österreichische Idee auf deutscher Basis« plädiert habe (die ja im Gegenteil der Tod Österreichs war)...

Richtig remonstrieren muß ich aber erst, wenn Sie zu dem von mir gepriesenen »Reichtum an Farben und Skalen« bemerken: »Dieser Reichtum kam aus dem Italienischen, Ungarischen, Slawischen. Nehmen Sie das dem Österreicher, was bleibt übrig? Ein Gamsbart.« Was heißt das? Nehmen Sie dem panierten Kalbskotlett das Fleisch, das Ei, und die Semmelbrösel, was bleibt übrig? Ein Knochen. So ist das also nicht. Sondern wo der Gamsbart übrigbliebe, dort hatten die italienischen, ungarischen, slawischen (und, for that matter, jüdischen) Einflüsse erst gar keine Chance einzufließen. Ja ein

* Klar wie eine Watschen

Gamsbart bleibt überhaupt nicht übrig, sondern er ist von vornherein da, und zwar als eine *Komponente* des Gesamtbilds, keinesfalls als dessen Grundlage. Daß er das wäre, hat nur er selber geglaubt. Mich sollten Sie solchen Irrglaubens gar nicht erst zeihen. Sie sollten mir auch gar nicht erst sagen, daß es dieser Irrglaube war, an dem die »österreichische Idee« zuschanden wurde. Ich weiß es. Ich glaube nur nicht, daß sie auf »die Bewohner von Wien, Nieder- und Oberösterreich, Salzburg und die deutschsprechenden, liberalen Juden« beschränkt war.

Noch lange nach ihrem endgültigen Hinscheiden habe ich an den merkwürdigsten Orten die merkwürdigsten Träger dieser Idee getroffen, mit verwaschenen Leichenhemden angetan, aber dennoch deutlich erkennbar: einen tschechischen Richter, der mit mir im edelsten, gewähltesten Tschechisch amtshandelte und der einen eintretenden Kollegen (mit dem er dann auch tschechisch weitersprach) im edelsten Wienerisch mit »Servus, Kollega« begrüßte; einen Salinenarbeiter in Alt-Aussee, er hieß von Lesch, sein Adel war 300 Jahre alt, er schimpfte auf die Nazi und gab an, daß seine Familie seit jeher nur mit den slowenischen Bauern verkehrt hätte, die seit Generationen in jenem Hochplateau siedeln; und ein Hotelportier in Brünn und ein Kellner in Agram und ein Besoffener in Prag... Aber schließlich wissen wir ja auch von dem Ihrerseits beregten Palacký, daß man die Habsburger-Monarchie hätte erfinden müssen wenn es sie nicht gegeben hätte, und es *hat* sie gegeben.

Eine Scheinwelt, sagen Sie. *Natürlich* eine Scheinwelt. Aber wann, wenn wir vom güldenen Palast des Raja von Kandapur absehen, wann wäre Schein und Schimmer jemals so weit in die Realität vorgestoßen? So weit, in der Tat, daß man sie bisweilen schon mit der Wirklichkeit verwechseln durfte. Und was verschlägt es angesichts solcher Verwechslungsmöglichkeit, und ihrer unzweifelhaft realen Ergebnisse von Mozart bis

Tafelspitz, – was verschlägt es da, wie viele von den Millionen Zwergen, Hexen und Kobolden, die diese Scheinwelt bevölkerten, Kornblumen im Knopfloch trugen und wie viele rotweiße Nelken? »Rakousko se rozpadne jako suchý kraví hovno«*, sagte 1918 der tschechische Sozialdemokrat Bechyně mit der unnachahmlichen Down-to-earth-Prägnanz, die bei den Tschechen sogar einem Sozialdemokraten erhalten bleibt. Aber sollen wir deshalb dem Kuhdreck, zu dem es zerfallen ist (und zerfallen *mußte*), rückwirkende Gültigkeit zuerkennen? Sollen wir über dem häßlichen Froschkönig vergessen, was für ein schöner Märchenprinz er war?

Sie haben es da, mein Herr, in mancher Hinsicht viel leichter als ich, weil Sie viel klarer sehen. Und in mancher Hinsicht hab *ich*'s wieder leichter: weil es nicht immer darauf ankommt, klar zu sehen. Sie haben diese Scheinwelt noch vollen Sinnes als Realität erlebt und halten Sie dergestalt in Ihrer Erinnerung verbucht. Für mich sind es Kindheitserinnerungen, traumhaft von vornherein, und obendrein noch eingehegt von der Wehmut und Zärtlichkeit, mit der wir frühen Greise an unsre Kindheit denken.

Für mich ist es *wirklich* ein alter Herr, der aus einem Burgfenster der Wachablöse zuschaut, und eine Equipage in Ischl, vor der mein sehr geliebter, hochgewachsener und gar nicht serviler Vater servil den Hut zieht, und ein pompöser Begräbniszug durch die Mariahilferstraße mit vielen, vielen Pferden, und die blitzenden Uniformen und klirrenden Orden meiner kriegerischen Oheime. Ich bin, kurzum, in diesem Zusammenhang noch immer ein (wenn auch ein wenig altkluger) Knabe. Ich bin kein »österreichischer Patriot«, jedenfalls nicht in dem Sinn, den sie dieser Bezeichnung offenbar unterlegen – denn sonst hätten Sie sie nicht als Antithese zum »böhmischen Patrioten« gebrauchen können, der *Sie* sind.

* »Österreich wird zerfallen wie trockener Kuhdreck«

Merken Sie denn nicht, daß das dasselbe ist? Daß ein »böhmischer Patriot« eben nur als »österreichischer Patriot« möglich war – oder er hätte ein *tschechischer* Patriot sein müssen. Das waren Sie nicht und konnten Sie auch nicht gut sein, ebenso wenig wie ich, auch dann nicht, als es schon eine Tschechoslowakei gab. Hingegen waren Sie dann wahrscheinlich, ebenso wie ich, ein *tschechoslowakischer* Patriot: was ja auch die legitime Fortsetzung des »böhmischen« von damals ist, nicht anders als die Tschechoslowakei selbst die legitime Fortsetzung der alten Monarchie war, angefangen von den sechssprachigen Banknoten bis zur Halbschlächtigkeit der Verwaltungsmethoden, an denen sie schließlich zugrundeging.

Und irgendwo in dieser Parallel-Gleichung wollen wir auch den Faktor einsetzen, daß es in der Tschechoslowakei (trotz einem den Tschechen genau wie den Österreichern immanenten Antisemitismus) den Juden fast genau so gut gegangen ist wie im alten Österreich. »Mein Kind, – unter Kaiser Franz Joseph dem Ersten«, hat bekanntlich der Rabbi dem verzweifelten Bocher geantwortet, der wissen wollte, *wann* es den Juden im Verlauf ihrer vieltausendjährigen Geschichte denn eigentlich gut gegangen ist. Das wäre also das, und ich wollte es halbwegs klargestellt haben.

Ich wollte auch klarstellen, daß Sie meinen »österreichischen Gefühlen« *nicht* »nahetreten«, wenn Sie »immer wieder betonen, wie vorbei das Ganze ist«. Ich weiß, daß es vorbei ist. Ich weiß auch, *wie* vorbei es ist. Ja ich glaube sogar zu wissen, *warum* es vorbei ist. (Let's get that straight: ich wäre, wenn ich mich damals bereits im Vollbesitz meiner Sinne befunden hätte, mit den damaligen österreichischen Behörden vermutlich in die gleichen Konflikte geraten wie Sie. Denn ich bin, wie gesagt, kein »österreichischer Patriot« in *diesem* Sinn.) Es ist also vorbei, das Beweisverfahren ist geschlossen, und das Urteil der Weltgeschichte gefällt.

Und jetzt erhebt sich ein letztes Mal der Anwalt der verlorenen Sache, entlehnt die von Dr. Hugo Sperber im Mordprozeß Gruber tatsächlich gebrauchte Anrede: »Hoher Gerichtshof! Meine Herren Geschworenen! Löbliche Südbahn!«, und bittet abschließend, folgendes bemerken zu dürfen: Was Sie meine »österreichischen Gefühle« nennen, und wofür ich die Bezeichnung »österreichische Sehnsucht« vorzöge – das habe ich und hege ich ja nicht *obwohl* sondern *weil* es vorbei ist, *weil* es sich da um eine *garantiert unerfüllbare* Sehnsucht handelt, um eine garantiert nie wieder realisierbare Konzeption. Und das ist ein Haupttreffer.

Denn siehe die Beulen, damit mein Schädel bedeckt ist, als er anrannte wider die realen Mauern meiner republikanischen, demokratischen, sozialistischen, kommunistischen, zionistischen Wunschträume. *Da*vor ist meine österreichische Sehnsucht gefeit – und Sie werden zugeben, daß das das weitaus Beste ist, was einer Sehnsucht passieren kann...

Ergebenst Ihr
Torberg

Crawford Notch, 14. August 1945

Du bist also auf der Red Hill Farm,

aber warum schweigt Torberg die Umgebung, in der er sich befindet, verächtlich tot? Kein Wort las ich noch von Natur und Kühle, von Feld oder Wald, und wenn an einer einzigen Stelle die Kuh bemüht wurde, so geschah es nur um ihrer Haut willen, auf die das Alles eben nicht geht. Denn so ist eben das Landleben in der Prairie zur Pionierzeit, wo ein Schriftsteller in Mokassins am Schreibtisch zu sitzen hat, in der einen Hand die Feder, in der anderen den Revolver. Aber vielleicht ist das Alles auch nur äußerlich und das Wesentliche ist die aus Kille- und Ghettozeit herstammende Ablehnung der ländlichen Detachiertheit und das wohlige Sich-Räkeln in der Stadt. Auch hier kann ich mit einem Prachtexemplar aus dem Tellerschen Sagenkreis dienen, da ich schon nun mal zum Bonmotist wurde:

Die Urgroßmutter Scheweleben Teller kaufte in Kuttenberg ein Gut und legte dort eine Zucker- und eine Spiritusfabrik an, baute ein Schlößchen und legte einen weitläufigen, schönen Park an. Aber sie selbst fuhr nur gelegentlich über den Tag im Stellwagen hinaus und war keinesfalls dazu zu bewegen, in Kuttenberg zu übernachten. »Am Land übernachtet man nicht« lautet einer der von ihr überlieferten Aussprüche. Sie ließ nicht einmal die pittoreske Schönheit des uralten Bergstädtchens Kaňk zu, das in der Nähe lag und auf das sie ihr Neffe V. S. Bondy, mein Großvater, aufmerksam machte – Kaňk heißt eigentlich Gang und war zu Karl IV. Zeiten das Zentrum des Silberbergbaus gewesen – und sie sagte wegwerfend: »In Kaňk gibt's nur Kinder und Gäns'.«

In diesem Sinne, mit vielen Grüßen
Viky

Red Hill Farm, 16. August 1945

Es ist ein Fehlschluß,

aus meiner Erbitterung über die hiesigen Postverhältnisse eine generelle Ablehnung alles Hiesigen abzuleiten, oder mich gar, wie sehr ich diese ehrwürdige Frauengestalt auch in mein Herz schließe, an grundsätzlicher Land-Verachtung der alten Scheweleben Teller gleichzusetzen. Nichts liegt mir ferner, und die Ströme von Blubo, mit denen Mělník ob der Elbe mich so manchen Kindheits-Sommer hindurch gespeist hat, sind bis heute noch nicht versiegt in mir. Und wenn ich meine Umgebung »verächtlich totschweige«, so liegt das daran, daß sie mir *zu wenig* vom Lande besitzt, nicht zu viel.

Wenn ich von den Kühen nichts weiter zur Kenntnis nehme als die zum Wortspiel geeignete Haut, so liegt das daran, daß sie maschinell gemolken werden und nicht mit der Hand, daß keine Magd mit blau emailliertem Kübel sich zur Dämmerstunde stallwärts begibt, hiebei womöglich böhmischen Volkes Weise summend, sondern vom living room, in welchem man denn auch Cocktails trinkt, tönt das Radio.

Und was, vollends, sollte ich Dir von Feld und Flur berichten? Lies das doppelseitige Westinghouse-Inserat in der letzten Nummer von »Fortune«, wenn Du wissen willst, was sich an Combine-Machines abspielt oder gar erst in der von Progress & Happiness geschwellten Post-War-Era abspielen wird, wenn das von der Maschine vorderwärts verschlungene Korn hinterwärts bereits als MacFarlands Vitamine Enriched Sliced Rye Bread herauskommt, in Celophane verpackt und schon mit der trade mark »yum yum it sure tastes good Mom«.

Lies *das*, wenn Du um Feld und Ernte wissen willst – und frag nicht mich. *Ich* weigere mich, etwas, was keinen Rain hat, überhaupt als Feld zu agnoszieren, und etwas, wobei man keinem geschlungenen Kopftuch »Pomáhej Panbůh« sagen kann und »Dejš to Panbůh«* zur Antwort bekommt, überhaupt als Ernte...

Ich habe vor ein paar Tagen beim Heu-Einbringen mitgeholfen. Kein hochbeladener Wagen, der schwankend in den Hof einfuhr und bis an den Heuboden heran, zu dessen Luken er hinaufreichte, so hoch beladen war er; keine dreifingrigen Heugabeln, mit denen man das zusammengeraufte Heu durch die Luke schiebt, es geht am Anfang ganz leicht, aber dann wird es immer schwerer, und wenn es erst einmal so weit ist, daß die schrägen Seitenleisten des Wagens sichtbar werden, so kommt man überhaupt nicht mehr mit. Nichts von alledem. Fertiggepreßt, in rechteckigen Blöcken und schon gebunden,

* »Helf euch der Herrgott« – »Der Herrgott geb's«

in regelmäßigen Reihen und Abständen, wurde das Heu auf einen langsam hindurchfahrenden Truck geladen und abgeführt, wie der Grüne Anton Sträflinge abführt. Beim Ausladen und Verstauen haben sich dann die Menschen eingemischt. Es hat noch ein bißchen gerochen. Vielleicht war es artificially flavored. Vielleicht auch wird das demnächst abgeschafft werden. Schon las ich jüngst auf der kulinarischen Seite der »Herald Tribune« die jauchzende Überschrift »Odorless Garlic Invented«. Sie werden auch noch farblose Schmetterlinge erfinden. Amen.

Ich muß doch noch ganz ausdrücklich drei lechajim ausbringen auf den Ausspruch »Am Land übernachtet man nicht«. Er hat die eherne Größe von »Ein lediger Mensch kann auch am Canapé schlafen« – übrigens ist die Schwiegermutter Basch jetzt schon *die dritte*, für die das in Anspruch genommen wird – mir wurde er seinerzeit von der alten Jolesch berichtet, der Sagerin des noch viel implikationsreicheren Diktums: »Ein Siebzigjähriger läßt sich keinen Überzieher machen, und wenn, soll ihn Franzl gleich mitprobieren«...

Pomáhej Panbůh
Torberg

Crawford Notch, 23. August 1945

Lieber Torberg,

der Du, und zwar mit Recht, den Titel eines Schriftstellers trägst, ich komme mich zu Dir beklagen. Ich lese nämlich den »Tod des Vergil« und bin maßlos erbittert.

Ich bin erbittert über eine Sprache, die einen vor lauter Plüschdraperien den Fauteuil nicht sehen läßt, auf dem man sich in Ruhe niederlassen möchte, um die schönen und tiefen Gedanken dieses Buches nachzu–denken.

Die Erbitterung wird aber zur Mordlust, wenn ich draufkomme, daß auch Du, Broch, dem Verbrechen verfallen bist, das ich schon von Thomas Mann und Erich Kahler und anderen Boches* kenne, das Wort »verhaftet« in einem Sinne zu verwenden, der ihm nicht zukommt, der dem Sprachsinn und jeder Ästhetik widerspricht und der zum Charakteristikum des deutschen, lehrhaften, schwitzenden, professoralen, zeigefinger-erhobenen, bebrillten, ernstnehmenden Untams wurde.

In Torbergs Gesammelten Werken habe ich diesen Unfug nicht gefunden. »Verhaftet« würde sich mit der Hatikwah oder dem Kampfruf der Wasserballer auch nicht vertragen. »Verhaftet« hätte eventuell Gott Kupfer sagen dürfen, wenn er Deutsch vorgetragen hätte und nicht Darstellende.

»Der Schönheit verhaftet«, heißt es da, oder »der Lebenslust verhaftet«, alle zehn Seiten kommt das vor.

Verhaftet heißt ein für alle Mal: von der Polizei geschnappt. Es ist unmöglich, etwas verhaftet zu sein, man kann nur von etwas verhaftet sein, resp. werden, also z.B. von der Polizei. Will man aber eine Hörigkeit, ein Verfallen-Sein ausdrücken, dann bemühe man sich um einen anderen Ausdruck als um dieses ungelenke Falsifikat des Sprachgebrauchs.

Ist etwa Mozart der Grazie verhaftet gewesen? Oder Johann Strauß dem Walzer? Oder Manet dem Spiel des Sonnenlichts im Laub der Bäume? Ich wähle absichtlich drei Materien leichten Kalibers um darzutun, daß es einfach nicht angeht, dem Gleichgewichts-Sinn der Sprache mit solcher Schmockerei ins Gesicht zu schlagen.

Ich habe daher beschlossen: wer den Ausdruck »etwas verhaftet sein« gebraucht, der ist ein Boche. Und da kann er mir hundertmal, wie im »Vergil«, mit Austriazismen daherkommen. Er ist ein Boche. Amen.

* abfällige Bezeichnung für die Deutschen (franz.)

Zur Belohnung darf ich jetzt ein bißchen mit dem kleinen Torberg spielen gehen, ein Bub wie ich aus guter Familie, von dem ich also nichts Schlechtes lernen werde. Bedenklich ist es ja nur, daß er angeblich »schreibt«, aber das kommt in den Übergangsjahren manchmal vor und verliert sich dann später wieder, nur nicht zu ernst nehmen, er wird noch zum Vater ins Geschäft gehen und ein braver Bursch werden. So spricht die Schwiegermutter Basch oder die Tante Jolesch oder die Dritte, die das mit dem Canapé und dem Junggesellen erfunden haben soll. Weil ich aber voll schlechten Gewissens gegen die Tante Jolesch wurde, weil sie schon dasselbe gesagt hatte, das ich jetzt der Basch-Ahnin kreditieren wollte, schrieb ich sofort einen Brief an Basch, versagte seiner Schwiegermutter selig nachträglich alle militärischen Ehren und nahm sie voll und ganz in Anspruch für die Tante Jolesch für das mit dem Überzieher und dem Franzl.

Ich nehme den Dienst an der Tante ernst und es ist der einzige Dienst, der dessen wert ist. Da der kleine Torberg einer ist, der »schreibt«, wird er also verstehen, daß die Tante Jolesch nur ein Symbol ist, daß sie dasteht, ehern und unvergänglich, an der Kassa des »Gewölbs«, das Atombomben-proof ist, wie unsere ganze Vergangenheit, wie unsere Herkunft. Diesem Herkommen bin und bleibe ich so zugehörig, ich bleibe ihm so unauflösbar verknüpft, daß ich nicht ruhen werde bis nicht Torberg, bis er einmal groß geworden ist, das große Buch schreiben wird, die Bibel der k.u.k. Juden, in der die Tante Jolesch auftritt, nicht als eherne Gestalt der Verehrung, sondern als kuličky*-spielendes Kind, dann als Mädchen und dann im Gewölb, halb čechisch und halb schillerisch, halb k.u.k. und halb Lechodaudi singend, am freitagabendlichen, friedlichen Familientisch...

* Murmeln

Hübsch gespielt wieder einmal mit dem Torberg. Hoffentlich spielt er ebenso gerne mit mir. Morgen wieder, ja? Wenn er mir nur nicht von den Literaten und Ernstnehmern verdorben wird. Sie sollen ihm nicht einreden, daß man so dick und überstopft und plüschern schreiben muß, es ist einfach nicht wahr, ebensowenig wahr, als daß die Völker Krieg wollen, um für ihren Kaiser oder sonstwas zu sterben. Es ist nur der Betrug der Professionals an den Opfern, nur in andrer Form. Und morgen legen wir wieder die Röcke auf die Schulbücher und spielen Goalangriff. Wenn's nur die Tante Jolesch nicht sieht!

Adieu Torberg!
Viky

New York, 10. September 1945

Zum Thema »verhaftet«,

einem der vielen Überbleibsel, die mir unverdaut im Magen liegen und die sich eines Tags zu Korrespondenz-Gallensteinen auswachsen werden: es ist einer jener seltsamen und kostbaren Fälle, wo jemand recht hat, ohne eigentlich recht zu haben. Denn der von Dir beanstandete Sinn *ist* der ursprüngliche und die polizeiliche Anwendung die übertragene – und trotzdem ist, wer es im ursprünglichen Sinn gebraucht, ein Boche.

Ich verspreche Dir, solchen Gebrauch in Hinkunft sorgfältig zu vermeiden, – woraus bereits hervorgeht, daß ich gar nicht so sicher bin, ob ich das in der Vergangenheit immer getan habe; im Gegenteil habe ich mich im Verdacht, es sogar in der »Mannschaft« so verwendet zu haben, und sogar im Zusammenhang mit der dortselbst aufscheinenden Kadimah. Ja am Ende könnte ich einen Satz geschrieben haben wie »Die Mannschaft der Kadimah war der Hatikwah verhaftet«. Ich glaub ja *nicht*, daß es *so* weit gegangen ist, – aber das Recht zum Steinewerfen muß ich mir jedenfalls erst durch Enthaltsamkeit erwerben. Einer der wenigen, von dem ich Dir blindlings *garantieren* kann, daß es bei ihm nicht vorkommt, ist der Werfel...

F. T.

New York, 15. August 1948

Nur ein paar Worte

zu Hermann Hesse, von dem ich übrigens einen zauberhaften Brief mit ebensolchen Beilagen bekommen habe: natürlich ist er auch mir »lieber« als der Thomas Mann, aber – es kommt mich hart an, es zu sagen, und deshalb sag ich's lieber auf englisch: I could rather do without him than without Thomas Mann.

Ich finde alles das, was den rührenden, erschütternden, verehrungswürdigen Reiz seiner Gesamterscheinung ausmacht, in einigen seiner Bücher irgendwie »fehl am Platz«, die Naivität (gerade im »Narziß und Goldmund« zum Beispiel) ist mir zu direkt, zu unverhohlen, ich hab nicht gern, wenn bei einem jungen Mann der ausdrückliche »Geschlechtstrieb« ausdrücklich »erwacht« und wenn er dann einem Mädchen ausdrücklich »die Scham berührt«, dazu hab ich ihn nicht auf Dichter lernen lassen, daß er mir das so sagt wie es auch in einem ärztlichen oder in einem Polizei-Bericht stehen könnte, – es ist, ich kann mir nicht helfen (und möchte es doch sehr gern), *kunstlos,* und ich meine da um Gottes willen nicht nur den Ausdruck, geschweige denn gerade diesen, ich meine die ganze Haltung, die Deutlichkeit des Dialogs – »Ich bin Denker, du bist Künstler« *hat* man ganz einfach nicht zu sagen, das hat man zu zeigen, wenn man's sagt ist es ein Auszählreim, Ich bin Denker, du bist Künstler, eins-zwei-drei und du bist weg, und das geht eben nicht.

Dabei ist gerade »Narziß und Goldmund« eine prachtvolle Geschichte, mit unvergeßlichen Szenen und Bildern und von einer süßen, sorglosen Legendenhaftigkeit – ich hab nur beim Lesen immer Angst gehabt, daß er mir jeden Moment mitteilen wird, es wäre wie eine Legende, und diese Angst stiert's mir bei ihm, gerade *weil* ich ihn liebe und *weil* er (nicht etwa mit Längen vor, sondern zum fundamentalen Unterschied von Thomas Mann) ein wirklicher Dichter ist.

Den »Steppenwolf« kenne ich nicht und werde ihn jetzt lesen. Er mag anders sein, Hesse ist sehr oft »anders«. Ein Gedicht von ihm – eines der schönsten Liebesgedichte, die es überhaupt gibt – lege ich bei...

Über York Harbor im allgemeinen und über die Anbetung des Hummertiers im besondern brauchst Du mir nichts weiter zu sagen. War selber in Bar Harbor. Und niemals werde ich unsern ersten Besuch im sogenannten »Lobster Pond« vergessen, jenem unter Bäumen gelagerten Pseudo-Heurigen, wo einem an derben Holztischen die Hummern (mit nichts dazu) direkt aus dem Meer serviert werden, und wenn man vorher telephoniert, wie viele man haben will, so erwarten sie einen bereits in zubereiteter Gestalt – und wie wir damals zum ersten Mal hinkamen, um Maine in seiner Urgestalt kennen zu lernen, hing an einem solchen Baum über einem solchen Tisch ein großes Netz mit lauter roten Krustentieren darin, und drüber war ein Zettel angenagelt, und auf diesem stand nur *ein* Wort: Schlesinger.

Ich mußte sofort an eine Ansichtskarte denken, die mir einer meiner begabteren Spione einmal aus Ungarn geschickt hat, sie hieß »Genrebild aus der Puszta« (in vier Sprachen) und zeigte einen weiten flachen Marktplatz, sichtlich schon ein Teil der unendlichen Ebene, ein paar malerisch kostümierte Gestalten standen im Vordergrund, den Hintergrund aber bildete das vermutlich einzige Geschäftshaus des Ortes, und deutlich war das Schild sichtbar, welches besagte: Grünfeld Dézidér. Genrebild aus der Puszta…

Indem ich mich zu weiteren Diensten stets gerne empfohlen halte, wünsche ich Euch weiterhin einen angenehmen Hummer und verbleibe

Euer Torberg

P. S. Kennst Du eigentlich »Die Nelkenburg«?

York Harbor, 23. August 1948

Lieber Torberg!

Im Speisesaal des Alten Bristol, an der langen Wand gegenüber dem Eingang, wurde allabendlich ein Tisch gedeckt und für die exklusivste Clique der Monarchie reserviert. Man nannte sie, nach jenem stets für sie reservierten Tisch, den Garde-Tisch. Niemand hatte Zutritt, der nicht ausdrücklich zu jener Clique gehörte.

An diesem Abend, von dem ich erzähle, saßen drei Herren am Garde-Tisch: der alte Gardekapitän Auersperg mit der Hakennase, der gleichfalls nicht mehr junge Fürst Starhemberg in der sehr jugendlichen Uniform eines Rittmeisters bei den Sechserdragonern – denn er war Flügeladjutant beim Kriegsminister Feldzeugmeister Krobatin – und ein Herr im Smoking. Der Smoking war auffallend, denn man war im Kriege. Es war der Abend des 21. November 1915 und ich war am selben Nachmittag nach Wien gekommen. Einige Zeit nachher wurden Speisesaal und Portierloge geschlossen und das Alte Bristol wurde zum Wohn-Annex des Neuen Bristol nebenan.

Der Herr im Smoking schien groß und schlank zu sein, er war sehr blaß und hatte einen dunklen Schnurrbart. Er bewegte seine großen, ausdrucksvollen Hände beim Sprechen und Rauchen mit müder Nonchalance. Ebenso begrüßte er sodann den überlebensgroßen Offizier, der an den Tisch trat. Es war Erwein Lobkowitz, der Sohn des Generals und Kammervorstehers des Erzherzogs Karl Franz Josef, er war zwei Meter lang und der weiße Mantel der Leibgarde-Reitereskadron nahm kein Ende. Ich kannte ihn gut, denn wir hatten zusammen in Pardubitz und Brüx gedient und hatten zwei seltsame Erlebnisse in den Kaisermanövern 1910. Der lange Gardeoffizier wurde selbstverständlich nicht eingeladen, am Tische Platz zu nehmen, er schien das auch garnicht zu erwarten, denn er gehörte ja nicht zur Clique.

Nach einiger Zeit verbeugte er sich leicht vor den drei Herren und verließ den Speisesaal. Im Vorbeigehen fiel ihm meine Uniform auf, die ja jahrelang auch die seine gewesen war, und er kam auf mich zu, – wir hatten einander lange nicht gesehen. Ich fragte ihn, wer der Zivilist am Gardetisch sei und da antwortete er: »Der Zivilist am Garde-Tisch? Den kennst Du nicht? Den kennt ja doch a Jeder! Das ist doch der Pick...«

Und somit habe ich die Frage beantwortet, ob ich die Nelkenburg kenne. Ich kenne die Nelkenburg und das Fiakerlied und die Geschichte vom in die Luft geschleuderten und mit der Pistole herabgeschossenen Silbergulden und vieles Andere...

Viky

New York, im Mai 1949

Aus den »Sprüchen der Máňa«:

KRAPFEN

werden heutzutage nicht mehr auf die komplizierte Art von anno dazumal gemacht: man zieht den Teig nicht mehr sondern man walzt ihn; man tut nicht mehr jede Hälfte für sich separat ausstechen (vyšťouchat) und »gehen« (kynout) lassen. Man sticht nicht nochmals aus und läßt nicht separat in Fett schwimmen. Man füllt nicht mehr separat mit Marmelade: zu oft kam es vor, daß die kalte Marmelade die Ursache war, daß die heißen Krapfen »sitzen blieben« (že zůstaly seděť).

Man sticht die Krapfen als Ganzes aus (jako celek) und läßt sie »gehen«.

Wenn sie dann fertig gegangen sind, dann nimmt man die dünne Spritze und sticht die Marmelade mitten hinein. Sie kann sich dann im weichen Teig schön ausbreiten.

Das heutige System gibt kaum ein Viertel so viel Arbeit wie das frühere und ist dabei viel sicherer.

Man muß das gesehen haben, sonst kann man es nicht und glaubt es nicht.

Ich habe es bei der Wiener Köchin der Petscheks gelernt. Die ist eine Wienerin und hat dabei viel in Amerika gelernt. Ich mache Krapfen nur noch auf amerikanische Art, habe keine Arbeit und es gibt kein Sitzenbleiben.

Und die Hauptsache: die Krapfen schmecken genauso gut wie auf die alte Art. Mit einem Wort: totíž – wie zuhause.

Viky

New York, 31. Mai 1949

Rabbausaj*, es ist Zeit

das Totengebet zu sprechen über unsre europäische Vergangenheit. Wenn ein solcher Inbegriff dieser Vergangenheit wie die Köchin Máňa es über sich bringt, Krapfen »auf amerikanische Art« zu machen, so ist das Ende gekommen, so bricht alles zusammen, was wir an schwarzgelbem Erb- und Strandgut noch in uns bewahrt und durch alle Zollrevisionen der Ge-

* Meine Herren

schichte, durch alle Fährnisse unsrer Wanderung über Grenzen, Länder und Meere hindurchgeschmuggelt haben, – so ist es geschehen ums Letzte, was unsrem unsteten Dasein noch eine gewisse Stetigkeit verliehen hat. Lasset uns beten.

Es ist nicht an dem, daß sie die Krapfen auf diese Art *macht*; das mag ihr verwehren, wer um eine bessere weiß, ich nicht. Es ist an dem, daß sie diese Art als »amerikanische« bezeichnet, ohne zu merken, was für ein Monstrum sie da in die Welt setzt. »Krapfen auf amerikanische Art.« Pfui Teufel. Das geht nicht. Das ist unmöglich. Und daß eine Máňa nicht merkt, wie unmöglich das ist: darin besteht ja die Katastrophe. Auf amerikanische Art, oh Gott.

Auf amerikanische Art wird nichts zubereitet, was Menschen nachher essen sollen, – selbst der einzige Fall, in dem das doch zu geschehen scheint, der »Hommard à l'américaine«, ist ein phonetisches Mißverständnis und heißt eigentlich Hommard armoricaine, nach Armorica, der alten Bezeichnung für die Bretagne. Auf amerikanische Art wird überhaupt nichts zubereitet sondern it is being readied, add water and there you are, serves four, und die essen ja auch nicht sondern sie verrichten ihre Eßdurft.

Krapfen auf amerikanische Art... »po americky«, wird sie wohl gesagt haben, nicht hochtrabend und ablativisch »americkým zpusobem«, daß sich *das* nicht gehört, daß *das* eine Stillosigkeit wäre, weiß sie ja noch, und vielleicht ist sie noch nicht ganz verloren. Vielleicht kannst Du sie dazu bewegen, ihren Antagonismus gegen die einstige Haupt- und Residenzstadt der Habsburger fahren zu lassen und ihre Krapfen, wenn sie diese Art der Zubereitung schon von der Wiener Köchin der Petscheks gelernt hat, in Hinkunft »po vídeňsky« zu machen, oder zumindest, obgleich das schon viel schwerer verdaulich wäre, »po petscheksky«. Aber Krapfen auf amerikanische Art sind das Ende.

Die Gemeinde erhebt sich. Und muß sich leider sofort wieder hinsetzen, denn das erforderliche Minjen* ist nicht mehr vorhanden. Weit gebracht.

F. T.

Lake Placid, 28. Juli 1949

Heute vor 35 Jahren,

um 12 Uhr Mittag, rief der Postmeister aus Řevnice bei uns an und sagte: »Allgemeine Mobilisierung. Ab 3 Uhr gibts nur noch Staatsgespräche und der Fahrplan verliert seine Giltigkeit, alle Personenzüge werden eingestellt.« Wir packten unsere Koffer. Mein Vater war mit dem Auto in Prag. Also mußten wir, da wir den letzten Zug nicht mehr erreichen konnten, per Wagen nach Prag fahren. Der große blaue Landauer wurde eingespannt. Wir fuhren durch die friedliche böhmische Landschaft. In Chuchle waren alte Landwehrleute einquartiert. Ich sah zum ersten Mal die alten grünen Kanonier-Rökke, die ich nur aus Bildern von der Schlacht von Königgrätz kannte...

Um 7 Uhr abends waren wir in Prag und sagten unsrem Kutscher Alois Kacovský Adieu, denn er sollte am nächsten Tag einrücken. Ich sah ihn nie wieder. Er gehörte zu jenen vielen Tausenden, die sich in Kähnen und Pontons über die Drina retten wollten, aber ins serbische Feuer kamen. Das war das große Debakel bei Schabatz, von dem bei Egon Erwin Kisch zu lesen steht. Wir übernachteten in Prag und am nächsten Tag rückte ich zu meinem Regiment nach Brüx ein. Es war der 29. Juli 1914, in der amtlichen Sprache der »Erste Mob-

* erforderliche Zehnzahl von Juden, die für eine Gottesdienst-Gemeinde notwendig ist

tag«. In Wirklichkeit war es der erste der Letzten Tage der Menschheit.

Gedenke, o Herr, Aller, die nicht wiedergekommen waren. Gedenke, o Herr, aller Kulturgüter und Herrlichkeiten, die im Getümmel und im Elend dieser Jahre verloren gegangen waren, denn von diesen soll hier die Rede sein.

Da gab es vor dem Krieg die Kreuzersemmel, groß genug um zum Tellerfleisch oder zum Krenfleisch als Begleitung zu dienen und aus schmackhaftem ungarischen Mehl. Sie trat auch stets als Begleiterin des »birhunt« auf, des kleinen runden Olmützer Quargels, Bierhund genannt, weil sich das kleine Quargel neben dem großen Pilsner ausnahm wie ein Hund neben seinem Herrn. Die Kreuzersemmel war geflochten und war in den Babenberger-Ländern mit Mohn bestreut, in den Ländern der Wenzelskrone aber mit Salz. Die große, ausgiebige, delikate Kreuzersemmel ist das Sinnbild des Goldenen Zeitalters, des Zeitalters des Kleinen Mannes. Alle sozialen Errungenschaften, die diesem seither geboten werden, laufen nur auf Verarmung und maskierte Versklavung hinaus – der größte Schwindel der Weltgeschichte.

Aber es gab auch für die besser situierten Klassen Genüsse, die seit damals verschwunden sind. Es gab das mit Zucker bestreute Kipfel. Es kostete nicht mehr als das mit Mohn oder Salz bestreute. Aber es wurde nur von wohlhabenderen Leuten gekauft, denn damals gab es noch so was wie ein Standesbewußtsein. Schließlich gab es eine erlesene Köstlichkeit, die drei Kreuzer kostete und die die reichen Leute von weither beim Bäcker Vosátka in der Wassergasse zu kaufen kamen: das war die Mandlovka. Ein geflochtenes Striezel, nicht größer wie das normale Mohn- oder Salzweckerl, aber aus leichtem weiß-gelben Brioche-Teig und mit eingestreuten Mandeln.

Gedenke, o Herr, des Dalimánek, dessen Name sich von Pain d'Allemagne herleitet, des großen Weckens aus tiefdunklem groben Kornmehl mit sehr viel Kümmel. In Wien hieß der Dalimánek: Bosniak. Beiderlei Namen deuten auf denselben Ursprung hin: die Ideenassoziation mit wilden Völkerschaften. In Prag gab es den Dalimánek kaum in einem Bäkkerladen zu kaufen; man fand ihn ausschließlich in den Toren der zahlreichen Durchhäuser der Altstadt, und zu seinem Wohlgeschmack gehörte unweigerlich auch die darauf befindliche Staubschicht und das um ihn herum befindliche Aroma von Bier und Pissoir...

Tot, Alles tot – so klagt der alte König Marke, der gekommen war, Tristan und Isoldes Liebe zu segnen und der sie nun alle tot vorfand. Alles ist tot, Alois Kacovský ertrank in der Drina, die Kreuzersemmel ist tot und Alles, was von damals war, ist tot – insofern nicht ein Zufall zuhilfe kam und die moderne Technik etwa in die Bresche sprang und die Errungenschaften von damals am Leben erhielt. Wir kennen vereinzelte solcher Fälle und wir wollen sie lobpreisen. Eine neue Aufnahme-Technik gestattet es z.B., Carusos Stimme auf dem Hintergrunde eines heutigen reichdotierten Orchesters ertönen zu lassen. Man rümpfe nicht die Nase über die Technik.

Man sage nicht, daß es in Gastein nur schön war, wie man von Lend im Stellwagen hinauffahren mußte! Man sage nicht, daß es im Prater nur schön war, wie bis zum Lusthaus nur Pferdewagen fahren durften. Und was die Krapfen betrifft – hier irrt Torberg.

Ich frage: wo wären alle Krapfen hingekommen, hätte sie nicht die moderne Technik gerettet? Ich bin der letzte, der die alte Methode nicht schätzt, sehr hoch schätzt sogar, samt der tiefen Stimme, den hohen Backenknochen und den schönen Beinen jener Edelköchin. Aber: die braune Außenwelt, der gelbe Rand ringsherum und die sanfte Marillenmarmelade beim Hineinbeißen – dieser Zusammenklang von Alpenglühen, Ringstraße und Altstadt-Durchhaus – in Deinem Lager ist Österreich und gesegnet sei die Technik – und sei es auch nur die amerikanische – die es uns gestattet, noch heutigen Tages Krapfen zu essen...

Jawohl: die Letzten Tage der Menschheit. Ich lese soeben über das Wörtchen »es« und über das Wörtchen »vom«, mit einem Worte: ich lese die »Sprache«*. Ich bewundere maßlos, was da gesagt wird und wie es gesagt wird. Aber häufig, allzuhäufig weiß ich zum Schluß nicht mehr, was da eigentlich zu beweisen war und was bewiesen wurde. Und dann soll ich wieder von vorne anfangen? Nochmals alle Für und Wider erwägen, um zu überlegen, ob Schiller berechtigt war oder nicht zu fragen: Was heißt und zu welchem Ende studiert man...?

Mir scheint, daß es dem Verfasser wichtiger war, den Teig zu *ziehen*, virtuos zu *ziehen*, als schnell gute Krapfen zu machen, auf die einfachste und rationellste Art. Ich wüßte bei Gott interessantere Themen als »vom« und »es«, sei es nun als Subjekt oder bloß »vorangestellt«. Da ist zum Beispiel das Wort »Mann«. Ein Mann ein Wort – das ist klar, nicht? Wieso aber sagt man: Ein Feldwebel und 20 Mann ? Wieso nicht 20 Männer?

...Voll ist diese Welt von Rätseln und ich frage: Was heißt und zu welchem Ende haben wir so viel an Universalgeschichte über uns ergehen lassen müssen?

Viky

New York, 31. Juli 1949

Der Rifkabylen-Scheich Hadschi Achmed Abbas

hatte den Franzosen in ihrem Kolonialkrieg gegen Abd-el-Krim (Ende der Zwanzigerjahre) wertvolle Dienste geleistet und wurde hierauf von ihnen nicht nur belobt und dekoriert,

* Karl Kraus: »Die Sprache«

sondern auch nach Paris eingeladen. Um ihm eine besondere Ehre zu erweisen, stellte ihm der Gouverneur von Marokko ein Sonderflugzeug zur Verfügung. Achmed Abbas lehnte ab – nicht etwa aus Angst, sondern weil er überhaupt nicht begriff, wozu ein Flugzeug gut sein sollte. Gäbe es denn keine Schiffe mehr, die das Meer befahren? »Gewiß, mein Freund«, sagte der Gouverneur. »Aber bedenke doch: mit dem Schiff brauchst du vierzig Stunden von Marrakesch nach Marseille – und mit dem Flugzeug bist du in vier Stunden in Paris!« Der Scheich, durch diese Mitteilung in seiner ablehnenden Attitude nur noch bestärkt, schüttelte den Bart. »Und was, Effendi«, fragte er, »was geschieht mit den restlichen 36 Stunden?«

Dies aber, meine andächtigen Zuhörer, ist – wie wir Yankees sagen – der Punkt. Dies ist der wahre Fluch der Technik: daß sie Zeit erspart und aus der ersparten Zeit fortzeugend Böses muß gebären. Ich weiß nicht, ob es in Gastein »nur« schön war, als man noch von Lend mit dem Stellwagen hinauffahren mußte, und im Prater ditto ditto mit dem Fiaker zum Lusthaus. Aber es war *schöner*.

Und nicht etwa deshalb, weil's damals »überhaupt« schöner war, sondern weil Stellwagen und Fiaker dem Auftrag, der Funktion, dem *Sinn* der Gasteiner Landschaft und des Praters gemäßer sind als das Auto. Das Auto – und es stehe hier für die Technik schlechthin – ist am Platze, oder, wie schon der Name sagt, *sinngemäß*, wenn's irgendwo brennt und wenn die Feuerwehr auf diese Weise schneller hinkommen kann. Aber daß man zum Lusthaus fährt, als ob es in Flammen stünde, und nach Gastein, als ob man sonst zu spät käme, ist *unsinnig*.

Überdies »hat« man auf diese Weise viel weniger von der Hauptallee und von den Alpen. Ich hebe das »hat« durch Anführungszeichen hervor, weil es ja tatsächlich ein Besitztum ausdrückt, ein geruhsames, inneres, kontemplatives Besitztum, – eben jenes, das uns auf der Jagd nach dem äußeren abhanden gekommen ist. Denn worauf liefe der ganze, von der

Technik bewerkstelligte Zeitgewinn hinaus, wenn nicht auf »Nützlichkeit«? Und was wäre »Nützlichkeit« andres, als die Steigerung des abzählbaren, des äußeren Besitzes? Was geschieht mit den restlichen 36 Stunden andres, als daß sie zum Geldverdienen verwendet werden oder mindestens zum Nachdenken darüber, wie man Geld verdienen könnte (oder weitere 36 Stunden einsparen, die sich zu dieser Beschäftigung verwenden ließen)?

Das wahre Unglück der technisierten Menschheit, und besonders der amerikanischen, besteht ja gerade darin, daß sie über der Tätigkeit des Geldverdienens jede Möglichkeit, ja schlechtweg die *Fähigkeit* einbüßt, vom verdienten Geld sinnvollen Gebrauch zu machen. (Siehe P.S.) Könnte sie das, bestünde eine Garantie oder wenigstens eine solide Pari-Chance, daß sie die eingesparte Zeit zum Lesen, zum Anhören von Caruso-Platten, zum Tarockspielen oder zu sonst etwas Nutzlosem verwenden würde – wahrlich, ich wollte mich gegen den Fortschritt der Technik keine Sekunde lang zur Wehr setzen. Aber so? So vergällt sie mir das Leben, statt es mir zu erleichtern, so attackiert sie mir eben jene heiligsten Güter, die sie zu bewahren vorgibt, und so kann es geschehn, daß im Bestreben, sie zu verteidigen, selbst Du, Gefährte des verlorenen Paradieses, nicht vor der Formulierung zurückscheust, daß es darauf ankommt, »schnell« gute Krapfen zu machen.

Nein, darauf kommt es eben *nicht* an. Wir haben uns nur einreden lassen, daß es das sei, worauf es ankäme, wir haben uns von der Technik schon so kleinkriegen lassen, daß wir ihr dankbar sind, wenn sie uns die Zubereitung von Krapfen überhaupt noch gestattet (obwohl man doch die Zeit, die dazu nötig ist, »zu etwas besserem« verwenden könnte, nicht wahr), und wir sind vor lauter Dankbarkeit sogar bereit, die schnellere, die »einfache« und »rationelle« Zubereitungsart in Kauf zu nehmen: wenn wir nur unsre Krapfen kriegen. Welch ein Zustand. Welch ein erbärmlicher, menschenunwürdiger Zustand. Und er bliebe es selbst dann, wenn die Krapfen auf diese Art zufällig besser wären als auf die andre. *Ich* bin für die *andre* Art – einfach deshalb, weil sie länger dauert. Man hat nicht »schnell« zu kochen. Von schneller zubereiteten Krapfen zur Campbell-Konserve ist nur ein Schritt...

Natürlich bin ich mir klar darüber, daß ich da auf verlorenem Posten kämpfe. Ich kämpf ja auch garnicht. Ich fühle mich lediglich von einer feindlichen Macht okkupiert und bin kein Collaborateur, der bereit wäre, ihren Verführungen zu erliegen, oder von ihren Maßnahmen begeistert zu sein. Wo ich mir nicht anders helfen kann, mache ich von ihnen Gebrauch: aber widerwillig. Und wenn sie mir Krapfen zu essen gibt, eß ich auch ihre Krapfen. Ich weiß sogar, daß es noch ein Glück ist, unter solchen Umständen überhaupt Krapfen essen zu können. Aber wie sagte die alte Tante Jolesch? Sie sagte: »Gott soll einen hüten vor allem, was noch ein Glück ist.« Schuft meines Namens, wenn ich dem noch etwas hinzuzufügen habe. (Es war gar nicht die Tante Jolesch, die das gesagt hat, sondern meine eigene Großmutter Berg, dieselbe, die, wenn eines ihrer neun Kinder sie allzu sehr plagte und ärgerte, sich mit der vorwurfsvollen Frage an ihren Selchergatten wandte, warum er statt dessen nicht lieber eine Salami gemacht hätte. Aber für mich ist die Tante Jolesch eine symbolische Gestalt geworden und ich habe mir längst angewöhnt, alle derartigen Sager ihr zuzuschreiben. Ich empfehle Dir ein gleiches mit Scheweleben Teller.)...

Auch vermeine ich mich noch der Kreuzersemmel zu entsinnen, sogar unter diesem Namen; ich habe, in offenkundiger Vorwegnahme meiner späteren Freßgier, schon als Kleinkind das größte Vergnügen daran gefunden, die Köchin beim Einkaufen zu begleiten (sie hieß, was den aufmerksamen Leser von »Hier bin ich, mein Vater« nicht überraschen wird, Mali) – und damals, vor dem ersten Krieg, rechnete manch eine der Wiener Standelfrauen noch nach Kreuzern; bis zur

Guldenhöhe klommen die einzelnen Posten ja wohl niemals. Und daß die Kreuzersemmel dem Zeitalter des Kleinen Mannes als Symbol dienen kann, ist eine wahrhaft tiefschürfende soziologische Erkenntnis, die unter sinnvolleren Umständen – nämlich wenn das technisierte Zeitalter noch die Muße hätte Essays zu lesen – die Grundlage eines höchst schlüssigen Essays abgeben könnte.

Übrigens war nicht nur die Kreuzersemmel in den Ländern der Wenzelskrone anders bestreut als in den einstmals Babenbergischen, sondern auch das mit Salz bestreute Striezel, das der Diener Bečvar jeden Vormittag als Zubiß zu den Párečky* automatisch in die Tagblatt-Redaktion brachte, war in Wien nicht aufzutreiben. (Ihrerseits suchten die Prager vergebens nach dem in Wien so genannten »Prager Spitz«, einem mit Mohn bestreuten Weckerl von annähernd phallischem Zuschnitt.)

...Zum Schluß kann ich Dir aber doch auch mit einer Auskunft dienen, und zwar was die rätselhaften 20 »Mann« betrifft. Sie sind – und das wäre ein Fressen für den Karl Kraus gewesen (dessen »Sprache« Du bitteschön *nicht* weggeben wirst, bevor ich sie nicht entlehnt habe) – sie sind keineswegs rätselhaft. Denn sie sind keine Männer, keine Menschen, sondern eine bloße Maßeinheit – ähnlich wie »Kopf« in »fünf Kopf hoch« oder, noch besser, wie »zwanzig Blatt« (nicht »Blätter«) oder »zwanzig Schilling« (nicht »Schillinge«). Du merkst, daß ich die ebenso brauchbaren »Dollar« (statt »Dollars«) nicht zum Vergleich herangezogen habe. Ich sehe mich dennoch wieder bei des Übels Wurzel angelangt und wende mich in jäher Panik wieder meiner Arbeit zu. Ja, wenn wir jetzt im Landauer zu irgendeiner Jausenstation fahren könnten, wo es Krapfen gäbe... Aber nein. *Romane* muß er schreiben...

Dein F. T.

* Würstchen

P.S. Allerdings ist dieses Perpetuum mobile der Vergeblichkeit im Grunde nur eine – wenn auch abscheuliche und abstellbare – Variation der größeren Vergeblichkeit des Daseins schlechthin. Irgendein Lesebuchdichter, dessen Namen ich seither vergebens auszuforschen versuche, hat das in einem Epigramm von imposanter Weisheit und Schönheit wie folgt ausgedrückt:

Das ist das alte Lied und Leid,
Daß die Erkenntnis erst gedeiht,
Wenn Mut und Kraft verrauchen.
Die Jugend kann. Das Alter weiß.
Du kaufst dir um des Lebens Preis
Die Kunst, das Leben zu gebrauchen.

Aber an dieser Vergeblichkeit läßt sich nichts ändern. An jener schon. Freilich nur dort, wo es ein Vorbild in der Kunst des Lebensgebrauches gibt, und es gibt nur eines: das aristokratische. Mit andern Worten: vom Geld kann nur der einen sinnvollen Gebrauch machen, der es niemals verdienen mußte. Dem akuten Geldverdiener wird es entweder zum Selbstzweck, oder er geht daran zugrunde (was eigentlich dasselbe ist).

Es gibt nur zwei prinzipielle Lebenshaltungen: entweder die dem weltlichen Genuß gänzlich und unbekümmert zugewandte – oder die ebenso gänzlich und unbekümmert ihm abgekehrte. Also entweder die aristokratische Lebenshaltung oder die mönchisch-talmudische. Daher ja auch die Aristokraten »dumm« sind, d.h. auf arrogante Weise uninteressiert an den im weitesten Sinn mönchisch-talmudischen Genüssen, – wie die Mönche und Talmudisten vice versa uninteressiert an den weltlichen, und zwar mit der gleichen Arroganz. Die Verachtung für den »schickeren Goj« steht der Verachtung für den »Bücherwurm« um nichts nach. Beide wissen nicht, was ihnen entgeht.

Aber das sind natürlich die Extreme. Und es gibt natürlich einen geglückten Mittelweg, aber nur dort, wo es ein aristokratisches Vorbild gibt und, mehr noch: wo es als solches respektiert wird. Der Kleine Mann hat sich bei Kreuzersemmel, Bier und Bierhund »wie ein König« gefühlt – ohne indessen den Ehrgeiz zu haben, wirklich einer zu sein. Und wenn ihm der Fiakerkutscher dann noch »Euer Gnaden« gesagt hat, war die Seligkeit vollkommen. Denn sie bestand darin, nichts zu tun und das Leben zu genießen.

Das amerikanische Gegenstück des Kleinen Mannes, auf der Fahrt im eigenen Auto einer Baseball-Übertragung im eingebauten Radio zuhörend, hat keinen König zum Vorbild sondern den Rockefeller, hat auch sehr wohl den Ehrgeiz, ein solcher zu werden, und, mehr noch: er wird diesen Ehrgeiz mit ein bißchen Glück sogar verwirklichen (ohne zu wissen, daß er dann erst recht ein Dreck ist, nämlich die bestenfalls dritte Generation eines Eisenbahnräubers). Er respektiert das Nichtstun und den Lebensgenuß in gar keiner Weise. Er respektiert ausschließlich das Geld und die Fähigkeit, es zu verdienen. Und wie fühlt er sich dort, wo sein europäisches Pendant sich wie ein König fühlt? *He feels like a million dollars.*

New York, 16. August 1949

Mitte der Neunzigerjahre etablierte sich in Prag als Zahnarzt Dr. Alois Schreier. Er war ein kleiner, breitbeiniger Mann mit rundem Kopf und mongolenhaftem Schnurrbart. Er stammte aus einer kleinen mährischen Gemeinde. Er war ein Studienkollege meiner Cousins Weleminsky, die ihm zu einer Praxis zu verhelfen versprachen, und so wurde ich sein erster Patient. Schon nach wenigen Jahren war er so erfolgreich, daß er ein mieses, blasses Mädel aus derselben Gemeinde heiraten konnte. Er stellte sie den Weleminskys mit folgenden Worten vor: »Das ist meine Braut; schau dir an, wie sie grien is!«

(Aus einem Brief Kahlers an Torberg vom 11. August 1949)

ÜBER DAS GRIENSEIN
(Fuge und Variation)

Ich kann das nämlich nicht anders loswerden, – die Vorführung der Schreierschen Braut im Hause Weleminsky hat mich bereits bei der Lekture des Briefs für längere Zeit aufgehalten und tut es seither in sogar *noch* wichtigeren Beschäftigungen, wobei ich auch noch auf eine dem Außenstehenden durchaus schwachsinnig erscheinende Weise vor mich hinblöke, und das muß aufhören. Dergleichen passiert mir, wie ich einzuflechten nicht umhin kann, sehr selten, es ist mir bis jetzt eigentlich nur beim Schwejk passiert, ferner bei den (noch ans Tageslicht zu holenden) Gedichten von Peter Hammerschlag, und, vor allem, beim Herzmanovsky.

Nun bedeutet es für mich nicht etwa eine Schmälerung, sondern eine Steigerung des Vergnügens, einer Humorwirkung auf den Grund zu kommen; die Schmälerung tritt ein, wenn ich das *nicht* kann, – was sich in nüchternen Worten auf das Gefühl reduziert, daß ich jetzt lache ohne zu wissen warum, und solche Unsicherheit ist einem analytisch veranlagten Gehirn, das sich außerdem schmeichelt, in Dingen des Humors profunden Bescheid zu wissen, höchst zuwider. Bei Hofzwergen, Fußwaschungspfeifern und Bahnwärterstöchtern kann ich mich immerhin damit abfinden, denn sie liegen außerhalb meiner Reichweite. Aber in eine von Schreiers, Weleminskys und grienen Bräuten abgesteckte Gegend habe ich Zutritt.

Was liegt also vor? »Das is meine Braut; schau dir an, wie sie grien is.« Äußert sich hier nicht ein gewisser Stolz darauf, eine so griene Braut zu haben? Oder soll durch die Einschränkung, daß sie grien is, dem Stolz, überhaupt eine Braut zu haben, ein bescheidener Dämpfer aufgesetzt werden? Es ist beides möglich, und beides würde die ungeheuerliche Gefühlsrohheit, die eigentlich schon dem bloßen Tatbestand des Herzeigens zugrundeliegt, wie erst dem des Hinweisens, akzeptabel machen. Kein Zweifel: Schreier ist stolz auf seine Braut. Kein Zweifel auch, daß er nicht hochmütig erscheinen will, am allerwenigsten vor Weleminsky dem Freund und Sponsor, dem er verpflichtet ist (und der vielleicht um diese Zeit noch gar keine Braut gehabt hat, nicht einmal eine griene).

Was Schreier eigentlich sagt, ist folgendes: »Du hast mir, Weleminsky, zu einer Praxis verholfen, und jetzt geht es mir schon so gut, daß ich gar nicht mehr hilfsbedürftig bin, sondern im Gegenteil heiraten kann. Du bist mir ein guter Freund, Weleminsky, ich weiß es. Trotzdem, Weleminsky. Auch im Busen des besten Freundes und des selbstlosesten Helfers bleibt ein dumpfes, vielleicht unbewußtes Gefühl zurück, daß es dem einstmals Hilfsbedürftigen eigentlich gar nicht zukommt, mit einem Mal *nicht* mehr hilfsbedürftig zu sein. Er soll zwar, nach Möglichkeit, keine weitere Hilfe brauchen, aber er soll auch nicht üppig werden. Ich möchte nicht, daß du, Weleminsky, dir jetzt vielleicht sagst: ›Sehderanda, der Schreier! *Ich* hab ihm die Praxis eingerichtet – und jetzt geht er sich hin und heiratet!‹ Ich bin nicht üppig geworden, Weleminsky. Das is meine Braut. Schau dir an, wie sie grien is.«

So sprach, ohne es zu wissen, Schreier. Aber damit ist höchstens die Hälfte der ekrasitartigen Wirkung seines Ausspruchs erklärt. Was liegt weiter vor?

Es liegt natürlich der – in den Kronländern besonders gern geübte – Unfug mit dem Wort »grün« vor (und wird sowohl durch den Tonfall des sachlichen Hinweises wie durch den mährischen Akzent noch gesteigert). Aber das gehört eigentlich nicht mehr zur Fuge, sondern zur Variation, nämlich in den Anhang »Zur Sprachlehre«, wo er durch weitere Beispiele (»Fräulein, wieso sind die Schwarzbeeren rot? – Weil sie noch grün sind!«) zu belegen wäre. Anderseits gehört es doch zur Fuge, weil die oben bereits umschriebene Wirkung natürlich sehr weitgehend davon abhängt, daß Schreier »grün« und sogar »grien« sagt und nicht vielleicht »blaß«. »Schau dir an, wie sie blaß ist« wäre – ganz abgesehn davon, daß er ein so verschmocktes Wort nicht über die Lippen brächte – zu wenig; genau wie es anderseits zu viel gewesen wäre, wenn er gesagt hätte: »Schau dir an, wie sie *nebbich* grien is« (und das hat er ja auch gewußt, daß das zu viel wäre).

Aber selbst damit bin ich noch immer nicht ganz zufrieden, selbst das erklärt mir noch immer nicht alles.

Der wahrscheinlich unauflösbare Rest dürfte darin bestehn, daß Schreier nicht sagt: »Schau dir an, wie grien sie is«, sondern eben: »Schau dir an, wie sie grien is.« Er stempelt dadurch das Griensein seiner Braut zu weit mehr als zu einem bloßen Zustand (wie es etwa der der Blässe wäre) – er stempelt es zu einer *Tätigkeit*, und zwar zu einer Tätigkeit, bei der die Braut geradezu beobachtet werden kann: Schau dir an, wie sie grien is. Heer dir an, wie sie Klavier spielt.

Mit andern Worten: Schreier ist nicht nur stolz auf seine Braut, sondern auch auf ihr Griensein. So eine griene Braut hat nicht jeder, geschweige denn, daß er sie herzeigen würde. Schreier jedoch ist großzügig und kann sich das auch erlauben, denn Weleminsky kommt nicht auf die Idee, im Griensein der Braut etwas Beneidenswertes zu erblicken. Schreier tut das. Für Schreier ist das Griensein der Braut eine Leistung: Die freilich nur er, der Bräutigam, als solche erkennt. Für ihn stellt selbst das Griensein der Braut einen Aktivitäts- und Aktivposten dar.

Undenkbar, daß er etwa gesagt hätte: »Schau dir an, wie grien sie is.« Er könnte ja auch nicht sagen: »Heer dir an, wie

Klavier sie spielt.« Er könnte höchstens sagen: »Heer dir an, wie *gut* Klavier sie spielt« – und das wäre genau so zuviel gewesen wie »nebbich grien«. Nein. Schau dir an, wie sie grien is – und glaub du nur ruhig, Weleminsky, daß das nichts weiter bedeutet als eine Farbtönung, und eine in bräutlichen Gesichtern nicht einmal wünschenswerte. Ich weiß es besser. Ich weiß, daß sie noch mit ihrem Griensein etwas für mich tut, sie strappeziert sich direkt für mich, und ich schau ihr direkt dabei zu, wie sie grien is. Aber davon, Weleminsky, verstehst du nichts.

In Wahrheit versteht auch Schreier davon nichts mehr. Denn siehe: Er nähert sich hier jenen geheimnisvollen Bezirken, in denen die Rohheit – und eine solche haben wir ihm doch mit Recht vorgeworfen – nicht mehr bloß akzeptabel ist (was wir ihm gleichfalls mit Recht konzediert haben), sondern bereits zur Zärtlichkeit wird. Und davon hat er bestimmt keine Ahnung, und auch das mit Recht.

Wir verlassen ihn darum und wenden uns von der Fuge zur Variation, nämlich:

Anhang zur Sprachlehre

Das von Schreier verwendete »wie«, kronländischer Wurzel und Provenienz wie alles, was sich nicht gehört und dennoch einen tieferen Sinn hat, ist überhaupt nicht auszuloten. Es umschließt in verwirrender Variabilität alle Bedeutungen, für die es im Angelsächsischen so divergente Partikel gibt wie »how«, »if« und »when«, es kann dem Vergleich dienen und der Steigerung, es kann temporär gebraucht werden und konditional, und es wird an Unauslotbarkeit und Raumverdrängung nur noch vom nah verwandten »was« übertroffen, welches nicht nur als ein verkürztes »um was« auftritt, das ist noch verhältnismäßig einfach und das hat die Tante Jolesch gemeint, wie sie gesagt hat: »Was ein Mann scheener is wie ein Aff, is ein

Luxus«, sondern es erreicht seine wirkliche unnachahmliche Fülle erst in Aussprüchen wie dem des Prager Blaustrumpfs: »Was *andre* Verhältnisse haben, geh *ich* in Vorträge.«

★

Lieber Viky,

Du mußt Dir darüber klar sein, daß Du mir sowohl das »Prager Tagblatt« wie die »Neue Freie Presse« (and everything they stood for) zu ersetzen hast, und zwar sowohl aktiv wie passiv.

Das heißt, daß ich Dich nicht nur abonniert habe, sondern auch regelmäßig an Dir mitarbeite, und zwar unter einem Exklusiv-Vertrag, auf den ich seinerzeit niemals eingegangen wäre. Aber das ist es ja: ich *kann* heute nirgends anders mehr hin, ich kann die Feuilletons, die ich schreiben möchte, nirgends anders mehr schreiben – und die Feuilletons, die ich lesen möchte, nirgends anders mehr lesen.

Eine der traurigsten Emigrations-Legenden ist die von Theodor Wolff, dem ehemaligen Chefredakteur des »Berliner Tageblatts«, der während seiner ersten Exilsjahre in Nizza jeden Tag einen Leitartikel schrieb, hierauf einen kurzen Spaziergang über die Promenade des Anglais unternahm, und nach seiner Rückkehr den Leitartikel, nachdem er ihn gelesen hatte, wortlos ins Meer warf. Here, but for the grace of God, go I. Das heißt: but for the grace unsrer Korrespondenz. Und um so viel bin ich besser dran als der Theodor Wolff...

Dein dankbarer
Torberg

Das Buch

Die Zeit des Kaffeehauses ist vorbei, doch der Geist und die Atmosphäre dieser Wiener Institution sind in dem hier ausgewählten Briefwechsel Friedrich Torbergs mit Freunden nach wie vor gegenwärtig. Im Exil geschrieben in den Jahren 1941 bis 1949, geben sie Zeugnis von jenem Lebensstil, der in der Vergangenheit wurzelte und die »österreichische Sehnsucht« in sich trug. Ein Beispiel ist Torbergs Korrespondenz mit Justinian Frisch, der als Herstellungsleiter des damals in Stockholm ansässigen Bermann-Fischer-Verlags die Produktion von Torbergs Roman ›Hier bin ich, mein Vater‹ betreute. Mit fortschreitender Vertrautheit der einander ebenbürtigen Briefpartner entwickelte sich das Ganze zu einer Apotheose und heiteren Philosophie des Wiener Kaffeehauses – blitzend von Pointen und überschäumend von originellen Einfällen. »Als Schriftsteller, als Mensch, als Charakter – nirgends hat Torberg bisher stärker von sich Zeugnis abgelegt als in diesem Nachlaßband«, schreibt Joachim Schondorff in ›Literatur und Kritik‹.

Der Autor

Friedrich Torberg, am 16. September 1908 in Wien geboren und am 10. November 1979 in seiner Geburtsstadt gestorben, studierte in Prag und Wien und begann nach ersten Buchveröffentlichungen, Theaterkritiken zu schreiben. 1938 emigrierte er in die Schweiz und flüchtete 1940 aus Frankreich nach Amerika. 1951 Rückkehr nach Wien. Bis 1965 gab er die kulturpolitische Zeitschrift ›Forum‹ heraus.

Das Buch

Die Zeit des Kaffeehauses ist vorbei, doch der Geist und die Atmosphäre dieser Wiener Institution sind in dem hier ausgewählten Briefwechsel Friedrich Torbergs mit Freunden nach wie vor gegenwärtig. Im Exil geschrieben in den Jahren 1941 bis 1949, geben sie Zeugnis von jenem Lebensstil, der in der Vergangenheit wurzelte und die »österreichische Sehnsucht« in sich trug. Ein Beispiel ist Torbergs Korrespondenz mit Justinian Frisch, der als Herstellungsleiter des damals in Stockholm ansässigen Bermann-Fischer-Verlags die Produktion von Torbergs Roman ›Hier bin ich, mein Vater‹ betreute. Mit fortschreitender Vertrautheit der einander ebenbürtigen Briefpartner entwickelte sich das Ganze zu einer Apotheose und heiteren Philosophie des Wiener Kaffeehauses – blitzend von Pointen und überschäumend von originellen Einfällen. »Als Schriftsteller, als Mensch, als Charakter – nirgends hat Torberg bisher stärker von sich Zeugnis abgelegt als in diesem Nachlaßband«, schreibt Joachim Schondorff in ›Literatur und Kritik‹.

Der Autor

Friedrich Torberg, am 16. September 1908 in Wien geboren und am 10. November 1979 in seiner Geburtsstadt gestorben, studierte in Prag und Wien und begann nach ersten Buchveröffentlichungen, Theaterkritiken zu schreiben. 1938 emigrierte er in die Schweiz und flüchtete 1940 aus Frankreich nach Amerika. 1951 Rückkehr nach Wien. Bis 1965 gab er die kulturpolitische Zeitschrift ›Forum‹ heraus.

Manès Sperber

»... die Tragödie des politischen Gewissens in unserem Jahrhundert.«
(Marcel Reich-Ranicki)

dtv 1579

dtv 1398

dtv 1485

dtv 1757

dtv 1351

Churban oder
Die unfaßbare
Gewißheit
dtv 10071

Nur eine Brücke
zwischen Gestern
und Morgen
dtv 10245

Joseph Roth

»... einer der besten deutschen Erzähler im zwanzigsten Jahrhundert.«

(Hermann Kesten)

Joseph Roth:
Die Kapuzinergruft
Roman

dtv

dtv 459

Joseph Roth:
Der Leviathan
Erzählungen

dtv

dtv 1127

Joseph Roth:
Hotel Savoy
Ein Roman

dtv

dtv 1336

Joseph Roth:
Zipper und sein Vater
Roman

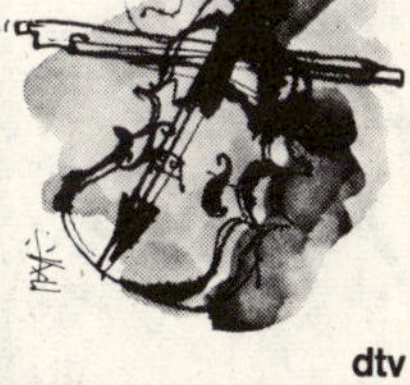

dtv

dtv 1376

Joseph Roth:
Die Flucht ohne Ende
Ein Bericht

dtv

dtv 1408

Radetzkymarsch
dtv 1715

David Bronsen:
Joseph Roth
Eine Biographie
dtv 1630

dtv